Sibel Susann Teoman
Türkischer Mokka mit Schuss

Zu diesem Buch

Geregelte Arbeitszeiten haben ihr Gutes: Da kann Melda heimlich zweimal in der Woche abends in einer Bar Schlagzeug spielen – nicht gerade typisch für eine junge Türkin in Deutschland. Denn so liberal ihre Eltern auch sind, sie dürfen definitiv nicht erfahren, was ihre Tochter nach Dienstende als Sekretärin in einer großen Bank macht! Außerdem finden sie, dass Melda doch langsam unter die Haube sollte. Sie haben für Melda Ali ausgesucht, den todlangweiligen Ingenieur. Dabei hat sie sich doch schon längst in Jan, den netten Deutschen, verliebt … Mithilfe ihrer besten Freundin Pelin schmiedet sie einen Racheplan, der ihren Eltern eine Lektion erteilen soll. Nicht umsonst hat Pelin von ihrer Oma Voodoo gelernt, und so basteln sie eine Ali-Puppe und belegen sie mit einem Bann. Doch das Experiment gerät außer Kontrolle – wie kann sie den Zauber nur rückgängig machen? Ein turbulenter Roman über die große Liebe und ihre Nebenwirkungen.

Sibel Susann Teoman, geboren 1975, ist ein Multi-Kulti-Cocktail mit türkischer Mutter, deutschem Vater, tatarischer Großmutter und griechischem Großvater. Nach Studium in Deutschland und der Türkei (der Liebe wegen) arbeitete sie zuerst als Marketingassistentin im Space Camp Türkei, wo sich Astronauten die Klinke in die Hand gaben. Nach vier Jahren Türkei überwog das Heimweh nach Kasseler mit Sauerkraut und Kölsch, also zog sie mit Mann nach Deutschland zurück, wo sie nun als Managementassistentin in Köln tätig ist. 2005 erschien von ihr »Der Teufel ist blond«.

Sibel Susann Teoman

Türkischer Mokka mit Schuss

Roman

Piper München Zürich

Von Sibel Susann Teoman liegen in der Serie Piper vor:
Der Teufel ist blond (6171)
Türkischer Mokka mit Schuss (6215)

Originalausgabe
April 2007

Umschlaggestaltung: Cornelia Niere
Umschlagabbildung: Irma
Satz: EDV-Fotosatz Huber/Verlagsservice G. Pfeifer, Germering
Druck und Bindung: Clausen & Bosse, Leck
Printed in Germany ISBN 978-3-492-26215-6

www.piper.de

Inhalt

1. Rock 'n' Roll!

Ich bereue nichts, überhaupt nichts, niemals!

Außer heute.

Ich stecke ganz schön in der Klemme. Und es ist kein Ausweg in Sicht.

Ich bin an einem Punkt angelangt, an dem ich mir wünsche, dass die gesamten vergangenen drei Monate wieder rückgängig gemacht werden könnten.

Ich wende meine zu stark geschminkten Augen flehend himmelwärts. Nichts passiert. Keine Fanfaren kündigen die Ankunft eines Engels an, und auch der Himmel, beziehungsweise die weißgetünchte Decke über mir, öffnet sich nicht.

Was kann der liebe Gott denn dafür, dass ich so bescheuert bin? Ich an seiner Stelle würde mir eine Tüte Popcorn greifen und amüsiert abwarten, was heute sonst noch alles geschieht.

Wie bin ich hier nur gelandet? Im Nebenzimmer eines Standesamtes und in einer unheimlichen Wolke aus weißem Tüll nebst passendem Brautstrauß aus goldenen Plastikrosen und einem Gesicht, das so stark angemalt ist, dass ich aussehe wie der Sänger von »The Cure«?

Ich bin eine Braut! Schlimmer noch, ich bin eine türkische Braut! HILFE!

Um meine Taille spannt sich eine zwei Meter lange leuchtendrote Schleife. Das ist bei uns Türken so Sitte, musste ich mich heute früh belehren lassen. Jede Jungfrau trägt so ein Monster um die Taille, das symbolisiert meine »Unschuld«. Was der Bräutigam wohl davon halten wird, wenn er bemerkt, dass ich nicht unschuldig bin? Dass ich sogar alles andere als unschuldig bin?

Ich stehe auf und wandere zum vergoldeten Spiegel. Meine Herrschaften, ich sehe wirklich enorm geschmacklos aus! Meine Haare sind mit einem Glanzpartikelspray so hoch toupiert, dass ich wie ein Popstar der Achtziger wirke. Auf diesem kunstvollen Turm aus Haar und Chemie befindet sich ein steifer Tüllschleier, den ich nach dieser Hochzeit problemlos als Gardine für ein sechs Meter breites Fenster verwenden könnte.

Das Kleid ist der Oberkracher, eine Kreation aus acht Lagen weißem Tüll, mit einem Reifrock darunter, der so breit ist, dass ich durch keine Tür passe. Die oberste Tülllage ist mit einer halben Tonne Strasssteinchen beklebt, und auf meinem Po prangt eine riesige weiße Tüllschleife, die zu den kleinen Schleifchen am unteren Rockrand passt. Ich sehe verdammt scheußlich aus! So scheußlich wie noch nie. Ich kann mich nicht beherrschen und fange an zu weinen.

Das hätte alles ganz anders laufen sollen! Ich hatte das alles so schön geplant.

Nicht *diese* Hochzeit, nein, ich meine doch meine echte Hochzeit.

Die, bei der ich Jan heiraten wollte. Meinen schönen, blonden Jan.

Heute hingegen werde ich Ali heiraten, einen türkischen Ingenieur. Und ich kann nicht einmal so etwas zu meiner Verteidigung vorbringen wie: »Man hat mich zu dieser Ehe gezwungen!«

Ich habe mir den Typen ja schließlich ausgesucht, obwohl ich doch Jan liebe.

Ich hätte mir zu meiner Hochzeit ein schlichtes, cremefarbenes Seidenkleid gewünscht und ein Sträußchen aus gelben Orchideen und weißen Röschen. Und vielleicht einen Hauch Rouge und etwas Lippenstift. Und natürlich Jan an meiner Seite, vorzugsweise mit Frack und Zylinder.

Und nun stehe ich hier und sehe aus wie mein eigener schlimmster Albtraum. Und heirate einen Typen, den ich ebenso wenig kenne wie er mich und den ich nicht die Spur liebe. Daran bin ich selber schuld, auch wenn ich doch noch auf ein Wunder hoffe.

Ich bin schuld oder, genauer gesagt, Pelins Voodoo-Zauber und meine geheime Identität.

Mein verruchtes Doppelleben ist so sehr ein Teil von mir selbst geworden, dass ich mir eine andere Art zu leben gar nicht mehr vorstellen kann. Ich weiß nicht mehr, wo und wann ich angefangen habe, zwei Leben zu führen.

Halt – doch, das ist, glaube ich, auf einer Klassenfahrt in die Bretagne passiert. Damals war ich noch die wohlerzogene Tochter oder gab mir zumindest alle Mühe, dem Idealbild meiner Eltern von einer perfekten türkischen Tochter aus gutem Hause zu entsprechen.

Mit achtzehn hatte ich mich unsterblich in Adonis Atanasius verknallt. Adonis oder Adi, wie ihn alle nannten, machte seinem Namen alle Ehre. Adi war ein griechischer Gott, wie er im Buche stand: groß, breitschultrig, mit schwarzen Locken und Glutaugen, einem kantigen Kinn, und das Tollste war: Er rasierte sich schon!! Gooott, war das vielleicht männlich!! Ich glaube, in Adi war die gesamte weibliche Jahrgangsstufe hoffnungslos verliebt. War ja auch kein Wunder, denn die meisten anderen Jungs steckten noch bis zum Hals in der Pubertät, Eiterpickel, Zahnspangen, schlaksige Körper und ständig kicksende Stimmen inklusive. Mal ehrlich, Jungs im Stimmbruch hören sich an wie eine Tonstörung, man hat unweigerlich das Bedürfnis, sich die nächste Fernbedienung zu schnappen und auf »lautlos« zu stellen. Adi dagegen hatte eine Stimme wie nachtschwarzer Samt. Man wollte sich in seine Stimme hineinfallen lassen und sich mit ihrem warmen Timbre zudecken. Ich war zwar bis über beide Ohren in Adi verschossen, hätte das aber im Leben nicht zugegeben. Was das angeht, bin ich doch sehr türkisch veranlagt. Ich bevorzuge es, wenn die Männer *mir* hinterherlaufen und nicht umgekehrt.

Nicht, dass das bis dahin je passiert wäre, denn ich war nie auffallend hübsch, meine Beine sind kurz und ein wenig stämmig. Ich denke, das hat Gott mit Absicht gemacht, denn hätte ich lange, schlanke Beine wie die deutschen Frauen, würde ich nur kurze Röcke tragen und einen Familienkrieg auslösen. Dafür habe ich eine schlanke Taille, die mein ganzer Stolz ist. Mein Busen ist bedauerlicherweise nicht weiter nennenswert, da kaum vorhanden. Gäbe es das, dann wäre meine Körbchengröße sicherlich fünfundsiebzig minus A anstelle von fünfundsiebzig A, und mit meinen langen nussbraunen Haaren, die ich damals gerne offen getragen habe, versuchte ich, meine mangelnde Oberweite zu kaschieren. Meine Arme waren für eine Frau schon immer viel zu muskulös. Leider steht kein Kerl auf eine Frau, die mehr Liegestützen machen kann als er. So dachte ich bis dahin jedenfalls.

Deshalb war ich total perplex, als Adi eines Tages in der Zehn-Uhr-Pause auf dem Schulhof zu mir kam und begann, sich mit mir zu unterhalten. Obwohl ich ja ansonsten nicht auf den Mund gefallen bin, war ich so baff, dass ich seine freundliche Frage, wie denn meine Mathearbeit gelaufen sei, mit einem heftigen Schluckauf beantwortete. Denn immer, wenn ich entsetzlich nervös bin, bekomme ich einen sehr lauten, lang anhaltenden Schluckauf.

Ich fragte mich, ob irgendjemand eine geschmacklose Wette mit ihm abgeschlossen haben könnte oder ob ich träumte. Zugleich wünschte ich mir sehnlichst, dass er hier bei mir blieb und immer weiter sprach, obwohl ich vor lauter Aufregung das Gefühl hatte, nichts verstehen zu können. Adi hatte mich eine Weile verblüfft gemustert, sicher hat er sich gefragt, ob ich noch alle Tassen im Schrank hatte, dann hatte er gelacht.

»Melda, ich finde, du bist erfrischend anders als die anderen Mädchen.«

Als wüsste er, was mir eben durch den Kopf gegangen war, fragte er mich: »Was hast du nach der Schule vor?«

Seine schwarzen Augen glänzten, während sich sein pechschwarzer Blick auf meinen heftete. In diesem Moment wusste ich, dass Adi der Mann sein würde, mit dem ich das erste Mal Sex haben würde, türkische Tochter hin oder her.

Adi und ich gingen also fast täglich unter den neidischen Blicken meiner Klassenkameradinnen nach der Schule zusammen irgendwohin, zum Lernen in die Bibliothek, wo wir hinter dicken Wälzern heimliche Küsse austauschten, ins Café zum Eisessen, wo er mein Knie streichelte und mir das Eis von den Lippen saugte, oder zum Knutschen ins Kino. Meinen Eltern erzählte ich, ich sei nun Mitglied im Schachclub, im Bücherclub und in der Redaktion der Schülerzeitung und müsste deshalb auch nach dem Unterricht dableiben, um alles zu schaffen, oder ich teilte ihnen mit, ich würde mit Pelin, meiner besten Freundin, in der Bibliothek lernen. Pelin deckt mein Doppelleben übrigens bis heute. Früh übt sich eben!

Meine Eltern, die sich sehr über meinen neu erwachten Arbeitseifer freuten, hatten nie irgendwelche Einwände.

Hätten sie gewusst, dass ich mit einem Griechen, dem erklärten Todfeind der Türken, knutschend und heftig fummelnd in der letzten Reihe im Kino gesessen hatte, dann wäre mein Leben bestimmt anders verlaufen, da bin ich mir sicher. Aber was keiner weiß, macht keinen heiß, nicht wahr?

Adonis sah nicht nur aus wie ein griechischer Gott, er konnte auch so küssen. Wenn er seine Lippen auf meine presste, wurden meine Beine zu Pudding, die Welt um mich herum drehte sich, und ich fürchtete, mein Herz könnte vor lauter Aufregung aus meinem Mund geradewegs in seinen hüpfen. Adi war schlichtweg perfekt. Meine Mathenoten verbesserten sich rapide, weil er sich nun neben mich setzte und mich abschreiben ließ.

Als dann unsere Klassenfahrt in die Bretagne anstand, waren wir natürlich unheimlich aufgeregt. Ohne darüber gesprochen zu haben, wussten wir, dass diese Klassenfahrt unsere große Chance sein würde, eine bedeutende sexuelle Erfahrung zu machen. Aber wir hatten uns das Ganze sehr viel leichter vorgestellt. Entweder tauchten unsere Klassenkameraden just in dem Moment auf, in dem wir dachten, dies sei der richtige Zeitpunkt, um uns näherzukommen, oder ich bekam einen heftigen Schluckauf. Doch so schnell gibt ein Grieche nicht auf und ich sowieso nicht! Wir ließen keinen unbeobachteten Moment verstreichen, den wir nicht mit heißen Küssen und vielversprechendem Körperkontakt ausfüllten. Die Luft um uns herum knisterte vor Spannung. Ein Blick von ihm reichte aus, mich schwach zu machen.

In unserer letzten Nacht hatte Adi schließlich eine Decke, Cidre und Plastikbecher besorgt. Damit wollten wir hinaus an den Strand gehen, um einen romantischen Abend zu verbringen. Er hatte den idealen Ort am Tag zuvor ausgekundschaftet. Wir stellten also unsere Armbanduhren auf Mitternacht und schlichen uns aus unseren Schlafsälen hinaus an den Strand, wo wir Hand in Hand im seichten Wasser entlangspazierten. Der Vollmond spiegelte sich beruhigend auf den mitternachtsblauen Wellen wider, die aussahen, als wären sie schwarz lackiert. Es war warm, und eine leichte Brise wehte uns um die Nase.

Adi bespritzte mich neckisch mit Meerwasser, und ich kreischte leise auf, holte mit meinem Fuß aus und spritzte ihn ebenfalls nass, dann lief ich davon, und unter meinen Füßen sprengte das Wasser auf und zerstob im Mondlicht wie Diamantenstaub, während mein Adonis mir hinterhersetzte und mich lachend herumwirbelte.

An den Rest des Weges kann ich mich kaum erinnern, weil wir so intensiv geknutscht haben, dass ich mich halb von Adi bis an diese besondere Stelle am Strand mitschleifen ließ. Als wir endlich angekommen waren, breitete er die Decke sorgfältig aus, und wir stießen mit lauwarmem Cidre an. Dann küsste er mich, und ich küsste ihn, und er knöpfte mein Kleid auf, während ich ihm sein Shirt vom Körper zog, und wir begaben uns langsam in die Waagerechte. Gerade als ich bis auf meinen Slip vollkommen nackt war, merkte ich, dass es um mich herum irgendwie nass wurde. Vielleicht lagen wir zu dicht am Wasser, aber was machte das schon. Es war heiß, und ein wenig Wasser würde uns sicher angenehm erfrischen.

Außerdem würde ich mich nun nicht schon wieder um meine Chance bringen lassen, eine Nacht mit meinem persönlichen Adonis zu verbringen. So knutschten wir weiter und weiter, bis mein Kopf plötzlich ganz im Wasser versank. Adi lag halb auf mir und war derart in Fahrt, dass er erst bemerkte, dass ich gerade ertrank, als er von meinem Busen abließ und an meinem Ohrläppchen knabbern wollte.

»Mein Gott, die Flut!«, rief er erschrocken und richtete sich kerzengerade auf.

»Flut? Welche Flut?«, prustete ich und hickste. Das verdammte Salzwasser brannte in meinen Augen, und meine Haare waren voller Sand.

»Wir müssen hier schnell weg!«, rief er und zog mich hoch. Wir rannten zurück zur Jugendherberge.

»So'n Mist!«, fluchte er, als wir patschnass dort ankamen.

Ich nickte zustimmend und hickste erneut.

Plötzlich leuchteten seine Augen auf, und er sagte: »Was wäre, wenn ich dir sagen würde, ich habe noch eine Idee?«

Ich war mir gar nicht so sicher, ob ich noch in der richtigen Stimmung war, aber irgendwie war ich auch wütend auf die Flut und den verdammten Schluckauf und dachte: Jetzt oder nie!

»Los, erzähl mir von deiner Idee!«

Adi grinste und ging auf den BMW Z3 zu, der in der Auffahrt stand. »Der Wagen gehört zur Jugendherberge, einem der Betreuer«, erklärte er. »Zufällig weiß ich, dass der Besitzer die Schlüssel immer hier aufbewahrt.« Er öffnete die unverschlossene Fahrertür und zog den Schlüssel unter dem Sitz hervor.

»Und?«, fragte ich.

»Na ja, ganz in der Nähe befindet sich ein Wäldchen. Ich habe mich gerade gefragt, ob du wohl Lust auf eine kleine Spritztour hast?« Er sah mir tief in die Augen, und seine Zähne leuchteten im Mondlicht weiß auf. Wer kann dazu schon nein sagen? Trotzdem hatte ich Bedenken.

»Mit einem gestohlenen Wagen? Ich weiß nicht, Adi.«

»Komm schon, wer sollte uns schon erwischen, um diese Uhrzeit ist doch nichts mehr los.«

Ich zögerte, doch als Adi mich erneut küsste, lächelte ich. »Okay.«

Und so fuhren wir kurze Zeit später in einem gestohlenen BMW Z3 auf einen Wald zu, der in der Dunkelheit der Nacht alles andere als romantisch aussah.

Tapfer ließ ich mir nichts anmerken und so befanden wir uns schon bald auf einem kleinen, stockfinsteren Schlammpfad, die Scheinwerfer unseres Autos waren die einzige Lichtquelle. Schließlich entschied Adi, dass wir nun weit genug entfernt seien, und stellte den Motor ab. Mit einem Mal war es stockfinster. Ich begann heftig mit den Zähnen zu klappern, weil ich nass bis auf die Knochen war und die Hosen gestrichen voll hatte, weil mir plötzlich das »Blair Witch Project« einfiel.

Was, wenn mir nun irgendwer meine Gedärme herausriss oder Adi plötzlich aus dem Auto zog und ihm die Kehle durchschnitt? Und ich könnte nicht einmal um Hilfe schreien, weil ich keine Silbe Französisch sprechen konnte. Mein Gott, das alles nur, weil ich endlich Sex haben wollte!

Doch mein persönlicher Adonis lächelte mir beruhigend zu und strich mir liebevoll eine nasse Strähne aus dem Gesicht, bevor er meine blau angelaufenen Lippen mit seinem heißen Mund versiegelte. Es ging mir schlagartig besser.

Nach kurzer Zeit waren wir schon so weit, dass wir gerne übereinander hergefallen wären, wenn da nicht die Schaltung des Z3 uns im Weg gewesen wäre. Das Interieur des

Wagens war derart eng, dass der arme Adi sich kaum bewegen konnte, trotzdem schafften wir es, einander umständlich von unserer nassen Kleidung zu befreien. Ich hatte einen Moment später gar nichts mehr an, genauso wie er.

Er machte einen tollpatschigen Versuch, über die Schaltung hinweg auf meinen Sitz zu gelangen, aber seine Beine waren zu lang. Er hielt einen Moment inne, überlegte kurz und richtete sich auf. Dann stieg er aus, und bevor ich erstaunt nach Luft schnappen konnte, sah ich einen ziemlich weißen Hintern um den Z3 zu meiner Seite des Wagens herumlaufen (der Rest seines Körpers war so braun, dass er mit der Dunkelheit des Waldes verschmolz). Wäre ich nicht unheimlich aufgeregt gewesen, hätte ich mich sicher totgelacht.

So aber steigerte sich meine Erregung, als Adi die Tür öffnete. Ich stieg aus, Adi setzte sich auf meinen Platz und ich mich auf seinen Schoß.

»Hi«, flüsterte er rau.

»Hallo«, begrüßte ich ihn etwas scheu. Ich erinnere mich noch genau, wie ungewohnt, aber überraschend warm sich seine nackte Haut auf meiner angefühlt hatte.

Und auch wenn der Wagen unheimlich eng und unkomfortabel war, schaffte es mein persönlicher Adonis dennoch, mir jede Scheu zu nehmen, so dass ich diese Fahrt nach Frankreich mein Leben lang sicher nie vergessen werde. In dieser Nacht verlor ich meine Unschuld und das sogar mehrmals.

Es wurde erst dann alles etwas heikel, als der Förster gegen die beschlagenen Autoscheiben klopfte und uns auf Französisch nach unseren Ausweisen fragte.

Wahrscheinlich wären Adi und ich noch lange ein Paar geblieben, doch unglücklicherweise erfuhren seine griechisch-orthodoxen Eltern von seiner Liaison mit einer Türkin, ergriffen drastische Maßnahmen und zogen einfach fort.

Von Adonis habe ich danach nie wieder etwas gehört. So ist das eben. Aber hätte ich damals nicht angefangen, meine Mutter und meinen Vater zu belügen, hätte ich mich selbst um meinen Adonis gebracht, und das war eine Erfahrung, die es eindeutig wert war, alles zu riskieren.

Es ist übrigens überaus anstrengend, zwei Kulturen angehören zu wollen, davon kann ich ein Liedchen singen. Adi ist nicht der Einzige, der Eltern hat, die, sagen wir: »heimatorientiert« denken und handeln. Ich weiß das, denn immerhin bin ich auf diese Weise erzogen worden.

Meine Eltern sind Einwanderer aus der Türkei. In den Sechzigern zogen sie mitsamt ihren Familien nach Deutschland. Weiß der Teufel, was sie geritten hat, das zu tun. Mein Leben wäre weitaus weniger kompliziert verlaufen, wenn sie geblieben wären, wo sie waren!

Aber ich will nicht unfair sein. Sie konnten das ja nicht wirklich frei entscheiden. Mama war vierzehn und Papa war siebzehn, als ihre Familien sie mit nach Deutschland mitgenommen haben. Die beiden mussten Deutsch lernen in einer Zeit, in der es kein Geld für Kurse gab. Doch immerhin besaß schon jede Familie einen Fernseher, und so lernten sie Deutsch aus Filmen. Deshalb spricht Papa noch heute Deutsch wie John Wayne.

Sie kamen beide auf dieselbe Schule, und nachdem sie ihren Abschluss in der Tasche hatten, beschlossen sie, zu heiraten. Ich bin mir noch immer nicht so ganz sicher, ob es nun eine dieser arrangierten Ehen war und sie sich hinterher verliebten oder ob sie sich zuerst verliebt hatten und die Ehe im Nachhinein arrangiert wurde. Ist ja auch einerlei. Jedenfalls sind sie ein glückliches Paar, und ich bin ihr einziges Kind.

Wenn ich mich so umsehe, kann ich von Glück sagen, dass Mama und Papa moderne Menschen sind, die sich um

Integration bemühen. Ich trage kein Kopftuch, genauso wenig wie Mama, und mein Papa ist glatt rasiert und trägt Mama auf Händen. Er kann spülen und Wäsche waschen, nur das Kochen ist Mamas Sache, weil alles, was er kocht, einfach nicht schmeckt. Wir sind eine normale, moderne, türkische Familie.

Trotzdem ist es nicht so leicht, seine kulturellen Fesseln abzuwerfen.

Meine Eltern wollten immer, dass ich es einmal besser habe als sie, also haben sie während meiner ersten drei Lebensjahre nur türkisch mit mir gesprochen, damit ich meine Wurzeln nie vergesse. Im Kindergarten konnte ich deshalb natürlich kein Wort Deutsch. Ich habe mich lange Zeit gewundert, was die vielen ausländischen Kinder hier machten, bis ich merkte, dass meine beste Freundin Pelin und ich hier die Fremden waren und nicht die anderen Kinder. Wie erklärte man, ohne ein Wort Deutsch zu sprechen, als Dreijährige einer ebenfalls dreijährigen blonden Zicke, dass nicht ich ihr die Kaugummis in die Haare geklebt hatte, sondern der freche Junge mit den Sommersprossen?

Zum Ramadanfest habe ich den Älteren aus meiner Familie die Hände geküsst und dafür Süßes oder Geld bekommen, und weil Mama und Papa sich auch den deutschen Sitten anpassen wollten, haben wir jedes Jahr zu Weihnachten lauthals »Stille Nacht, Heilige Nacht« gesungen und unter einem Tannenbaum aus pfefferminzgrünem Plastik Geschenke ausgepackt. Das war für mich vollkommen normal.

Mama und Papa dachten, dass ich so alles lernte, was für mein späteres Leben wichtig ist. Leider scheiden sich da schon unsere Geister.

Ich versuche ja mein Menschenmögliches, ihnen eine gute Tochter zu sein. Ich habe einen Beruf und wohne noch immer bei meinen Eltern, wie es sich für ein wohlerzogenes unverheiratetes türkisches Mädchen gehört, obwohl ich schon sechsundzwanzig bin.

Mehr müssen Mama und Papa nicht über mich wissen. Alles andere würde wahrscheinlich einen Herzinfarkt oder einen Kreislaufkollaps verursachen.

Ich lerne türkische Gerichte zu kochen und halte mit unseren ebenfalls türkischen Nachbarn höflichen Smalltalk. Wenn türkische Männer mich anstarren, senke ich den Blick, wie es sich für eine anständige unverheiratete junge Frau gehört.

Bisher bin ich damit eigentlich ganz gut gefahren.

Das alles erklärt nun aber noch lange nicht, warum ich mich hier auf einer unfreiwilligen Hochzeit befinde. Es begann alles an dem Tag, den Pelin und ich so lange gefürchtet hatten.

»Frau Moran, Frau Balabak, morgen ist es so weit: Ich trete den Rückzug an!«, verkündete unser Chef eines Tages strahlend.

Ich nickte ihm freundlich zu, und Pelin sagte bedauernd: »Wir werden Sie wirklich sehr vermissen, Herr Hase, Sie und ›Hobbit‹ natürlich auch.«

Was den Hasen so besonders sympathisch machte, war die Tatsache, dass er ein Pechvogel war.

Hase hatte einen Hund, nun ja, eigentlich war der Hund ja mehr ein mittelgroßes Pony oder ein kleines Rind, das kommt wohl ganz auf den Betrachter an. Sein Fell war kurz und grau gescheckt und sein Bellen tief und durchdringend. Hobbits Kopf war beinahe doppelt so groß wie meiner, und seine Augen hatten die Größe von Zwei-Euro-Stücken. Seine Tatzen hätten genauso gut einem Grizzly gehören können, und seine ständig feuchte Zunge leckte freundlich über jedes Gesicht in Reichweite. Hobbit war ein Rüde, und leider war er auch nicht kastriert.

Pelin und mich störte diese unwesentliche Tatsache eigentlich nicht, denn Hobbit war lammfromm und meistens mehr kuscheliger Bettvorleger als aggressiver Kampfhund.

Der Hase ließ ihn frei zwischen seinem und unserem Büro hin und her pendeln, und wir vier waren bis dato ein gutes Team, solange Hobbit friedlich war. Das war leider nicht immer der Fall.

Eines Tages knurrte und kläffte Hobbit unruhig. Langsam waren Pelin und ich wirklich genervt. Aber was konnten wir beide schon gegen ein Kalb ausrichten?

Gerade als wir überlegten, Hobbit in Hases Büro zu sperren, klopfte es kurz, und noch bevor einer von uns Einspruch erheben konnte, öffnete sich die Tür, und der Vorstandsvorsitzende unserer Bank, Herr Müller, trat lächelnd ein.

Leider kam es vor, dass Hobbit geil wurde, und dann sollte man ihm, wenn man ein Mann war, besser aus dem Weg gehen. Tja, Pelin und ich haben das auch nie so recht verstanden, aber Hobbit schien eben mehr auf Kerle zu stehen.

Als er den vor Schrecken paralysierten Vorstandsvorsitzenden in seinem vornehmen, schwarzen Anzug mit dem blütenweißen Hemd und der flotten roten Krawatte sah, hielt er in seinem Kläffen inne. Ich denke heute, es war Liebe auf den ersten Blick. Als Herr Müller Hobbit sah, schmolz sein Lächeln wie Eiscreme im Hochsommer in rekordverdächtigem Tempo dahin.

»N...nehmen Sie den Hund bb...bbitte weg ... Ich hhhhabbbe panische Angst vvvor Hundddden«, stotterte er.

Doch Hobbit, so nett er ansonsten war, konnte leider erstaunlich stur sein, wenn er sein Herz vergab. Mit einem Satz sprang er Herrn Müller an und legte seine enormen Pfoten auf dessen Schultern. Wie Hobbit da so auf zwei Beinen stand, wirkte er unheimlich imposant, sicher war er so über einen Meter neunzig groß, auf jeden Fall einen Kopf größer als der Vorstandsvorsitzende.

»Nnn…nehmt den … H…Hund … dda wwwweg.« Herr Müller war paralysiert vor Angst.

Pelin und ich eilten ihm zu Hilfe, doch sobald wir Hobbit anfassten, fletschte er seine Wolfszähne und knurrte uns furchterregend an. Nicht, dass Pelin und ich feige wären, aber wir fürchteten um die Gesundheit unseres Vorstandsvorsitzenden.

»Äh … vielleicht ist es besser, Sie warten, bis er von allein runterkommt«, schlug ich vor.

»N…nnehmt ihn ddda wwweg.« Herr Müller war furchtbar blass. Hobbit hielt seinen neuen Freund fest umklammert. Ich konnte deutlich sehen, wie Hobbits Atem die Nackenhaare unseres Vorstandes hochpustete.

»Ich hole Herrn Hase, er wird Ihnen sicher helfen können«, versuchte Pelin ihn zu beruhigen und lief den Korridor zu dem Kollegen herunter, mit dem der Hase im Termin war.

Herr Müller wimmerte mitleiderregend, wagte aber nicht, sich zu rühren, da jede seiner Bewegungen von Hobbit mit einem unzufriedenen »Grrrrr…!« quittiert wurde.

»Sie sollten sich momentan besser nicht bewegen«, riet ich mitfühlend.

Als ob das nicht reichen würde, begann Hobbit nun, seine Umarmung zu intensivieren und … äh … man könnte sagen, Hobbit begann, sich merkwürdig hopsend auf und ab zu bewegen.

Nervös stürmte der Hase in diesem Moment ins Büro. Beim Anblick unseres obersten Chefs, wie er da von seinem Hund vergewaltigt wurde, wurde er beinahe so rot wie ein guter Bordeaux.

»Hobbit! Aus!«, schrie er, packte den Hund bei seinem Halsband und riss ihn herunter.

Herr Müller war noch immer leichenblass, obwohl er sichtlich erleichtert schien. Er wischte sich den Angstschweiß von der Stirn, atmete tief durch und sagte: »Herr Hase, wir müssen uns unterhalten.«

Mit diesen ernsten Worten verschwand Herr Müller in Hases Büro, ohne Pelin und mich zu beachten, während unser Chef uns einen mitleidheischenden Blick zuwarf, sich umdrehte und den Rückzug in sein Büro antrat. Kurze Zeit später gab Hase bekannt, dass er in den Ruhestand ging.

»Was werden Sie denn mit all Ihrer Freizeit anstellen? Werden Sie uns vermissen?«, erkundigte ich mich besorgt.

»Ich werde sicher oft an Sie zwei denken, weil Sie immer so lustig sind und mich hier sehr verwöhnt haben, aber die Arbeit vermissen?« Er schüttelte seinen weißbehaarten Kopf.

»Meine Frau und ich werden von Februar bis Oktober in der Türkei bleiben, uns die Sonne auf den Bauch scheinen lassen und leckeren Kebab essen, während Sie hier über den Papieren brüten«, erklärte er vergnügt, während er seine Habseligkeiten in einen Karton packte und Pelin und ich ihm dabei halfen.

»Wer wird denn Ihr Nachfolger?« Ich war maßlos neugierig. Immerhin hatten wir doch wohl ein Recht zu erfahren, wen uns die Geschäftsleitung nun vor die Nase setzen würde, nicht wahr?

»Ein Dr. Pfennig. Leider weiß ich nur, dass er in Münster studiert und seinen Doktor in Bankwirtschaft an der Uni in Harvard erworben hat«, teilte Herr Hase uns bereitwillig mit.

Ich pfiff anerkennend durch die Zähne. »Wow! Harvard! Nicht schlecht!«

»Ach was, bestimmt ist er ein spießiger, alter Sesselfurzer, der sich bei jedem winzigen Privatgespräch sofort an die Geschäftsleitung wendet, um sich zu beschweren«, wisperte Pelin mir zu, und ich verzog mein Gesicht. Das lag absolut im Rahmen des Möglichen. Wir hatten so manche Kollegen, die mit Chefs zusammenarbeiten mussten, die sich aufführten, als seien sie der Papst persönlich.

Wenn man beispielsweise Herrn Saft, dem Kreditdirektor, in einer Spielwarenabteilung im Kaufhaus begegnen würde, würde man ihn freundlich an seine Schulter tippen und fragen: »Na, mein Junge, welches Spielzeug soll ich dir denn vom Regal holen?«

Herr Saft sieht nämlich nur so lange seriös aus, wie er hinter seinem überdimensionalen Schreibtisch hockt. Wenn man es aber wagt, seinen Blick zu senken, während man eingeschüchtert vor ihm steht, sieht man, dass seine kurzen Beine in der Luft baumeln, und man munkelt, dass er eine Leiter braucht, um auf seinen Bürostuhl zu klettern. Wie so oft bei kleinen Männern verspürt auch er ständig das Bedürfnis, herumzuschreien und sich aufzuplustern. Deshalb sieht er auch aus wie ein faltiger Gnom, hat dafür aber die Stimme von Joe Cocker.

Und weil er sich ständig wichtig machen muss, pfeift er seine Sekretärin bei jeder sich bietenden Gelegenheit an. Nicht auszudenken, wenn man so einen Typen als Chef bekäme!

»Was ist eigentlich *patlican kebab*?«

Solche Fragen würden Pelin und mir sicher besonders fehlen. Der Hase war ein netter Mann in den besten Jahren und hat uns mit Fragen über türkisches Essen, türkische Sitten und die türkische Sprache immer gerne gelöchert, und da Pelin und ich uns in dieser Hinsicht als kompetent betrachteten, haben wir ihm stets alles ausführlich erklärt.

»*Patlican kebab* sind runde Frikadellen, die abwechselnd mit Auberginen, Peperoni, Zwiebeln und Tomaten aufgespießt und dann auf offenem Feuer gegrillt werden. Diesen langen Spieß richtet man dann auf *lavasch* an, das ist ein hauchdünnes, frisch gebackenes Fladenbrot. Man isst immer ein Stück von dem Gemüse und dem Fleisch, eingewickelt in ein Stück vom Fladenbrot. Es schmeckt unheimlich gut!«, antwortete Pelin geduldig, tippte vielsagend auf ihre Armbanduhr und zwinkerte mir verschwörerisch zu.

»Oh, Herr Hase, ich muss gehen, es tut mir leid, aber ich habe heute noch einen Arzttermin. Wir sehen uns ja morgen bei Ihrem Ausstand.« Hektisch begann ich, meinen Computer herunterzufahren und meine Schubladen abzuschließen.

»Jaja, keine Sorge, Frau Moran, Frau Balabak und ich kommen schon allein zurecht, nicht wahr?« Pelin erwiderte sein Lächeln, während ich einen gehetzten Blick auf meine Armbanduhr warf.

»Pelin, wenn meine Eltern anrufen ...«

»Keine Sorge, Melda, ich kümmere mich schon um sie. Und jetzt raus mit dir, du musst dich noch fertig machen!«

Ich warf ihr einen dankbaren Blick zu. Was gibt es Schöneres, als die beste Freundin und verlässlichste Komplizin als Kollegin zu haben?

So schnell es mein puderrosafarbenes Etuikleid zuließ, rannte ich die schwarzen Marmortreppen der Bank hinunter, in der ich seit meiner Ausbildung arbeite.

Ich lief hastig aus dem imposanten Gebäude hinaus und suchte den nächsten McDonald's auf, wo ich mich in einer schmuddeligen Klokabine auszog und die Klamotten meines geheimen Lebens überstreifte.

Wenn ich morgens unser Heim verließ, war ich Melda Moran, die vernünftige Sekretärin in einer großen Bank in Köln. Ich arbeitete sorgfältig und gewissenhaft, und ich liebte meinen Job, weil ich gerne Kontakt zu Menschen habe und mein Chef ein Schatz war. Aber dreimal wöchentlich sehnte ich meinen Feierabend herbei.

Denn erst, wenn ich meine Bürokluft auszog und in meine durchlöcherten Jeans schlüpfen konnte, wenn ich meine Augen mit einem dicken Kajalstift schwarz bemalte, so dass sie blau aufleuchteten, und wenn meine langen, braunen Haare offen und glatt über meinen Rücken flossen, erst, wenn ich mich an mein Schlagzeug setzte und auf das Zeichen unseres Leadsängers Bono wartete, um endlich voll draufloszuhämmern, erst dann hatte ich das Gefühl, wirklich lebendig und ich selbst zu sein, denn dann war ich Roxy, die Schlagzeugerin.

Für alle normalen Menschen hört sich das bestimmt komisch an. Meine Eltern wussten, dass ich in einer Bank arbeitete, aber nicht, dass ich Drummerin in einer Rockband war. Meine Kollegen wussten, dass ich Türkin war und deshalb manche Dinge anders betrachtete als sie, aber auch sie wussten nichts von meinem Nachtleben.

Meine Band wusste, dass ich Türkin war und mich samstagnachts oft heimlich aus dem Haus schleichen musste, damit meine Eltern nichts mitbekamen. Sie wussten nichts davon, dass ich Bankerin war. Banker und Steuerberater sind Spießer, das war klar für sie. Und wo ich doch ohnehin schon so viele Geheimnisse habe, macht das eine mehr doch auch nichts aus, nicht wahr? Leider verdiente man als Schlagzeugerin nicht halb so gut wie in der Bank, wo nur Pelin alles über mich wusste und mir stets den Rücken frei hielt.

Pelin ist so etwas wie meine Schwester und heißt mit vollem Namen Pelin Balabak.

Unsere Mütter waren schon beste Freundinnen, als sie aus der Türkei fort- und hierhergezogen sind, also wuchsen wir zwei Einzelkinder beinahe wie Geschwister auf. Unsere Väter arbeiteten beide im Eisenwerk und waren von morgens bis abends nicht zu Hause, das Regiment führten deshalb eher die Frauen. Das hieß, dass Pelins Mutter, Tante Aylin, auf mich aufpasste, wenn Mama im Zeitungskiosk um die Ecke arbeitete, und Mama passte auf Pelin auf, wenn Tante Aylin arbeiten ging.

Ich zog mir ein schwarzes Tanktop über, legte zwei silberne Nietengürtel an und befestigte meine Nasenringe. Dann bemalte ich meine Lippen und betrachtete mich kritisch im Spiegel. Sehr gut! Von einer Tippse hatte ich nun rein gar nichts mehr an mir. Unwahrscheinlich, dass Kollegen aus der Bank erschienen oder jemand aus unserer Nachbarschaft kam und mir zuhörte, aber wenn doch, würde ich bestimmt nicht erkannt werden.

Endlich packte ich mein Kleid in einen alten Armeerucksack, zog meine schwarzen Springerstiefel an und lief ins »Garage«, so hieß der Club, in dem meine Band, »Dungeon«, auftrat. Ich war heute Abend leider viel zu spät dran und musste mich durch eine lange Schlange an der Kasse nach vorn drängen, um überhaupt hineinzukommen.

»He, pass doch auf!«, rief ein großer Blonder verärgert, als ich ihm versehentlich auf den Fuß stieg.

»Oh, tut mir leid, habe ich dein Porzellanfüßchen beschmutzt?«, erkundigte ich mich und schenkte ihm ein Lächeln.

»Ganz schön große Klappe!«, murmelte er verärgert.

»Mach mal nicht so'n Wind, Blondie!«

Der blonde Kerl musterte mich kühl, während ich mich weiter vordrängte. Unser Bassist, Dean, hielt dort vorn schon Ausschau nach mir. Ich hüpfte wild auf und ab und rief: »Deaaaan! Hieeer bin ich! Deeeaahhhan!!«

Da hatte er mich schon gesehen, fischte mich mit seinen langen Armen kurzerhand aus der Menschenmenge heraus und half mir auf die Bühne, wo die anderen Bandmitglieder mich erleichtert begrüßten.

»Roxy, Babe, wo hast du denn nur gesteckt? Wir haben uns schon Sorgen gemacht!« Bono klopfte mir erleichtert auf die Schulter, und Pit, der E-Gitarrist, lächelte.

Für die Jungs war ich Roxy, die Schlagzeugerin mit Power, und das reichte ihnen. Mehr wollten sie nicht wissen und mehr würden sie nicht erfahren.

»Wollen wir loslegen?«, fragte Dean, der sich als Letzter auf die Bühne schwang und lässig einen Soundcheck durchführte, als wäre die Bar nicht brechend voll, sondern menschenleer.

Ich sah mich um und bemerkte, dass mein Schlagzeug gefährlich nahe am vorderen Rand der Bühne stand.

»Warum steht mein Schlagzeug so weit vorn?«

»Roxy, wir haben jetzt keine Zeit mehr, etwas daran zu ändern. Mach einfach das Beste daraus, okay?«

Ich nickte verärgert. »Ich werde schon nicht herunterfallen, keine Sorge!«

»One, two, one two three four ... !«, brüllte Bono laut, und die Menschenmenge unter uns wurde merklich leiser. Ich haute auf meine Trommeln, was das Zeug hielt, und schon röhrte Bonos rauchige Stimme durch den Raum, dicht gefolgt von einem erstklassigen Gitarrensolo von Pit. Die Menge jubelte und pfiff begeistert, viele schüttelten den Kopf wild zum Takt unserer Musik. Wie immer, wenn ich die Bühne betrat, war ich voll in meinem Element. Eine Stunde lang unterhielten wir unser Publikum und hatten dabei eine Menge Spaß.

Dann geschah das Unvermeidliche.

Jemand stieß heftig an den unteren Teil der ohnehin schon wackeligen Bühne. Mein Schlagzeug schwankte bedenklich, fast so, als würde es sich überlegen, ob es nun hinunterfallen sollte oder nicht. Ich machte einen kleinen Hechtsprung zum gefährlichen Rand der Bühne hin, um meine Instrumente zu retten, und es klappte auch, sie blieben, wo sie waren.

Dafür fiel ich eineinhalb Meter tief von der Bühne auf ein Meer voll namenloser Gesichter, und mein Kreischen verlor sich im Jaulen von Pits E-Gitarre.

Überraschenderweise landete ich ungewohnt weich.

»Pass doch auf!«, brüllte mir jemand von unten zu. Ich rappelte mich auf, um demjenigen, den ich gerade unter mir begraben hatte, aufzuhelfen.

Ein langer, kräftiger Oberkörper richtete sich unmittelbar vor meiner Nase auf, und jemand schüttelte seinen weizenblonden Schopf.

»Kennen wir uns?«, fragte ich ein wenig irritiert.

Er seufzte verärgert. »Porzellanzeh?«, half er mir gutmütig weiter.

Oh nein, der Blonde vom Eingang! Das konnte ja wohl nicht wahr sein! Konnte ich in ein und derselben Nacht demselben Mann auf den Fuß getreten und ihn dann auch noch platt gewalzt haben?

Bono hielt suchend nach mir Ausschau, und als ich ihm den Daumen hochhielt, signalisierte er mir ein Time-out. Pause.

Ich drehte mich zu meinem Opfer um.

»Hör mal, das tut mir leid, äh, auch das mit deinem Zeh, meine ich«, entschuldigte ich mich lahm.

Er grinste. »Schon gut.«

»Kann ich dich denn auf ein Bier einladen, um deine Schmerzen ein wenig zu lindern?«

Er legte seinen Kopf ein wenig schief und betrachtete mich kurz. »Okay, warum nicht? Ich habe wohl nicht mehr allzu viel zu verlieren, oder?«

Ich zuckte die Schultern und wandte mich zum Gehen, als ein stechender Schmerz in meinem Fuß mir fast die Sinne raubte und ich aufschrie und gegen ihn fiel.

»Du bist ja ganz schön anhänglich, was?«, erkundigte er sich belustigt.

Ich verzog schmerzhaft mein Gesicht und zeigte auf mein Bein.

»Hast du dich etwa verletzt?«

Es tat so weh, dass ich die Zähne zusammenbeißen musste, um nicht loszuschreien. Schweiß trat mir auf die Stirn.

»Augenblick.« Der Blonde drehte sich um und ging zu Bono an die Bühne, er zeigte wild gestikulierend auf mich und Bono nickte verständig. Sie tauschten ein paar Worte aus, und Bono erklärte Dean und Pit etwas.

»Was hast du mit ihm besprochen?«, erkundigte ich mich.

»Ich habe ihm gesagt, dass ich dich ins Krankenhaus fahre. So, wir gehen«, erklärte er ruhig.

»Was fällt dir ein? Es geht mir gu… auu verdammt …«

»Ja, klar, es geht dir toll. Dann mach mal die paar Schritte bis zum Ausgang allein. Bin ja mal gespannt, wie weit du kommst«, spottete er boshaft.

Ich hielt wütend inne und humpelte auf einem Bein in Richtung Ausgang. Doch es war brechend voll, die Luft war stickig und verraucht, und die Menschen schoben, drängelten und stießen an mein verletztes Bein. Vor lauter Schmerz wurde mir speiübel.

»Na, geht es noch?« Blondie hatte mich mit seinen Blicken verfolgt und stand nun mit vor der Brust verschränkten Armen vor mir.

»Ich … es geht … mir …«, murmelte ich. Mein Kopf dröhnte und meine Ohren rauschten.

Ich hatte das Gefühl, gleich zu ersticken. Ich fühlte, wie ich in ein schwarzes Loch fiel.

Da merkte ich plötzlich, wie mich zwei Arme mit einer Leichtigkeit hochhoben, die mich verblüffte. Sie legten meine Arme um einen sehnigen Hals, und ich spürte einen warmen Atem in meinem Gesicht.

»Los Leute, hier ist jemand verletzt, macht mal Platz!«, rief er, und irgendwie wichen uns die Leute aus.

Als wir auf der regennassen Straße standen, fühlte ich mich schon ein wenig besser.

»Du … äh … kannst mich jetzt wieder runterlassen, es geht mir gut«, flüsterte ich.

»Bist du sicher?«, erkundigte er sich besorgt, und ich bemerkte zum ersten Mal, dass er himmelblaue Augen und ein schön geschnittenes Gesicht hatte.

Auch er starrte mich verblüfft an und neigte seinen Kopf näher meinem Gesicht zu. Für einen Moment schien es, als hätten sich unsere Blicke ineinander verhakt.

»Petrolblau«, sagte er schließlich.

»Wie bitte?«

»Deine Augen, sie sind petrolblau. Du hast ... wirklich die bemerkenswertesten blauen Augen, die ich je gesehen habe«, sagte er, und es klang so entwaffnend ehrlich, dass ich lachen musste.

»Danke. Warum bist du darüber so erstaunt?«

»Ich hatte den Eindruck, sie wären dunkel, wie deine Haare. Lag vermutlich am Licht«, erläuterte er, während er mich sachte hinabgleiten ließ und ich versuchte, stehen zu bleiben.

»Au!! Ahhh ...!«, jammerte ich bei dem Versuch aufzutreten.

Er seufzte ergeben.

»Wo steht dein Wagen?«

»Welcher Wagen?«

»Na der, mit dem ich dich ins Krankenhaus fahren werde.«

»Der steht zu Hause. Ich habe ein Jobticket und fahre für gewöhnlich mit der Bahn. Können wir nicht mit deinem fahren?«

»Klar, wenn ich einen Wagen dabeihätte, warum nicht?«

Ich dachte kurz nach. »Warum rufst du nicht ein Taxi?«

»Hast du denn Geld?«

»Nein, im Moment nicht, aber ich würde es dir natürlich sofort zurückgeben, das ist doch klar!«, versicherte ich ihm hastig.

Blondie seufzte ergeben. »Nun, da ich kein Auto und auch kein Geld für ein Taxi mehr habe, genauso wenig wie du, werde ich dich offensichtlich bis zum nächsten Krankenhaus tragen müssen. Ich denke, da sollte ich zumindest erfahren, wie du heißt, nicht wahr?«

»Ich heiße ... nenn mich doch einfach Roxy, das tun hier alle, äh ...«

»Jan, ich heiße Jan.«

»Freut mich, Jan.«

Und so hob Jan mich wieder hoch, und ich hatte in den nächsten Minuten ausreichend Gelegenheit zu bemerken, dass er ein ausgesprochenes Prachtexemplar von einem Mann war. Er sah nicht so aus wie die Typen, die sonst immer kamen, um sich »Dungeon« anzuhören.

»Jan, dein Name gefällt mir. Was hat jemanden wie dich ins ›Garage‹ verschlagen?« Neugierig musterte ich seine pulsierende Halsschlagader.

»Ein Freund hat mir den Tipp gegeben, dass es dort gute Rockmusik gibt. Deshalb dachte ich, ich schaue mal vorbei«, erwiderte er leichthin. Er verlagerte mein Gewicht geschickt auf seinen anderen Arm und betrachtete mich interessiert. »Tust du das schon lange?«

»Was? Die Füße unserer Fans platt treten oder von der Bühne fallen?«

»Schlagzeug spielen.«

»Oh, das meinst du. Ja, seit etwa zehn Jahren.«

»Ist das alles, was du beruflich machst?«

»Ja, Roxy ist eben Drummerin«, erklärte ich, und es war nicht einmal gelogen. Roxy war Drummerin, Melda war die türkische Tochter, und Frau Moran war die Sekretärin.

»Komisch.«

»Wieso?«

Er blieb stehen und ließ mich sachte hinabgleiten.

Meine Arme waren noch immer um seinen Hals geschlungen.

»Irgendwie habe ich das Gefühl, dass ... dass du nicht so bist, wie du bist.«

»Tatsächlich?«, murmelte ich schwach.

Himmel! Seine Augen waren tatsächlich hellblau, und zwar ohne den geringsten Makel, und sie befanden sich nun gefährlich nahe an meinen.

»Ja ... ich würde zu gerne wissen ...« Jan beugte sich zu mir herunter. War es möglich, dass er meine Gedanken lesen konnte? Ich fühlte mich plötzlich wie Glas, zerbrechlich und durchscheinend.

Als seine hellblauen Augen sich wieder von meinen lösten, fühle ich mich noch schwächer als zuvor.

Er beobachtete mich noch immer eingehend.

»Irgendetwas an dir ist seltsam, kleine Roxy.«

Ich merkte erst jetzt, dass meine Arme noch immer um seinen Hals geschlungen waren, und ließ sie langsam sinken.

»Ach was, ich bin eine ganz normale Drummerin, was soll da schon seltsam sein«, entgegnete ich nervös.

Ich hatte gar nicht bemerkt, dass wir schon vor dem Krankenhaus standen.

»Wir sind ja schon da. Danke, Jan«, lächelte ich erleichtert.

»Keine Ursache.«

Da stürmten schon zwei Krankenpfleger zu mir heraus und halfen mir in die Notaufnahme.

Jan rief: »Soll ich mitkommen?«, und ich brüllte zurück: »Nein, vielen Dank, ich komme schon klar!«

Eben hatte ich Pelin eine SMS geschickt, und Pelin war schon unterwegs zu mir. Wenn ich sie nicht hätte, wäre ich wahrhaftig aufgeschmissen!

Da stürmte sie schon in die Notaufnahme und tippte verblüfft an meinen neuen Gips.

»Melda, ich weiß nicht, wie du das nun wieder hinbekommen hast, aber ich kann nur sagen: Bravo!«

»Lass den Quatsch und hilf mir gefälligst!«, knurrte ich missmutig.

»Ist ja schon gut! Du solltest dir lieber eine plausible Ausrede für deine Eltern ausdenken, anstatt mich anzublaffen«, rügte sie vorwurfsvoll. »Hier, wisch dir das Zeug aus dem Gesicht und zieh dir deine Büroklamotten wieder an.«

Ich schminkte mich ab und schlüpfte wieder in mein Kleid, was mit meinem neuen Klumpfuß ziemlich schwierig war.

Pelin beäugte mich prüfend. »So sollte es gehen.«

Sie baute sich vor mir auf und fragte mich mit der tiefen Stimme meines Vaters: »Melda, Kind, was ist mit dir passiert?«

»Das ist nicht nötig«, wehrte ich ab.

Pelin legte den Kopf schräg und wiederholte ihre Parodie.

Ich seufzte. »Gegen dich ist man wirklich machtlos!«

Sie klopfte abwartend mit dem Fuß auf den Linoleumboden.

»Papa, ich hatte gerade Feierabend und wollte über die Straße zur Bahnhaltestelle gehen, als dieser Verrückte vor mir bei Rot über die Ampel gesaust ist. Da er mich fast umgefahren hätte, habe ich mich in letzter Minute nach hinten zurück auf den Bordstein geworfen, und dabei ist mein Fuß umgeknickt«, leierte ich herunter.

Pelin nickte zufrieden. »So wird es gehen. Und was ist nun wirklich passiert?«

»Ich ... ich bin von der verflixten Bühne gefallen«, brummte ich.

»Hochinteressant! Und wie bist du hergekommen?«

Ich lächelte versonnen. »Ein blonder Prinz hat mich hergetragen.«

»Oh, Oh. Melda-Schatz, mir scheint, dein Fuß ist nicht deine einzige angeknackste Region.«

Als Pelin mich zu Hause absetzte, öffnete Papa die Tür und sah gar nicht erfreut aus.

»Melda!«, donnerte er wütend. »Was soll das hier bedeuten?«

Er fuchtelte mit einer Schachtel Kondome unter meiner Nase herum.

2. Türkischer Mokka mit Zucker

»Ach, *die* Kondome!« Ich rang mir mühsam ein Lachen ab, während ich krampfhaft überlegte, wie ich meinem Vater eine plausible Erklärung dafür geben konnte, was eine Großpackung gefühlsechter Kondome im Besitz seiner vermeintlich noch jungfräulichen Tochter zu suchen hatte.

»Ja, *die* Kondome, es sei denn, du hast noch mehr Präservative, von denen ich nichts weiß.«

»Die gehören mir nicht.« Das war ja eigentlich keine echte Lüge, nicht wahr? Immerhin war ich eine Frau, und Frauen benötigten ja keine Kondome, sondern Männer.

»Meine Kollegin, Tamara Krause, hatte mich gebeten, sie für einen Junggesellinnen-Abschied zu besorgen. Danke, dass du sie gefunden hast, Papa!« Ich umarmte ihn.

»Komische Sitten haben diese Deutschen. Kondome für einen *kina gecesi*. Das gehört sich einfach nicht!«

»Nein, Papa, das ist kein Henna-Abend. Einen Junggesellinnen-Abschied feiert man meistens in einer Bar und macht Späße, lustige Spiele, weißt du.«

Aber Papa schüttelte nur missbilligend den Kopf.

Dafür, dass ich ein Doppelleben führte, fand ich, dass das Leben bei uns Morans relativ alltäglich verlief.

Wenn ich keinen Auftritt als »Roxy« hatte und pünktlich zu Hause war, dann deckte ich den Tisch und machte einen Salat, so dass wir uns gemeinsam zum Abendessen an den Tisch setzen konnten. Das Abendessen ist bei uns wie in den meisten türkischen Familien sehr wichtig. Es ist Familienrat und Essen zugleich, wir erzählen einander, wie wir den Tag verbracht haben, diskutieren über Probleme und erzählen uns Neuigkeiten aus der Nachbarschaft. Wir setzen uns grundsätzlich immer erst dann an den Tisch, wenn alle da sind, und keine Minute vorher, es sei denn, einer von uns ist verhindert und ruft an, damit die anderen nicht warten.

Meine Eltern hatten sich zwar an meine »Überstunden« gewöhnt, sie freuten sich aber immer sichtlich, wenn ich abends zu Hause mit ihnen aß. Nach dem Abendessen räumten Papa und ich gemeinsam den Tisch ab, während meine Mutter die Küche aufräumte. Papa kochte uns dann türkischen Schwarztee, den wir gemütlich vor dem Fernseher tranken, bevor wir zu Bett gingen.

Viel mehr gibt es über uns eigentlich nicht zu berichten.

Im Hause der Balabaks hingegen gibt es eine Sensation, um die ich Pelin schon immer beneidet habe.

Es ist Pelins *anneanne*, ihre Großmutter.

Da ich mich an meine eigene Oma nicht erinnern kann und Pelins Oma von Kindesbeinen an kenne, nenne auch ich ihre Oma *anneanne*, genau wie Pelin.

Anneanne ist vor langer, laaaanger Zeit geboren worden. Damals gab es noch eine andere Zeitrechnung in der Türkei, das ist kein Witz! Da sie aus einem Dorf stammt und nie lesen und schreiben gelernt hat, weiß sie nur, dass sie geboren wurde, als es Kirschen auf dem Markt zu kaufen gab. Wir vermuten, das war im Sommer 1925, sind uns da aber nicht so ganz sicher.

Insgeheim glaube ich, dass *anneanne* uns alle noch überleben wird, denn obwohl sie klein und dürr ist, strahlen ihre lebhaften rehbraunen Augen einen unverkennbaren Witz und einen messerscharfen Verstand aus. Das allein aber macht sie noch zu keiner Sensation.

Das Besondere an *anneanne* ist, dass sie eine Hexe ist!

Sie kann aus dem Kaffeesatz die Zukunft lesen, Menschen verhexen oder Geister herbeirufen, jedenfalls sind Pelin und sie selbst überzeugt davon.

Und meine Freundin Pelin ist ihre einzige Schülerin.

Schon seit wir kleine Mädchen waren, eiferte sie ihrer Oma mit großer Energie nach.

Im Kindergarten verfluchte sie den rothaarigen Rotzlöffel, der sich darüber lustig machte, dass ihr Deutsch so schlecht war.

Am nächsten Tag aß der Junge eine Lakritzschnecke, die Pelin ihm großzügig aus ihrer Tüte angeboten hatte. In seiner Gier griff er gleich mehrmals zu, während Pelin nur sanft lächelte.

Eine Stunde später verschwand der Kleine mit hochrotem Kopf auf dem Klo und kam den ganzen Tag nicht wieder heraus.

Ich habe erst Jahre später erfahren, dass sie die Abführtabletten ihrer Großmutter in die Lakritzschnecken eingearbeitet hatte, nur um sicherzugehen, dass der Fluch sich auch erfüllte.

Als ihre erste Liebe Harun sie mit einer anderen Frau betrog, war Pelin, damals zwanzig Jahre alt, am Boden zerstört. Sie erwischte ihn mit einer Blondine im Bett, die von Pelins Existenz nichts wusste und ebenso schockiert war wie meine Freundin.

»Warum schläfst du mit einer anderen Frau, wenn du doch mit mir zusammen bist?«, stellte sie ihn zur Rede.

»Ich bin eben ein Mann.«

»Aber von mir erwartest du, dass ich noch Jungfrau bin, wenn wir heiraten, ja?«

»Natürlich! Du bist ja auch eine Frau«, sagte er, als würde das alles rechtfertigen.

Pelin drehte sich auf dem Absatz um und verließ die Wohnung.

Da ich sie zu Harun gefahren hatte, habe ich wohl oder übel alles mitbekommen. Während der Fahrt sprach sie nicht, und als wir bei ihr zu Hause ankamen, murmelte sie arabische Worte vor sich hin, während sie irgendetwas auf ihrer Herdplatte in der Küche röstete, was einen beißenden, tränentreibenden Rauch erzeugte.

»So!«, murmelte sie zufrieden, als sie sich bald darauf zu mir an den Küchentisch setzte.

Warum genau Harun sich so plötzlich veränderte, kann niemand so recht sagen. Man munkelt, er hätte sich irgendeine Krankheit oder so etwas zugezogen. Die Wahrheit war, dass er lange, seeeehr lange keinen mehr hochbekam, und das geschah ihm auch recht, finde ich!

Pelins Ex-Lover Harun, der ein hoffnungsloser Macho war, als sie noch zusammen waren, ist nun ein zitternder Waschlappen, der sich vor seinem Drachen von Weib beinahe zu Tode fürchtet. Gelegentlich finde ich Pelin ein wenig furchterregend.

Anneanne hat ihrer Enkelin viel beigebracht, ihr aber auch vieles verboten, was Pelin natürlich nie daran gehindert hat, trotzdem zu tun, was sie wollte. Pelins größter Traum war es, sich eines Tages als Wahrsagerin selbstständig zu machen, und den Grundstein dafür hatte sie bereits gelegt.

Da Pelin mir so oft aus der Tinte half, stellte ich mich ihr immer wieder gerne als Versuchskaninchen zur Verfügung, obwohl ich selbst an den ganzen Kram nicht glaubte. Na ja, meistens jedenfalls.

Mir las sie aus dem Kaffeesatz und ich machte mich lustig über sie, obwohl sie fest davon überzeugt war, dass sie eines Tages eine bekannte Wahrsagerin werden würde. Pelins »Zelt«, also der Ort, an dem sie ihre Prophezeiungen verkündete, befand sich in einem Bürogebäude in der Innenstadt. Wenn man vier Stockwerke hochtrabte und einen ellenlangen, nur schwach beleuchteten Korridor entlangging, dann sah man am Ende des Flurs endlich ein schwaches Licht schimmern, »Pelins Zigeunerzelt«, wie sie es nannte. Hier führte sie ihre dubiosen Séancen durch.

Es war Sonntag, und Pelin und ich saßen in ihrem »Zelt«, das aber eigentlich nichts weiter als eine Abstellkammer in einem Bürogebäude war. Wenn Pelin keine Sitzung hatte, war die Besenkammer genau das, was sie war, nämlich eine Besenkammer, in der Putzmittel, Staubsauger, Mopp, Wassereimer und Besen lagerten.

Wenn Pelin kam, verhängte sie einfach alles mit dunkelblauen Samttüchern und stellte einen kleinen Tisch auf, den sie mit blutrotem Samt drapierte. Hinter ihr befand sich ebenfalls ein kleiner Beistelltisch, auf dem eine einzelne elektrische Herdplatte stand. Neben der Herdplatte befanden sich eine Dose voll Mokkapulver, eine gefüllte Zuckerdose und eine Flasche Quellwasser.

»So, dann wollen wir mal sehen, was die nächsten Monate dir so bringen«, erklärte sie, während sie eines der kleinen weißen Mokkatässchen mit Wasser füllte und das auf diese Weise abgemessene Wasser in das kleine Töpfchen aus Messing goss. Nun fügte sie einen gehäuften Teelöffel türkischen Mokka hinzu und gab zwei gestrichene Löffelchen Zucker mit hinein. Dann rührte sie die Mischung kräftig um und stellte das Töpfchen auf die heiße Herdplatte. Wenige Augenblicke später schäumte der Mokka schon auf. Pelin schöpfte zwei Teelöffel Mokka ab und gab ihn in meine Tasse. Als der Mokka nun richtig zu brodeln begann, kippte sie den dampfenden Inhalt in meine Tasse, bis diese randvoll war.

»So, dann mal runter mit dem Zeug!«, forderte sie mich munter auf.

Türkischer Mokka ist nicht nur sehr stark, er hat auch ein Sediment, das man auf keinen Fall trinken sollte. Da ich türkischen Kaffee nicht so gerne mag, neige ich dazu, ihn schnell hinunterzukippen, um es gleich hinter mich zu bringen. Dabei habe ich schon öfter den sandigen Kaffeesatz mitgetrunken, was keinesfalls angenehm ist.

Ich nippte vorsichtig an meiner Tasse.

»Wie war Hases Verabschiedung?«, erkundigte ich mich.

»Och, irgendwie traurig, aber du kennst ja den Hasen, er hat sich unheimlich gefreut, dass er endlich mehr Zeit in der Türkei verbringen kann. Stell dir vor, er wird dort einen Türkischkurs besuchen!«

»Nee, echt?«

»Ja, er sagte, wenn er uns nicht mehr hat, dann muss er eben selbst lernen, klarzukommen. Also ich finde das wirklich bewundernswert, in dem Alter noch so zielstrebig zu sein!«

»Stimmt. War er denn sehr enttäuscht, dass ich nicht kommen konnte?«

Pelin lächelte. »Ja und nein, er hätte dich noch gerne gesehen, aber er sagte, er kommt demnächst noch mal vorbei und sagt dann hallo.«

»Ich hätte ihm zu gerne auf Wiedersehen gesagt«, bedauerte ich.

Da ich mir den Bänderriss am Donnerstag zugezogen hatte, hatte ich den Ausstand meines alten Chefs natürlich verpasst, weil ich ein paar Tage überhaupt nicht gehen durfte.

Aber morgen sollte unser neuer Chef kommen, und ich wollte nicht schon am ersten Tag einen schlechten Eindruck machen und durch Abwesenheit glänzen. Mein Bein tat noch immer weh, und ich zweifelte daran, dass es eine so gute Idee war, die vielen Treppen zu Pelins »Zelt« hochzusteigen.

Als ich meinen Kaffee ausgetrunken hatte, legte ich den Unterteller auf die Tasse, schüttelte die Tasse vorsichtig und wünschte mir etwas. Das sollte man grundsätzlich für sich behalten. Na gut, ich gebe es zu: Ich wünschte mir einen richtig tollen Mann. Der mich gerettet hatte, war ja wirklich nicht zu verachten gewesen.

Ich drehte die Tasse so um, dass sie einen Kopfstand auf der Untertasse machte.

»Gut gemacht!«, lobte Pelin mich, denn in der Vergangenheit hatte ich mir bei diesem kniffligen Prozess den Kaffeesatz oft auf meinen Schoß gekippt.

Nun mussten wir nur noch abwarten, bis die Tasse ausgekühlt war.

»Erzähl mir in der Zwischenzeit noch mal von deinem Märchenprinzen«, forderte sie mich mit leuchtenden Augen auf.

»Nein, das habe ich dir in den letzten Tagen doch schon hundertmal erzählt!«

»Aber das ist soooo romantisch! Was ist, wenn er dich später einmal heiratet?«

»Ich kenne den Typen nicht, und er kennt noch nicht einmal meinen Vornamen. Wie soll er mich denn da bitte schön finden?«

»Sei nicht immer so schrecklich pragmatisch!«, mahnte sie mich beleidigt.

»Aber du weißt doch genau, dass deine kleine Wahnvorstellung unmöglich realisierbar ist, nicht wahr?«

»Warum? In der Liebe ist doch alles möglich, und alles ist erlaubt«, antwortete sie schnippisch.

»Pelin, du vergisst, wer wir sind. Selbst wenn dieser Jan mich auf wunderbare Weise ausfindig machen würde und wir ein Traumpaar werden, könnten wir nie, nie, niemals heiraten. Wir sind Türkinnen, hast du das denn schon vergessen?«, widersprach ich milde.

Sie schnaubte verächtlich. »Jajaja, und wir dürfen auch nur Türken heiraten, weil unsere Eltern sonst einen Familienkrieg anzetteln oder Harakiri machen würden oder so was, schon klar.«

Ich nickte bedauernd. »Aus diesem Grund tun wir doch auch das, was wir tun, heimlich, nicht wahr?«

Pelin lehnte sich zurück und stampfte mit dem Fuß auf. »Das ist so ungerecht! Was ist denn, wenn dieser Kerl tatsächlich die Liebe deines Lebens wäre? Würdest du dann einfach einen x-beliebigen Türken heiraten und in Kauf nehmen, dein Leben lang unglücklich zu sein? Oder würdest du als alte Jungfer mit gebrochenem Herzen enden?«

Ich schüttelte den Kopf. »Ich werde niemals heiraten. So ist das eben. Das ist nun mal mein Schicksal.«

»Aber ich würde gerne heiraten.«

»Dann tu es, genügend willige Kandidaten gibt es ja!«, neckte ich sie. Pelin ist der Inbegriff einer orientalischen Schönheit, und die Männer fliegen auf sie. Ihre Taille ist sehr schmal, ihre Beine lang und grazil, und sie hat die schönsten dunkelbraunen Locken und die hübschesten Rehaugen, die ich je gesehen habe. Sie ist das Sinnbild der vollkommenen türkischen Frau, denn alles an ihr ist weich und rund, obwohl sie anmutig und schlank ist.

»Dann wollen wir mal«, unterbrach sie unsere Unterhaltung, während sie die Tasse hob und von dem Unterteller trennte, so dass sie nun in das Tässchen hineinschauen konnte.

»Ich sehe eine Verletzung«, erklärte sie wichtig.

»Dafür musstest du nicht in die Tasse sehen«, gähnte ich gelangweilt, während sie mir einen strafenden Blick zuwarf.

»Ich sage dir nur, was ich im Kaffeesatz lese, okay? Nun halt die Klappe und hör zu! Ich sehe eine Verletzung, die nur der Anfang ist. Mit dieser Verletzung wird sich dein ganzes Leben ändern. Da ist ein dunkler Mann ... er ... sieht beinahe aus wie ein Affe, so nach vorne gebeugt ...«

Ich verdrehte die Augen.

»Schon wieder ein Heiratswilliger?«

»Sieht ganz so aus. Das ist ja seltsam. Diesmal scheint es so, als würdest du ihn tatsächlich heiraten.«

»Hast du heute früh wieder heimlich am Raki deines Vaters genippt?«, erkundigte ich mich sarkastisch, doch sie war so in meine Tasse vertieft, dass sie mich gar nicht beachtete.

»Da ist noch ein anderer Mann ... also das verstehe ich nicht ... du heiratest den dunklen, liebst aber den helleren Mann?«

Ich schüttelte besorgt den Kopf. »Schau genau hin, vielleicht liegt da irgendwo in einer Ecke auch noch ein Rotschopf, den ich heiraten kann, denn aller guten Dinge sind schließlich drei!«

»Du kannst es mir glauben oder nicht, aber das ist es, was die Zukunft dir bringen wird«, sagte Pelin gekränkt und setzte das Mokkatässchen ab. Nun nahm sie den Unterteller, auf den der Satz aus der Tasse geflossen war, während die Tasse umgestülpt auf dem Teller gelegen hatte. Sie hielt die Untertasse schräg hoch, so dass der Satz nun wieder vom Teller in dicken, schwerfälligen Klümpchen in die Tasse zurücktropfte.

»Dein Wunsch wird erfüllt werden«, verkündete Pelin dramatisch.

»Das sagst du immer.«

»Weil es stimmt«, verteidigte sie sich.

»Ach, Süße, was wäre mein Leben nur ohne deine Weissagungen?«

Als ich unsere Haustür aufschloss und die vielen fremden Schuhe im Korridor erblickte, die Mama wie Zinnsoldaten ordentlich aufgereiht hatte, stöhnte ich entsetzt auf. Für einen Moment war ich versucht, schnell und leise den Rückzug anzutreten, aber als ich mich wieder hinausschleichen wollte, öffnete sich die Wohnzimmertür und Mama erschien strahlend.

»Melda! Schatz! Schön, dass du endlich da bist! Ayshe ist hier, und sie möchte dir gerne jemanden vorstellen!«

Ich fand nicht, dass das ein Grund zur Freude war. Ich dachte an Ayshe, die klatschsüchtige Kupplerin.

»Mama! Ich bin müde! Ich habe morgen einen anstrengenden Tag vor mir!«, flehte ich um Gnade.

»Papperlapapp! Du kommst schon noch pünktlich ins Bett. Nun komm herein und sag mal Hallo.« Mama hakte mich unter und zog mich aus dem dunklen Korridor ins taghell beleuchtete Wohnzimmer hinein.

»So, da ist unsere Melda!«, rief sie in die Gruppe hinein, die um unseren Wohnzimmertisch herum versammelt war.

Da hockten vier Personen halbkreisförmig um unseren rechteckigen Couchtisch herum. Sie sahen aus wie fette Spinnen, die auf eine saftige Beute in ihrem Netz lauerten. Ganz links saß Papa auf einem Küchenstuhl, damit die Gäste es auf der Couch bequem hatten, und versuchte vergeblich, imposant und respekteinflößend zu wirken.

Er trug beigefarbene Kordhosen und ein kariertes Hemd mit einer gestreiften Krawatte. Papa besitzt, glaube ich, ohnehin nur zwei Krawatten und weigert sich standhaft, sich eine neue zuzulegen, weil er sie ja doch nie trägt.

Neben ihm, links außen auf der Couch, hockte die widerliche Kupplerin Ayshe, die es sich zum Lebensziel gemacht hatte, unverheiratete, alte Jungfern wie mich unter die Haube zu bringen, koste es, was es wolle. Da sie älter als meine Eltern war, gebot es der Respekt, dass ich sie »Tante Ayshe« nannte, obwohl ich sie nicht leiden konnte und wir Gott sei Dank auch nicht verwandt waren. Ayshe sah aus wie eine außerirdische Bowlingkugel, sie war klein, kugelrund und hatte schreiend orangefarbenes Haar, das sie mit zahlreichen Schmetterlingsspängchen geschmückt hatte. Ihr Kleid war türkisfarben, und als sie sich bewegte, um nach der Schokolade zu greifen, die Mama einladend auf einer Schale drapiert hatte, konnte ich hören, wie ihr Hüfthalter unter der Anstrengung ächzte, all das Fett unter Kontrolle zu halten.

Neben ihr saß eine große, kräftige Frau mit einem schwarzen Kopftuch. Als mein unsicherer Blick auf sie fiel, bemerkte ich, wie sie mich sachlich musterte, als wäre ich ein Rind oder ein Pferd, das zum Verkauf steht.

Der Mann neben der Frau mit dem Kopftuch war selbst sitzend kleiner als diese – offenbar seine Gattin. Er hatte einen kleinen Bauch und eine Halbglatze. Leider war er einer der Männer, die die eine Seite ihrer halben Haarpracht lang wachsen lassen, damit sie sie auf die andere Seite herüberkämmen können, um so die glänzende Ödnis auf ihrem Schädel zu verbergen.

Ich finde, einer sollte diesen Männern mal erklären, dass eine Glatze sehr viel besser aussieht als dieser misslungene Versuch, eine Wüste mit Lakritzfäden zu bekleben. Ich hätte ihm ja den Gefallen getan und es ihm erklärt, aber Mama hätte mich dann bestimmt geköpft, oder noch schlimmer: mir eine ihrer ewigen Strafpredigten darüber gehalten, wie man sich verhält, wenn Besuch da ist. Denn Gastfreundschaft ist ein Heiligtum.

Dieses Prachtexemplar von Mann hatte seine graumelierten Haare mit irgendeinem scheußlichen Kleber befestigt, denn sie sahen aus wie aufgemalt und bewegten sich keinen Deut, als er mir anerkennend zunickte. Sein grauschwarzer Schnurrbart wackelte begeistert, als er den jungen Mann neben sich anstieß.

Der Mann rechts außen auf der Couch schien sein Sohn zu sein. Erstaunlicherweise trug er einen gut geschnittenen Anzug, vermutlich Boss, stellte ich leise erstaunt fest, ein tadellos sitzendes hellblaues Hemd und eine passende Krawatte. Er wirkte nervös, als er seinen Kopf hob. Er hatte schönes, schwarzes Haar, das ihm vorn ein wenig in die Augen fiel, und pechschwarze Augen, die hoffnungsvoll aufleuchteten, als er mich sah. Eigentlich sah er gar nicht so übel aus. Trotzdem. Ich hatte meine Prinzipien.

»Guten Abend!«, grüßte ich höflich.

Mama verpasste mir einen Stups und sah mich strafend an.

Ich schüttelte energisch den Kopf, doch Mama nickte störrisch.

Ich hasste es.

Ich konnte es nicht leiden, fremden Menschen die Hand zu küssen! Ich fand, das war eine Sitte aus dem vorigen Jahrhundert, die man sinnvollerweise im zivilisierten Europa abgeschafft hatte.

Weil es sich aber so gehörte, trat ich wie ein geprügelter Hund vorwärts, verneigte mich steif und küsste der fetten Ayshe und den Eltern des Mannes die Hand, weil man das bei älteren Leuten eben tat.

Ayshe plusterte sich sichtlich auf, als wolle sie sagen: »Seht ihr, ich habe es euch ja gesagt! Das Kind ist gar nicht so verdorben, wie man meinen könnte!« Pah! Wenn die wüsste! Ich war sogar noch viel verdorbener!

Auch Mama setzte sich nun auf den freien Stuhl neben meinem Vater, und ich war die Einzige, die herumstand und Löcher in die Luft starrte. Wenn ich mir Mühe gab, dann löste ich mich vielleicht in Luft auf.

Papa zog einen dritten Stuhl heran und hieß mich endlich Platz zu nehmen.

»Herr und Frau Tütün, Ali, das ist also unsere Melda«, stellte Papa mich überflüssigerweise vor.

Als wenn die das nicht längst schon wüssten!

»Melda, wie wäre es, wenn du uns einen Kaffee kochst?«, schlug die Kupplerin vor. Ich warf Mama einen hilfesuchenden Blick zu, doch sie tat so, als hätte sie ihn nicht bemerkt.

»Das ist eine glänzende Idee«, stimmte sie stattdessen zu.

»Mama ...«, wand ich hilflos ein.

»Melda, die Tassen sind im Vitrinenschrank.« Dieser Satz duldete absolut keinen Widerspruch.

Ich unterdrückte nur mühselig ein Stöhnen und rollte entnervt mit den Augen, was von der Kopftuchfrau mit einem äußerst mißbilligenden Zusammenkneifen ihrer fadendünnen Lippen quittiert wurde.

»Natürlich«, antwortete ich ohne jede Begeisterung.

Diesen Prozess hatte ich schon etliche, nein, Hunderttausende Male durchlebt, und er widerte mich derart an, dass ich am liebsten laut schreiend aus dem Haus gelaufen wäre. Die Tatsache, dass ich meine Eltern sehr liebte und sie und ihre Tradition respektierte, wenn auch nicht guthieß, war der einzige Grund, dass ich es hier noch aushielt.

Ich trottete mutlos in die Küche.

Ich brauchte unbedingt einen Plan.

Also schlich ich mich noch einmal in den Hausflur, so gut das mit einer Schiene am Bein eben ging, angelte nach dem Handy in meiner Handtasche und wählte eine Nummer.

»Pelin?«

»Ja?«

»Es ist wieder so weit.«

»Du meine Güte, schon wieder?«

»Leider!«

»Sie war doch erst vor drei Wochen bei euch.«

Ich seufzte. »Ayshe scheint nun einmal fest dazu entschlossen zu sein, mich zu verheiraten.«

Pelin lachte leise. »Bin schon unterwegs.«

»Du bist ein Schatz!«, sagte ich dankbar und beendete das Gespräch.

So, nun ging es mir bedeutend besser. Ich humpelte wieder in die Küche und bereitete die Zutaten für den traditionellen türkischen Mokka vor, öffnete den Schrank, holte Mamas vergoldete Mokkatassen hervor, platzierte sie auf dem vergoldeten Tablett, füllte den großen Mokkatopf mit Wasser und Kaffee und gab Zucker hinzu.

Das war alles, was ich tat, denn das Besondere am türkischen Mokka ist sein cremiger Schaum, der mir nie, niemals im Leben gelingen würde, einfach aus dem Grund, weil ich türkischen Kaffee gar nicht kochen kann.

»Was tust du denn da so lange?« Mama öffnete leise die Küchentür und blickte mir prüfend über die Schulter.

»Ich äh ... ich habe die Tassen gespült, weil sie staubig waren.«

»So? Gut! Dann beeil dich, Frau Tütün wird allmählich ungeduldig, und wir wollen sie ja schließlich nicht verärgern, nicht wahr? Dieser Ali scheint eine wirklich gute Partie zu sein, Melda, stell dir vor, er ist Ingenieur!«, flüsterte Mama mit fiebrigen Wangen und verschwand wieder.

»Er ist Ingenieur«, äffte ich sie wütend nach.

»Als ob es mir in irgendeiner Weise wichtig wäre, welchen Beruf dieser Idiot da drinnen ausübt«, murmelte ich vor mich hin, während ich im Mokkatöpfchen, dem *cezve*, herumrührte.

Ein energisches Klopfen am Küchenfenster riss mich aus meinen Gedanken.

»Pelin!«, rief ich erleichtert und öffnete das Küchenfenster, damit sie hereinkommen konnte.

»Hi! Hast du schon alles vorbereitet? Hervorragend!«, lobte sie mich, während sie sich durch das Fenster hineinzwängte.

Ohne mich weiter zu beachten, ging sie zum Herd hinüber und warf einen prüfenden Blick in das Mokkatöpfchen.

»Wir sollten keine Zeit verlieren. Du musst den Herd schon anschmeißen, dann können wir loslegen«, erklärte sie sachlich.

Pelin war ganz in ihrem Element. Mit roten Wangen packte sie ein grünes Samttuch aus ihrer riesigen Umhängetasche und breitete es auf dem Küchentisch aus. Darin befand sich ein Päckchen mit Kräutern, die es nur im östlichen Teil der Türkei gibt.

Sie murmelte arabische Litaneien vor sich hin, doch ihre Augen glänzten, als würde sie ein Duett mit Ricky Martin singen. Es erstaunte mich immer wieder, wie sehr meine beste Freundin in ihrem Aberglauben aufging.

Während sie noch immer merkwürdige Beschwörungen vor sich hin murmelte, warf sie eine kleine Handvoll der seltenen Kräuter ins Mokkatöpfchen, und es zischte kurz auf, bevor die getrockneten, grünen Blätter in den braunen Kaffeefluten versanken.

»So, du kannst nun weitermachen«, sagte Pelin leichthin, während ich sie argwöhnisch beobachtete.

Man könnte glauben, dass auch ich einen an der Waffel habe, nicht wahr? Immerhin hatte ich sie angerufen und ließ gerade zu, dass sie irgendwelche Verwünschungen aussprach. Ich war eigentlich gar kein abergläubischer Mensch. Für mich zählte das, was ich sah und beweisen konnte. Demnach sollte ich den Humbug hier nicht zulassen. Aber genau hier prallten meine Überzeugungen aufeinander. Ich glaubte nur an das, was ich sah. Und das, was ich sah, bewies, dass Pelins Zauber es immer schaffte, mir aus kniffligen Situationen wie dieser herauszuhelfen.

Es war ja nicht das erste Mal, dass Ayshe hier vorbeischaute mit der Absicht, meine Wenigkeit an den Mann zu bringen. Ich gebe sogar zu, dass dieser Anwärter auf den Platz an meiner Seite noch einer von den harmloseren war.

Ich habe mich gelegentlich gefragt, ob Ayshe einen Nebenverdienst als Zuhälterin hat. Der Typ mit der vierreihigen Goldkette und der Ray-Ban-Sonnenbrille, der erst neulich mitsamt seinem Mercedes bei uns vorgefahren war, sah haargenau so aus, wie ich mir einen Gigolo vorgestellt habe, vielleicht sogar eine Spur schmieriger.

Er hieß Ismail und liebte knallrote, gemusterte Seidenhemden, die er bis zum Ansatz seines speckigen Bauchnabels offen trug, damit nur ja jeder in den Genuss seines Goldes und seiner üppigen Brustbehaarung kam. Er trug weiße Hosen wie Don Johnson in »Miami Vice« und darunter riesige Sportschuhe, die er auch dazu hätte benutzen können, auf dem Mars zu landen. Groß genug waren sie jedenfalls.

Sein Haar war schulterlang und im Nacken straff zu einem Würmchen zurückgegelt. Noch während er die Auffahrt zu unserem Haus heraufkam, zog uns der Duft eines ambossschweren Aftershaves in die Nase. Mama wurde entweder bei seinem Anblick oder bei seinem durchdringenden Geruch schwindelig, dann wurde sie blass, während Papa sie stützte.

Mir war von vornherein klar, dass Mama und Papa ihn nur empfingen, damit ich wüsste, dass es auch miese türkische Männer gab und ich mir gefälligst einen anständigen Kerl aussuchte, solange es noch welche gab, denn Männer warteten ja auch nicht ewig, und ich war ja auch schon sechsundzwanzig bla bla bla ...

Na ja, ich wollte natürlich nichts riskieren und habe deshalb, wie immer, wenn Ayshe mit einem Heiratskandidaten im Schlepptau vorbeikam, Pelin angerufen, die den Zuhälter vergrault hat.

Wie gesagt, ich glaubte nur an das, was ich sah, und ich sah immer wieder, dass Pelin diese merkwürdigen Kräuter in den Kaffee mischte und dass die Männer dann urplötzlich kein Interesse mehr an mir hatten. Ich weiß nicht, wie, aber es funktionierte immer!

Der Kaffee begann zu brodeln, und ich verteilte den Schaum mit einem Teelöffel gleichmäßig in die Tässchen, dann griff ich nach einem Teesieb und filterte die Kräuter heraus. Erst dann kippte ich den Kaffee in die Mokkatässchen.

Pelin zwinkerte mir verschwörerisch zu. »Keine Angst, bisher hat es doch auch immer geklappt«, lächelte sie.

Dann öffnete sie mir zuerst die Küchentür und dann die Tür zum Wohnzimmer.

»Oh, ihr habt Besuch? Entschuldigt, das wusste ich nicht. Ich komme morgen wieder«, flötete Pelin unschuldig.

»Nein, bleib doch, Pelin!«, erwiderte Mama herzlich und legte einen Arm um sie.

»Pelin ist die Tochter meiner besten Freundin, und sie ist mir teuer wie eine zweite Tochter«, erklärte sie stolz.

Pelin und ich tauschten einen vielsagenden Blick aus. Sie hatte für den Bruchteil einer Sekunde ein schlechtes Gewissen, das konnte ich genau sehen.

Pelin lächelte schwach und nahm dann neben meinem Vater auf einem weiteren Stuhl Platz, während ich kommentarlos den Kaffee verteilte.

»Melda, ich muss schon sagen, von allen Mädchen weit und breit kochst du hier den besten Kaffee«, lobte Ayshe mich, während sie genüsslich an ihrer Tasse nippte. Ich rang mir ein höfliches Lächeln ab, während ich mir vorstellte, wie sie an dem riesigen Schluck Kaffee, der ihr gerade den feisten Hals herabrann, erstickte.

Mädchen! Ich war ganz sicher kein Mädchen mehr! Ich war eine ausgewachsene Frau, halt nein, ich war sogar mindestens zwei Frauen, jawohl! Das musste mir erst einmal einer nachmachen.

»Wir sind heute hier, um über die Zukunft von Melda und Ali zu sprechen«, riss die Kupplerin erneut das Wort an sich, während Ali unruhig an seiner Krawatte herumnestelte.

»Ihr Eltern habt zugestimmt, dass Ali und Melda einander kennen lernen …«

»Luft!«, japste Ali leise, doch niemand beachtete ihn.

»Und so sind wir hier nun zusammengekommen, um über die Zukunft unserer Kinder zu sprechen«, leierte Ayshe ihren Spruch herunter. Ich kannte ihn mittlerweile auswendig und betrachtete interessiert meine Fingernägel. Der Lack auf meinem kleinen Finger blätterte ab, und ich beschloss, sie mir zu lackieren, sobald alle Gäste das Haus verlassen und ich ein schönes, heißes Bad genommen hatte.

»Ich … brauche …«, hechelte Ali und lockerte hektisch seine Krawatte.

Fragend zog ich eine Braue hoch und wandte mich Pelin zu, die jedoch beruhigend den Kopf schüttelte. Gut, er würde also nicht ersticken oder Mamas handgewebten Seidenteppich mit Erbrochenem ruinieren.

»LUFT!«, schrie er plötzlich laut auf, und rannte hinaus vor die Tür.

Alle rissen erstaunt die Augen auf, und sogar Ayshe hielt in ihrem selbstverliebten Monolog inne.

»Was ist denn los mit eurem Sohn? Hat er … irgendeine Krankheit, von der wir wissen sollten?«, erkundigte sie sich scharf.

Die Kopftuchmama und der kleine Vater schauten einander ratlos an.

Wir warteten alle ein paar Minuten, doch Ali blieb verschollen. Es war, als wäre das Bermuda-Dreieck mitten in unserem Häuschen aufgetaucht und hätte ihn verschluckt.

»Nun, vielleicht gehen wir besser.« Zögernd richtete Alis Mutter sich auf.

»Ja, wir … kommen ein andermal wieder. Bitte entschuldigen Sie uns.« Auch sein Vater erhob sich ein wenig ratlos.

»Warum denn? Nun bleibt doch sitzen! Melda! Geh und sieh nach ihm!«, befahl Ayshe energisch.

So'n Mist! Gerade, als der verdammte Spruch oder die Kräuter wirkten, sollte ich hinausgehen und den Kerl besänftigen? Kam nicht in Frage!

Pelin half mir auf, und wir gingen gemeinsam in Richtung Haustür.

»Warte hier«, flüsterte Pelin und trat zu Ali hinaus, der auf der Fußmatte saß und sehr kläglich ausschaute.

Pelin setzte sich neben ihn und sagte etwas Belangloses, während sie ihm mit der andern Hand etwas auf den Kopf träufelte. Er bemerkte das natürlich nicht, weil er gerade an ihren Lippen hing.

Dann wurde er entsetzlich blass und beugte sich vornüber.

»Mir ist schlecht«, murmelte er schwach.

»Bitte ... sei so nett und sag meinen Eltern, dass wir gehen müssen.«

»Gern.« Pelin erhob sich anmutig und zwinkerte mir zu.

»Der ist geschafft, keine Sorge!«, wisperte sie. Doch als ich zurück ins Wohnzimmer humpelte, drehte sie sich noch einmal zu Ali um, und in ihren Augen spiegelte sich Mitleid und eine gewisse Sympathie.

»Was denn, bedauerst du diese Typen etwa, die sich eine Frau aussuchen wie eine neue Hose oder ein Sweatshirt?«, murmelte ich ungläubig.

»He, nun reg dich wieder ab. Nein, eigentlich tun diese Typen mir nie leid, aber dieser hier scheint doch eigentlich ganz nett zu sein, nicht wahr?«

»Was?« Ich konnte kaum glauben, was ich da hörte.

»Na ja, vielleicht ist er ja einsam, oder er ist nur deshalb hier, weil ihn seine Eltern dazu gedrängt haben, genauso wie deine Eltern dich dazu bringen, diese Kupplerin und ihre Anhängsel wieder und wieder zu empfangen.«

»Ach Quatsch! Wenn man dich so hört, könnte man glauben, du magst diesen Ali!«, meinte ich boshaft.

Pelin errötete. »Unsinn! Und du solltest dich hüten, Swami Pelin zu verärgern. Womöglich werde ich dir dann nämlich nicht mehr dabei helfen, den nächsten Typen loszuwerden!«, frotzelte sie gutmütig.

Ich lachte und legte ihr den Arm um die Schultern. »Was würde ich nur ohne meine osmanische Hexe tun?«

Sie lächelte befriedigt. »Psst, da kommen die Tütüns.«

Mit großem Bedauern verabschiedeten wir erneut einen Schwiegersohn in spe, während ich überlegte, ob ich mit einem Bänderriss in zwei Tagen schon wieder auf die Bühne klettern konnte. Ich musste mich unbedingt abreagieren, und Schlagzeug spielen war das beste Mittel.

Pelin gähnte. »So, ich glaube, ich gehe jetzt. Und du gehst am besten auch zu Bett, Melda. Immerhin steht uns beiden morgen ein langer Tag bevor.«

Mama und Papa standen in der Eingangstür und starrten einander ratlos an, während auch ich gähnte. »Ich nehme noch ein Bad.«

Es ging nichts über ein schönes, heißes Bad, besonders jetzt, im Herbst. Ich goss Lavendelöl ins dampfend heiße Wasser und stieg schaudernd in die Wanne, wobei ich darauf achtete, meinen verletzten Fuß nicht nass zu machen. Ich ließ ihn einfach über den Beckenrand baumeln.

Meine Haut rötete sich in den heißen Fluten, und ich räkelte mich wohlig und schloss die Augen. Ich war immer ungemein erleichtert, wenn Ayshe unser Haus verlassen hatte. Ich fand sie lästig, und es nervte mich, dass meine Eltern sie immer wieder hereinließen, damit sie mich mit irgendwelchen Kerlen verkuppeln konnte, die ich nicht kannte oder nicht ausstehen konnte.

Es klopfte leise an der Tür. »Wer ist da?«

»Ich bin's.« Es war meine Mutter.

»Komm rein.«

Mama betrat das Bad, in dem alle glänzenden Oberflächen beschlagen waren. Sie hielt eine Tasse mit Kamillentee in den Händen.

»Hier, du brauchst vielleicht etwas zur Beruhigung«, meinte sie und reichte mir die Tasse.

Ich blinzelte überrascht. »Oh, danke!«

Sie setzte sich an den Wannenrand und sah mir dabei zu, wie ich genüsslich am Tee nippte.

»Weißt du, Melda, wir lieben dich mehr als unser eigenes Leben.«

»Das weiß ich, Mama. Ich liebe euch doch auch«, erwiderte ich sanft.

»Allmählich machen wir uns Gedanken. Warum hast du keinen Freund? Warum hast du uns bisher mit keinem Mann bekannt gemacht? Wir sorgen uns wirklich um dich, Liebes.«

»Das müsst ihr nicht.« Ich war doch nicht blöd! Mir war ganz klar, dass sie darauf bestehen würden, dass ich den Mann, den ich ihnen vorstellte, auch heiraten musste. Also habe ich meine Freunde immer geheim gehalten.

»Melda, du kannst es uns sagen: Bist du ... bist du lesbisch? Liebst du Pelin?«

Ich verschluckte mich an meinem Tee und ließ die Tasse versehentlich ins Badewasser plumpsen. »Au verdammt! Was? Herrje, Mama, was soll denn diese Frage?«

»Antworte mir!«

»Quatsch! Pelin ist meine beste Freundin! Igitt, ich könnte nie ...«

Sie sackte erleichtert in sich zusammen. »Gott sei Dank!«

Sie schwieg eine Weile. »Kind, was wirst du tun, wenn dein Vater und ich nicht mehr auf der Welt sind? Dann wirst du einsam sein, ohne Familie, ohne Halt, ohne Liebe und Geborgenheit. Was wirst du dann tun? Wir machen uns Sorgen, dass du eines Tages ganz allein bist.«

»Ach Mama, ich habe doch Pelin. Sie wird immer bei mir sein.«

»Doch auch Pelin wird eines Tages heiraten und Kinder haben, die ihre Aufmerksamkeit mehr fordern werden als du.« Meine Mutter strich mir meine langen Haare zurück.

»Du hast meine Haare, weißt du das? In meiner Jugend sahen sie ganz genauso aus.«

»Auch wenn Pelin verheiratet ist und zehn Kinder hat, wird sie immer meine beste Freundin sein. Und selbst wenn nicht: ich kann sehr gut auf mich selbst aufpassen!«, antwortete ich schärfer, als ich wollte, und tauchte unter.

Als ich wieder auftauchte, stand meine Mutter am Beckenrand und sah so traurig aus, dass es mir beinahe das Herz brach.

»Ich will nicht mit dem Gedanken sterben, dich ganz allein auf dieser Welt zurückzulassen, warum kannst du das nicht verstehen?«

Mit diesen Worten wandte sie sich um und ging.

Ich war wütend, und in meinem Hals steckte ein Kloß. Sterben? Was sollte das? Sie war noch viel zu jung zum Sterben.

Ich hätte ja so gerne geheult, aber dazu war ich zu wütend. Ich konnte doch nicht einfach einen Mann heiraten, damit Mama ihren Frieden hatte, nicht wahr? Ich war der Meinung, dass dazu wesentlich mehr gehörte, Liebe zum Beispiel.

Die Freude am Bad war mir nun verdorben, also wickelte ich mich in meinen flauschigen Bademantel und humpelte in mein Zimmer.

Dort wartete auch schon Papa. Mist! Für einen Rückzug war es zu spät, er hatte mich schon gesehen.

Er sah ernst aus. Auch das noch! Seit wann verteilten die beiden ihre Strafpredigten im Doppelpack?

»Melda, wir müssen uns einmal unterhalten.«

Nicht schon wieder! Aber ich sagte nichts und setzte mich stumm auf mein Bett.

»Ich weiß nicht genau, wie und warum du alle heiratsfähigen Männer zum Teufel jagst.« Ich holte Luft, um zu protestieren, doch er bedeutete mir, zu schweigen.

»Ich will nur, dass du eines weißt: Du wirst *nur* einen türkischen Mann heiraten.«

Ich sah ihn verständnislos an.

»Hast du mich verstanden?«, fragte er scharf. »*Nur* ein türkischer Mann kann mein Schwiegersohn werden. Wage es nicht, mir mit einem anderen Kerl anzutanzen, habe ich mich klar ausgedrückt?« Papas Ton duldete keine Widerrede.

Ich nickte dumpf.

»Und wenn dieser junge Mann von eben, Ali, wiederkommt, dann möchte ich, dass du ihn dir einmal ganz genau ansiehst. Er ist Ingenieur bei einem großen Automobilkonzern, weißt du. Das bedeutet, er ist wohlhabend und kultiviert. Einen besseren Mann wirst du nie bekommen.«

Ich nickte zornig.

»Gut. Ich wünsche dir eine gute Nacht.«

Er verließ das Zimmer und ließ mich mit meiner Wut allein.

Ich wünschte, ich würde sie nicht so sehr lieben, meine Eltern. Ich wünschte, sie würden sich keine Sorgen darum machen, dass ich einsam sein könnte, wenn sie nicht mehr auf der Welt sind. Ich wünschte, ich wäre verantwortungslos und unsensibel genug, einfach die Kurve zu kratzen und mein altes Leben hinter mir zu lassen.

Und ich dachte auch, dass ich nie, niemals heiraten würde!

Ich machte mir an diesem Abend noch lange Gedanken und haderte mit meinem Schicksal, so dass ich lange nicht einschlafen konnte.

Aus diesem Grund ging ja auch am nächsten Tag alles schief.

3. Orientalische Geständnisse

Ich kam ohnehin öfter zu spät zur Arbeit.

Der Hase hatte nie darauf herumgehackt. Aber das war der Hase, und wie der neue Chef reagieren würde, konnte ich nicht abschätzen. Ich beeilte mich, doch immerhin hatte ich einen Gipsfuß. Wer konnte schon erwarten, dass ich mit dieser Behinderung schnell war?

So etwas Alltägliches wie Duschen war ja schon eine Prozedur! Es war schwerer, als man glaubte, mit einem Fuß außerhalb der Duschkabine zu stehen. Das war ein echter Zeitfresser. Und dann die Zeit, die man anstatt zu laufen hin und her humpelte! Unsäglich!

Pelin war schon lange weg. Da sie um die Ecke wohnte, fuhren wir für gewöhnlich gemeinsam zur Arbeit, aber ich kam ohnehin zu spät, es wäre also gut, wenn wenigstens einer von uns pünktlich erschien. Deshalb war sie vorgefahren, und ich würde gleich die Bahn nehmen.

Weil ich es entsetzlich eilig hatte, hatte ich meine Haare zu einem langen, glänzenden Pferdeschwanz zusammengebunden und hatte bis auf einen Lippenstift darauf verzichtet, mich zu schminken. Ich warf einen letzten prüfenden Blick in den Spiegel, bevor ich mich zum Gehen wandte.

Ich trug eine schwarze Hose, eine blaue Bluse, die sich eng an mich schmiegte, eine Wollsocke und eine schwarze Birkenstocksandale. Wie sexy, nicht wahr? Aber mit anderen Schuhen und dem Klumpfuß konnte ich mich nicht wirklich vorwärtsbewegen, ehrlich gesagt.

Da musste die Eitelkeit heute großzügig drüber hinwegsehen.

Ich humpelte mit meinen Krücken langsam in Richtung Bahnhaltestelle.

Als ich eine halbe Stunde nach Dienstbeginn endlich ankam und schweißgebadet zum Fahrstuhl humpelte und mich freute, dass ich die fünf Stockwerke hochfahren konnte, prangte ein fettes Schild an der Fahrstuhltür: »Außer Betrieb«.

Herrlich! Ein Montagmorgen, wie er im Buche stand!

Keine Müdigkeit vorschützen, Melda! Ich warf einen Blick nach oben, als ich mich im Treppenhaus befand. Der fünfte Stock wirkte von hier etwa so unerreichbar wie der Mount Everest. Wie lange ich wohl bräuchte, bis ich da hochgehumpelt war? Immerhin war das echt anstrengend, so auf einem Fuß.

Zuerst fand ich, dass es doch leichter war, als ich vermutet hatte. Im zweiten Stock fand ich es schon anstrengender, aber ich kam klar.

Im dritten Stock brauchte ich unbedingt eine Verschnaufpause. Meine Jacke schrie danach, ausgezogen zu werden, nur wie sollte ich sie tragen, wenn ich mich doch mit einer Hand am Treppengeländer abstützen und mit der anderen Hand die Krücken festhalten musste? Mir war heiß, und ich hechelte bereits ein wenig. Im vierten Stock war ich durchgeschwitzt, außer Atem und bekam unheimlichen Durst.

Als ich nach zwanzig Minuten endlich in der fünften Etage ankam, prangten zwei sehr unschöne Schweißflecken unter meinen Achselhöhlen, und meine Stirn glänzte vor Anstrengung, als hätte ich Fieber, während mir meine Zunge regelrecht aus dem Hals hing.

Ich war völlig außer Atem und lehnte mich keuchend an die graue, kühle Granitwand, um wieder zu Kräften zu kommen. Der kühle Stein fühlte sich toll an, glatt und erfrischend wie Eiswürfel in einem Glas Limo.

Ich schloss für einen Moment die Augen.

Vielleicht hätte ich mich auch heute krankschreiben lassen sollen. Das war ja der reinste Marathonlauf! Wie sollte ich das bitte morgen schaffen? Besser, ich stand früher auf und fuhr mit Pelin.

Ich warf einen Blick auf meine Bluse, die völlig durchgeschwitzt war. Einen besonders guten ersten Eindruck würde ich da wohl nicht hinterlassen. Aber der Kerl, der anstelle des Hasen heute beginnen würde, war vielleicht so kurzsichtig, dass er das gar nicht bemerkte. Und in der Mittagspause würde ich Pelin einfach bitten, mir schnell eine neue Bluse aus dem Kaufhaus nebenan zu besorgen, wenn es gar nicht anders ging.

Ich atmete tief ein, sammelte die Strähnen, die sich aus meinem Pferdeschwanz gelöst hatten, wieder ein und humpelte in mein Büro.

Es war beinahe ein Déjà-vu-Erlebnis. Hobbit saß mit seinen sechzig Kilo Kampfgewicht mitten im Weg, wie immer. Als ich das Büro betrat, hob er kurz fragend den Kopf und machte »Wuff!«, als wollte er mir einen guten Morgen wünschen, und warf sich dann der Länge nach hin.

»Hallo Hobbit!«, begrüßte ich ihn erfreut und kraulte ihm den Kopf.

»Melda! Ich habe mir schon Sorgen um dich gemacht! Wo hast du nur so lange gesteckt?« Pelin stand auf und begutachtete mich vorwurfsvoll.

»Ich habe leider viel länger gebraucht, als ich dachte, tut mir leid. Dieses verdammte Gipsbein ist mir ständig im Weg«, entschuldigte ich mich.

»Ist … äh … der neue Chef … ist er schon da?«, erkundigte ich mich halblaut.

»Ja, er ist in seinem Büro, und der Hase stellt ihn gerade unserer Abteilung vor«, erklärte Pelin.

»Und, wie ist er so?«

»Na ja, jedenfalls nicht so, wie ich ihn mir vorgestellt habe«, entgegnete sie vorsichtig.

»Ahahaha. Was heißt das?«

»Na ja, er trägt zunächst einmal keine Brille und …«

Das Telefon klingelte. Pelin hüpfte heran und nahm ab.

»Balabak?«, meldete sie sich und sagte dann nur noch: »Ja, natürlich. Hm. Kann ich veranlassen. Sonst noch etwas? Ja? Okay. Bis dann!« und hängte wieder ein.

»Wer war das?«, wollte ich wissen.

»Das war er, Herr Dr. Pfennig. Ich soll schnell einige Unterlagen besorgen. Hältst du hier so lange die Stellung?«

Ich nickte, und während Pelin schnell aus dem Zimmer lief, blätterte ich den Stapel auf meinem Schreibtisch durch.

Das Telefon klingelte erneut.

»Moran?«

»Oh ... Wer ist da bitte?«, meldete sich eine fremde Stimme.

»Mein Name ist Melda Moran, die Assistentin von Herrn Dr. Pfennig. Wie kann ich Ihnen behilflich sein?«, leierte ich herunter.

Die Stimme am Telefon lachte leise.

»Frau Moran, mein Name ist Pfennig. Wären Sie wohl so nett, uns noch eine Kanne Kaffee zu besorgen?«

Der neue Chef persönlich also. Hörte sich eigentlich nett an.

»Ja, natürlich«, erwiderte ich, bevor ich einhängte.

Dann holte ich Wasser und füllte es in die Kaffeemaschine, bevor ich diese einschaltete. Pelin war noch immer unterwegs. Der Kaffee war bereits fertig, als Pelin endlich wieder hereinkam.

»Mensch, hat das vielleicht lange gedauert!«, japste sie.

»Was ist das? Hast du uns einen Kaffee gemacht? Toll, den kann ich jetzt brauchen!«

Ich schüttelte bedauernd den Kopf. »Nein, der neue Chef möchte ihn gerne haben, wärst du so nett, den Kaffee und deine Unterlagen zusammen da hineinzubringen?« Ich deutete auf meinen Gips. »Allein schaffe ich das leider nicht.«

Pelin nickte verständnisvoll und schnappte sich die verchromte Kaffeekanne.

»Keine Sorge.«

»Danke.«

Sie strich ihre Bluse glatt und warf einen prüfenden Blick in den Spiegel im Garderobenschrank, bevor sie an die Bürotür zum neuen Chef klopfte.

Ich stutzte. Seltsam.

Solche Dinge hatte sie nie zuvor gemacht, ich meine Dinge, wie einen Blick in den Spiegel zu werfen, bevor sie zum Chef ging. Pelin hatte ja eigentlich keine Schwäche für ältere Männer, aber wer weiß, wie dieser Herr Pfennig wohl aussah. Sicher war er einer dieser distinguierten Herren mit graumeliertem Haar und gebräunter Haut. Auf diese Typen stand Pelin nämlich. Ich grinste leise in mich hinein.

Als sie wieder erschien und die Verbindungstür zum Büro unseres neuen Vorgesetzten schloss, sah sie aus, als hätte sie Fieber. Ihre Augen leuchteten, ihre Wangen waren unnatürlich gerötet, und sie war ein wenig außer Atem.

»Sag mal ... wie ist er denn so, dieser Herr Dr. Pfennig?«, flötete ich.

Pelin nahm die Farbe von roter Beete an. »Nett«, antwortete sie knapp.

»Ach? Und das ist also alles, ja?«

»Ja, das ist alles!«, gab sie zurück und hackte auf ihrer Tastatur herum.

Ich schwieg verblüfft. Was war nur in sie gefahren?

Mit einem Mal erschollen gedämpfte Stimmen hinter der Tür. Die Besprechung schien beendet.

Die Tür öffnete sich langsam, und die Kollegen und Kolleginnen aus meiner Abteilung strömten heraus, die meisten waren in angeregte Unterhaltungen zu zweit oder zu dritt vertieft.

»Hallo Melda! Wir haben uns schon Sorgen um dich gemacht!«, begrüßte mich die nette Moni.

»Ja, wirklich, Pelin hat erzählt, du hast einen Gips, zeig mal«, pflichtete Susi ihr bei.

»Ach was, unsere Melda lässt sich doch so schnell von nichts kleinkriegen!«, lachte Michael und klopfte mir aufmunternd auf die Schulter.

»Nun lasst die Ärmste doch in Ruhe, das wird schon werden. Außerdem muss sie fit sein für unsere Bereichsfahrt nächsten Monat.« Sylvia lächelte aufmunternd. Wir drei, Sylvia, Pelin und ich, hatten die diesjährige Bereichsfahrt geplant. Es sollte eine Reise nach Istanbul werden, und wir freuten uns schon alle auf ein spannendes Wochenende.

Noch bevor ich versichern konnte, dass mit mir alles in Ordnung sei, trat *sie* aus dem Büro.

Tamara Krause war in ihrer Jugend ein Model gewesen. Ich denke, das wäre für jemanden wie mich schon Grund genug, sie nicht zu mögen.

Aber da hätte ich ja noch ein Auge zugedrückt.

Tamara Krause war aber zudem noch unglaublich hochnäsig. Pelin und mich hielt sie für zu viel verdienende Hausmädchen, und das ließ sie uns auch bei jeder sich bietenden Gelegenheit spüren. Wenn ihr Büro beispielsweise nicht geputzt worden war, rief sie uns an und beschwerte sich. Als ob wir Putzfrauen wären! Oder sie beklagte sich darüber, dass die Heizung im Winter nicht hoch genug aufgedreht war, oder sie hatte etwas an unseren Klamotten auszusetzen, oder sie wollte, dass wir irgendwelche Botengänge für sie erledigten.

Gott sei Dank waren wir für solche Dinge ja nicht zuständig. Wir haben nur für den Hasen gearbeitet, und das war auch gut so.

Tamara trug einen kappen schwarzen Rock und ein winziges schwarzes Jäckchen darüber. Ihre langen, wohlgeformten Beine endeten in spitzschnäuzigen, sehr hochhackigen Schuhen, die sie mit einer Leichtigkeit und Anmut trug, als wären es Flip-Flops.

»Ach, Sie sind ja auch schon da. Ich dachte, wir würden noch länger auf Sie verzichten dürfen«, bemerkte sie hochmütig.

Tamara Krause war die Einzige in der Abteilung, die darauf bestand, dass ein so niederes Subjekt wie ich sie siezte. Sollte mir recht sein, ich riss mich ganz sicher nicht um ihre Freundschaft!

»Nein, glücklicherweise werden Sie von meiner Gegenwart nicht verschont bleiben«, zwitscherte ich liebenswürdig.

Blöde Ziege! Was bildet die sich nur ein?

»Das nächste Mal klappt es sicher besser. Sie müssen sich nur mehr anstrengen. Vielleicht brechen Sie sich ja dann etwas?«

»Na ja, vielleicht haben wir ja noch viel mehr Glück, und *Sie* brechen sich etwas, Frau Krause«, entgegnete ich ruhig.

Sie lächelte kalt.

Pelin fröstelte. Ich warf einen Blick auf die Krause.

»Wissen Sie, endlich weiß ich, wie die ›Titanic‹ untergegangen ist. Sie ist mit Ihnen kollidiert.«

Tamara Krause wurde rot.

Pelin lächelte freundlich. »Melda, nun sei doch nicht unhöflich! Es ist ein heißer Tag. Was hast du nur gegen eine Klimaanlage in unserem Büro einzuwenden?«

Das reichte. Tamara schnappte nach Luft, suchte nach einer schlagfertigen Antwort, fand aber keine. So drehte sie sich auf dem Absatz um und verließ unseren Raum. Alles, was von ihr zurückblieb, war ein Chanel-Nr.-5-Wölkchen.

Ich kicherte, und Pelin stimmte ein.

Eine Stimme hinter uns räusperte sich.

Scheiße, der neue Chef.

Ohhhh Goooootttt! Es war ja schon schlimm genug, dass ich verschwitzt war und eine Birkenstocksandale trug, nun hatte er auch noch mitbekommen, wie ich die Krause zurückmobbte. Ob er auch ihren Teil des Angiftens gehört hatte? Irgendwie hatte ich da so meine Zweifel.

Ich senkte schuldbewusst den Blick und machte mich so klein wie möglich.

»Guten Morgen«, bemerkte er höflich.

»Guten Morgen«, grüßte ich mit gesenkten Lidern.

»Mein Name ist Jan Pfennig.«

Jan? Sagte er Jan?

Ich öffnete zaghaft ein Auge und schielte ihn an.

Nein. Das war unmöglich. Das *konnte* nicht sein.

»Frau Moran?«

»Ja?« Meine Augen hatte ich fest zusammengekniffen.

»Ich, äh … hatte mir unsere erste Begegnung eigentlich anders vorgestellt. Wie wäre es, wenn Sie die Augen öffneten?«

Ich wollte weinen. Oder fortlaufen, Sibirien wäre eine sinnvolle Alternative oder die Hölle. Egal, Hauptsache weit, weit weg! Ich sollte tun, als würde ich ihn nicht kennen, das wäre sicher das Beste. Er würde mich ohne all die Schminke und ohne meine Nasenringe bestimmt nicht erkennen. Oder? Aber der Mann war ja anscheinend kein Idiot. Ich steckte ganz schön in der Klemme.

Ich öffnete langsam meine Lider.

»Aber …« Seine Augen weiteten sich verblüfft.

»Hallo, Herr Dr. Pfennig«, sagte ich schwach.

Er trat näher an meinen Schreibtisch heran.

»Aber das ist doch … vollkommen unmöglich!«

Ich beschloss, alles abzustreiten. Oder?

»Was denn? Ich weiß ja, ich bin ein wenig zu spät, aber morgen früh stehe ich eher auf, und dann bin ich sicher pünktlich hier«, ratterte ich nervös herunter.

Er stand nun dicht vor meinem Schreibtisch, während ich noch saß.

Nicht angucken, bloß nicht angucken! Vielleicht hätte ich dann Glück und er merkte nichts.

Er ging um den Schreibtisch herum und zog mich an meinen Schultern hoch.

Ich stand nun vor ihm, eigentlich stieß ich beinahe mit meiner Nase auf sein blütenweißes Hemd.

»Würden Sie mich bitte einmal ansehen?« Seine Stimme war leise, aber eindringlich.

Ich hob ängstlich meinen Blick. Ich fühlte mich, als hätte ich einen elektrischen Schlag bekommen, als sich seine himmelblauen Augen in meine bohrten.

Er atmete hörbar ein.

»Petrolblau«, flüsterte er. Er hatte mich erkannt!

Ich konnte mich kaum von seinem Blick lösen.

»Ja, es ist eine etwas ungewöhnliche Farbe, das sagt auch meine Mutter«, plapperte ich, um die Spannung zu lösen.

»Wie, sagten Sie, heißen Sie mit Vornamen?«, erkundigte er sich atemlos, während er beinahe erschrocken einen Schritt Abstand zwischen uns brachte.

»Ich sagte noch gar nichts.«

»Aha.«

Pelin, die uns verblüfft und dann interessiert beobachtet hatte, verschränkte nun die Arme vor der Brust und schüttelte kaum merklich den Kopf.

»Melda, Herr Dr. Pfennig, ich heiße Melda.«

»Nicht Ro…«

»Nur Melda reicht völlig«, fiel ich ihm hastig ins Wort.

»Hallo Melda Moran.«

»Hallo.« Ich fühlte mich, als würde ich gleich in Ohnmacht fallen.

»Wie geht es Ihrem Fuß? Hat man Sie im Krankenhaus gut versorgt?«, erkundigte er sich höflich.

»Ja, herzlichen Dank.«

»Das freut mich.« An seiner warmen Stimme erkannte ich, dass er es ehrlich meinte.

»Nun, dann … wünsche ich Ihnen einen guten Start. Gehen Sie es langsam an.« Er wandte sich zum Gehen, drehte sich an der Tür zu seinem Büro aber noch einmal um.

»Melda?«

»Ja?«

»Sie können mich weiterhin Jan nennen.«

»Ist gut, äh ... Jan.«

»Okay. Bis dann.«

»Ja, bis dann.«

Er schloss die Tür zu seinem Büro.

»Bis dann, Frau Petrolblau«, äffte Pelin ihn belustigt nach. Ich wurde rot und tippte hastig belanglose Wörter in meinen Computer.

Pelin beobachtete mich zuerst verblüfft, dann schlug sie sich die Hand vor die Stirn.

»Was? *Das* ist der Märchenprinz, der dich im freien Fall aufgefangen und auf seinen Armen ins Krankenhaus getragen hat? Dr. Jan Pfennig?« Pelin lehnte sich in ihrem Stuhl zurück und lachte aus vollem Hals. »Ich kann's kaum glauben!«

»Schschscht! Pelin! Sei bitte leise!«, flehte ich sie an.

»Aber du weißt schon, dass das etwa so realistisch ist, wie von einer herunterfallenden Satellitenschüssel im Büro erschlagen zu werden, nicht wahr?«

»Pelin! Bitte! Es ist nur ein schrecklich dummer Zufall. Ich weiß auch nicht ...«

»Nein, Liebes, das ist kein Zufall, das ist Kismet. Und du weißt das genauso gut wie ich, nicht wahr?«

»Pelin, nun lass es gut sein, wir sprechen heute Abend darüber.«

Den ganzen Tag über grinste sie mich unheimlich dämlich an. Als Jan sich schließlich in die Mittagspause verabschiedete und Pelin und ich ungestört waren, fauchte ich: »Es reicht! Du kannst mit der Grinserei aufhören!«

»Warum denn? Es gefällt mir ganz gut so.«

»Aber mir nicht.«

»Ist schon gut«, lenkte sie ein. »Du musst aber zugeben, dass das alles merkwürdig ist, nicht wahr? Dein Prinz ist dein Chef. Wie stellst du dir das vor?«

Ich reckte mein Kinn. »Da gibt es nichts vorzustellen. Er ist mein Chef. Basta.«

»Unsinn!«

»Auch wenn ich ihn beim Vornamen nennen darf, ist er nur mein Chef und sonst gar nichts!«

»Melda, Melda. Es steht schlimm um dich.« Pelin musterte mich mitleidig.

»Quatsch!«

»Doch, doch. Ich kann dir auch genau sagen, warum: Erstens bist du bis über beide Ohren verknallt. Zweitens ist er ein Deutscher und drittens unser Vorgesetzter.«

Wir wurden vom Hasen unterbrochen, der Hobbit abholte und sich überschwänglich von mir verabschiedete.

»Ein netter Kerl, mein Nachfolger. Finden Sie nicht auch, Frau Moran?«, bemerkte er lächelnd.

Ja, das fand ich auch.

Ich war unheimlich froh, als man mir den Gips nach ein paar Wochen endlich abnahm. Es war ein herrliches Gefühl, sich auch ohne Stricknadel am Bein kratzen zu können, und das Duschen ging auch wieder schneller. Ich konnte noch nicht wirklich gut laufen, aber für unseren Trip nach Istanbul würde es sicher reichen. Immerhin hatte ich diese Reise mitgeplant, und ich würde den Teufel tun und daheim hocken, während die anderen Spaß hatten.

Wir waren zwölf Kollegen in der Abteilung, und alle würden ausnahmslos mitkommen, sogar Tamara Krause, die sich in letzter Minute dazu entschlossen hatte. Warum, war mir klar. Die Giftschnecke hatte ein Auge auf Jan geworfen und umgarnte ihn nach allen Regeln der Kunst. Es war abartig! Aber sie schien darin einige Erfahrung zu haben, das musste der Neid ihr lassen. Wenn man Modelmaße hat, dann sieht man eben fast immer gut aus, auch wenn man zehn Jahre älter als das auserkorene Opfer ist.

Nun ja, wenn Jan auf sie stand, dann war das *sein* Problem, nicht wahr? Über Geschmack kann man bekannterweise streiten, auch über schlechten.

Wir hatten bei einer Billig-Airline gebucht, der Flug sollte um dreiundzwanzig Uhr von Köln aus starten. Pünktlich um einundzwanzig Uhr hatten sich alle am Flughafen eingefunden. Da wir nur übers Wochenende bleiben würden, verlief das Einchecken schnell und ohne Komplikationen. Nur Tamara Krause hatte etwas von den Maßen eines Schrankkoffers dabei. Pelin und ich tauschten einen vielsagenden Blick.

Als die freundliche Stewardess ihr zu verstehen gab, dass sie zehn Kilo Übergepäck habe, keifte Tamara sie angriffslustig an.

»Was soll das heißen, ich darf nur zwanzig Kilo Gepäck dabeihaben? Wer bitte schön kommt denn mit so wenig Zeug in einem Dritte-Welt-Land zurecht?!«

Ich schnappte empört nach Luft. Dritte-Welt-Land!

Ich dachte an die Boutiquen der Bagdad-Straße auf der anatolischen Seite, die dem Rodeo-Drive in nichts nachstanden, und die Bars und Fünfsternehotels auf der europäischen Seite. Und an all die historischen Sehenswürdigkeiten.

»Sie reisen wohl zum ersten Mal in die Türkei, was?«, schnappte Pelin.

»Und hoffentlich auch zum letzten Mal«, antwortete die Krause schnippisch.

»Wollen wir das im Interesse der Türkei hoffen«, seufzte ich.

»Denken Sie nicht, ich wüsste über Ihre Heimat nicht Bescheid! Man hat mir erzählt, es gäbe dort nicht einmal anständige Autos, und Alkohol wäre auch verboten, und als Frau muss man dort ein Kopftuch tragen, jawohl, ich weiß genau Bescheid.«

»Ach, wirklich?«, grinste Pelin verschmitzt und bedeutete mir zu schweigen. »Wissen Sie, Sie haben Recht. Ich hoffe, Sie haben bequeme Schuhe dabei, denn wenn wir vom Flughafen zum Hotel auf den Eseln reiten müssen, werden Sie sie brauchen.«

Als ich Tamara Krauses erschrockenes Gesicht sah, musste ich lachen, und alle stimmten herzhaft mit ein.

Meine Kusine Ceyda war Chefstewardess und versorgte uns ständig mit Piccolos, so dass die Stimmung während des gesamten Fluges heiter und ausgelassen wie auf einer Klassenfahrt war.

Als wir nach zweieinhalb Stunden Flug endlich im anatolischen Teil Istanbuls landeten, waren wir alle ein wenig betrunken. Wir kamen ohne Hindernisse durch die Passkontrolle, und da auf den Straßen um vier Uhr morgens auch nicht viel Verkehr herrschte, waren wir bald im Hotel.

Als wir die Lobby betraten, ging ein ehrfürchtiges »Aaahhhh!« durch unsere Reihen. Pelin und ich hatten das Hotel vorgeschlagen, weil es von außen aussah wie ein kleiner arabischer Palast. Um das alte osmanische Herrenhaus herum gab es nichts als Bäume und Meer, was ihm einen zusätzlichen Zauber verlieh.

Dieses Gebäude aus dem neunzehnten Jahrhundert, das im neoklassizistischen Stil erbaut worden war, war zunächst der Wohnsitz eines osmanischen Paschas. Auch seine Nachkommen bewohnten das Gebäude noch jahrzehntelang, bis es schließlich von einem arabischen König als Sommerresidenz genutzt wurde. Danach ging es in staatlichen Besitz über und war lange Zeit eines der exklusivsten Kasinos der Stadt. 1998 war der Besitz beinahe vollkommen niedergebrannt. Der neue Besitzer verwendete 1,8 Milliarden Dollar dafür, es in seinen Ursprungszustand zurückzubringen. Es war vollständig aus Holz gebaut und lag so dicht am Meer, dass man von der Veranda aus direkt in die Fluten des Bosporus springen konnte, wenn man wollte.

Innen war alles mit kunstvollem Stuck verziert und osmanisch-antike Möbel aus den Anfängen des neunzehnten Jahrhunderts standen kreisförmig um einen riesigen Kamin aus schwarzem und rosafarbenem Marmor und weißem Alabaster herum. Ein kompliziertes Mosaik aus Marmor und Alabaster bedeckte den gesamten Fußboden und die geräumigen Treppen, die insgesamt sechs Stockwerke hochführten. »Das hier war einst die Residenz eines Paschas«, erklärte ich.

»Dieser Pascha hieß Sait Seyhan Pascha und war ein Janitschar, das waren ursprünglich Jungen, die während der osmanischen Feldzüge geraubt und zu den besten Soldaten des Reiches ausgebildet wurden.«

»Du meinst, sie kämpften dann gegen ihre eigenen Landsleute?«, erkundigte sich Katrin.

Ich nickte. »Im Grunde schon, aber andere Länder töteten die gesamte männliche Bevölkerung, damit sie sich nicht gegen die Eroberer erheben konnten, das Rekrutieren war also noch immer die bessere Alternative. Diese Janitscharen waren gefürchtete Krieger, sie waren aber auch sehr kultiviert, denn man unterrichtete sie im Lesen, Schreiben, in der Dichtkunst und im Musizieren ebenso wie in der Kriegskunst. Einige von ihnen taten sich durch besondere Tapferkeit hervor, wie auch der ehemalige Besitzer dieses *yali*, so nennt man diese riesigen Herrenhäuser aus Holz, die unmittelbar am Meer liegen. Die höchste Beförderung eines Janitscharen war die zum Pascha. Ihnen war es eigentlich verboten, zu heiraten, doch wenn ein Pascha in der Gunst des Sultans stand, dann kam es vor, dass er ihm die Hand einer seiner Schwestern gab. Dieser Sait Seyhan Pascha lebte bis zu seinem Tod mit einer Prinzessin zusammen, und man sagt, sie hätten einander sehr geliebt«, schloss ich.

Ein Seufzen ging durch die Reihen.

»Wie romantisch!«

»So, wir können euch morgen gerne noch mehr über das Osmanische Reich und das *yali* erzählen, aber fürs Erste sollten wir zu Bett gehen, einverstanden?«, schlug Pelin vor.

An der Rezeption holten wir unsere Schlüssel ab und konnten dann endlich in unseren wohlverdienten Schlaf sinken.

Am nächsten Morgen trafen wir uns pünktlich um acht Uhr im Frühstücksraum. Dies war der Vorraum zur großen Terrasse und bot einen herrlichen Blick auf den Bosporus und das Goldene Horn. Der strahlendblaue Himmel versprach einen warmen Herbsttag, und die Möwen, die um die kleinen Fischerboote flogen, begrüßten uns mit lautem Gekreische. Es war ein herrlicher Anblick!

»Wow! Sieh dir mal das Frühstück an!« Michael deutete erfreut auf das reichhaltige Buffet.

»Es heißt, dass in diesem Hotel ein Sterne-Koch arbeitet«, informierte Pelin ihn, während sie sich einen Teller nahm und ihn großzügig füllte.

Als endlich alle saßen und fast fertig gegessen hatten, stand Sylvia, mit der Pelin und ich die Reise geplant hatten, auf und erklärte: »Ich hoffe, ihr habt alle gut geschlafen! Unser Programm sieht für heute Sightseeing und für morgen Shopping vor. Ist das allen recht?«

Zustimmendes Geraune ging durch unsere Gruppe.

»Was sehen wir uns denn an?«, fragte jemand.

»Den Topkapi-Palast, danach werden wir eine Schiffstour rund um das Goldene Horn unternehmen und schließlich einen kurzen Abstecher auf den großen Bazar. Und heute Abend setzen wir mit diesen Fischerbötchen«, Sylvia deutete nach draußen aufs Meer, auf dem man kleine Boote friedlich über das blaue Wasser ziehen sah, »auf die europäische Seite über, um in einem besonderen Restaurant ›Salzfisch‹ zu essen.«

»Was ist das?«

»Lasst euch einfach überraschen«, zwinkerte sie fröhlich. »Es geht in einer halben Stunde los.«

Mit einem Mal begann ein aufgeregtes Stühlerücken, man ging noch einmal auf die Zimmer, um Pullis, Jacken, Fotoapparate oder Kameras zu holen.

Dann konnte es endlich losgehen. Der Shuttle-Bus des Hotels brachte uns bis zum Hafen. Von hier aus würden wir mit der Fähre übersetzen und zu Fuß den Topkapi-Palast erreichen.

Die Fahrt mit der Fähre war für die meisten eine vollkommen neue Erfahrung. Viele kauften sich Sesamkringel, *simit*, und heißen türkischen Tee in kleinen, bauchigen Gläschen.

Als wir den Palast betraten, in dem es durch die hohen Decken recht kühl war, eilte uns auch schon eine Dame entgegen.

»Sie sind die Gruppe aus Deutschland?«, erkundigte sie sich freundlich, nachdem sie uns begrüßt hatte.

Wir nickten. Jemand fragte erstaunt: »Warum sprechen Sie so gut Deutsch?«

Sie lachte. »Istanbul ist eine sehr multikulturelle Stadt, wie ein orientalisches New York, könnte man sagen. Die meisten Menschen beherrschen zumindest eine Fremdsprache, meist Englisch. Gleich danach kommen Deutsch und Russisch.«

Besonders vom Harem war unsere kleine Gruppe sehr angetan.

»Harem bedeutet auf Arabisch ›privat‹ und war nicht etwa das private Bordell des Sultans, wie viele von Ihnen vielleicht meinen. Im Harem lebte die königliche Familie, es waren um die hundert Frauen mit ihren Kindern. Es wird Sie vielleicht wundern, dass die Frauen des Harems alle ohne Ausnahme Ausländerinnen waren, denn es war verboten, islamische Sklaven zu halten.«

»Dann waren es also doch Sklavinnen?«, fragte Moni.

»Es waren Frauen und junge Mädchen, die von Sklavenhändlern gekauft oder aus eroberten Ländern hierhergebracht wurden. Oft wurden sie sogar von ihren eigenen Eltern in die Sklaverei verkauft«, bestätigte unsere Führerin. »Aber Sie müssen sich vor Augen halten, dass dies meist Bauernmädchen waren, die noch nie so einen Prunk und Wohlstand erlebt hatten wie in diesem Palast. Hier wurden sie zu gebildeten Gesellschafterinnen erzogen, man unterrichtete sie in türkischer Kultur und islamischer Religion, man brachte ihnen höfische Manieren, Konversation, Musik und Tanz bei, und sie lernten, wie man sich schminkt und kleidet. In jedem Unternehmen gibt es eine bestimmte Hierarchie. Der Harem war nichts weiter als ein großes Familienunternehmen, und die Mutter des Sultans, die *valide sultan*, war die oberste Instanz. Dem Sultan war es erlaubt, vier legitime Ehefrauen zu haben, die *kadin*. Darauf folgten gleich die Konkubinen.«

Jan, der sich immer bescheiden im Hintergrund gehalten hatte, fragte unsere Führerin: »Gestern haben wir etwas über die Janitscharen erfahren, dass sie unter Umständen eine Prinzessin aus dem Harem heiraten durften. Aber es gab doch nicht nur weibliche Nachkommen?«

Unsere Führerin schüttelte den Kopf. »Nein, es gab natürlich auch Jungen. Wenn eine Ehefrau einen Sohn bekam, erhielt dieser den Titel *haseki sultan*, wenn es ein Mädchen war, lautete ihr Titel *haseki kadin*. Sie waren von Geburt an Prinzen und Prinzessinnen. Im Osmanischen Reich wurde nicht der älteste Prinz zum neuen Sultan, nein, jeder Junge konnte der neue Sultan werden. Die Konkurrenz unter den Frauen war daher groß, denn jede Frau wollte, dass ihr Sohn der neue Herrscher und sie somit die neue Beherrscherin des Harems und damit *valide sultan* wurde. Der Zickenterror war unsäglich, wie Sie sich vorstellen können.«

Wir lachten.

»Wenn eine Frau einen Sohn geboren hatte, dann durfte sie den Sultan nicht wiedersehen«, fuhr sie fort, während wir den Innenhof des Harems betraten.

»Warum denn nicht?«

»Nur einer der vielen Söhne konnte zum neuen Sultan werden. Alle anderen männlichen Nachkommen ließ der neue Sultan erwürgen, denn das Gesetz besagte, dass kein königliches Blut vergossen werden durfte. Alle anderen männlichen Nachkommen des Sultans waren ja nur seine Halbbrüder. So kam der neue Sultan nie in die Verlegenheit, einen leiblichen Bruder töten zu müssen.«

Jan schauderte. »Das klingt ganz schön grausam.«

Sie nickte. »Ja, aber so war es nun einmal.«

»Unzivilisierte Heiden waren das«, keifte Tamara.

»Nun ja, das kommt sicher ganz auf den Standpunkt an. Ich will nicht behaupten, dass ich diese Massenmorde gutheiße, aber während man in Europa keine Ahnung hatte, was Toiletten sind, man dort kaum badete und auf Kreuzzügen unschuldige Völker blutig abschlachtete, nur weil sie nicht zum Christentum übertreten wollten, gab es hier schon Bäder und Toiletten mit fließendem Wasser, und unsere Janitscharen und Haremsdamen waren allseits geachtet und bewundert.«

Tamara Krause wurde rot. »Das rechtfertigt noch lange keine Kindermorde.«

»Nein, das stimmt. Ich wollte damit nur sagen, dass jede Geschichte ihre Schattenseiten hat, die osmanische genauso wie die europäische, nicht wahr?«

Nach dem Topkapi-Palast aßen wir auf dem Schiff, auf dem wir uns das Goldene Horn ansehen wollten, bei strahlendem Sonnenschein an Deck zu Mittag. Wir zogen unsere Jacken und Pullis aus und sonnten uns in T-Shirts. Es war göttlich!

Ich stand auf, um mir eine Limo zu kaufen, und rutschte aus.

Panisch ruderte ich mit den Armen in der Luft.

In diesem Moment ergriff jemand mein Handgelenk und zog mich hoch.

»Auf Sie muss man ja ganz besonders gut aufpassen«, murmelte er, als er mich ansah.

»Äh, danke, Jan.«

»Jederzeit gerne.«

Warum wurden meine Knie nur immer zu Pudding, wenn er mich anfasste?

Er räusperte sich verlegen, bevor er mich freigab.

»So, das äh … ist ja noch mal gut gegangen, nicht wahr?«, meinte er leichthin und wandte sich wieder seinem Reiseführer zu.

Nach der Schiffstour wollten wir uns den Bazar ansehen.

Hier wurde alles Mögliche verkauft, von edlen Gewürzen bis hin zu türkischem Honig, *lokum*, wie man es auf Türkisch nennt, in allen möglichen Variationen, mit Rosen, Pistazien, Haselnüssen oder Waldmeister. Es gab alle Arten von Knabbereien, getrockneten Früchten und Nüssen, Stoffe in allen Farben und aus Hunderten verschiedener Materialien, handgewebte Perserteppiche und maschinell gefertigte Kelims, Gold- und Silberschmuck und Imitate teurer Uhren, die man von den Originalen kaum unterscheiden konnte. Innerhalb kürzester Zeit hatte sich die Gruppe in Zweier- oder Dreiergruppen aufgeteilt, und nachdem ich mit einem Händler um ein Silberarmband erfolgreich auf Türkisch gefeilscht hatte, bemerkte ich, dass ich nun vollkommen allein war.

Ich flanierte durch die langen Reihen der Händler, die ihre Waren feilboten, und fühlte mich, als wäre ich um hundert Jahre zurückversetzt.

»Nein, ich gebe Ihnen höchstens zehn Lira für diese Uhr«, hörte ich da eine bekannte Stimme hinter mir.

»Nix! Dreißig Lira!«

Ich drehte mich um. Da stand Jan und handelte heftig mit einem Mann um eine Armbanduhr.

Ich lächelte den Händler an und erklärte ihm mit leiser Stimme etwas auf Türkisch.

Er blickte erst mich und dann Jan an und seufzte ergeben.

»Nun gut, *damat bey*, ausnahmsweise isch geben dir Uhr für zehn Lira.«

Jan bezahlte verblüfft.

»Was haben Sie ihm gesagt?«, fragte er mich neugierig, als wir uns ein paar Schritte entfernt hatten.

»Nichts weiter.«

»Los, ich will es wissen!«, bat er mich.

»Na ja, ich habe ihn ein wenig angeflunkert.«

»Ach?«

»Ja, ich sagte, dass Sie mein Verlobter aus Deutschland wären, dass Sie arm wie eine Kirchenmaus seien und die Uhr gerne meinem Vater schenken möchten, um einen guten Eindruck zu machen.«

»Und das hat er Ihnen geglaubt?«

»Klar. Sie haben mir ja auch geglaubt, dass ich Roxy, die Schlagzeugerin, bin, nicht wahr?«

»Das stimmt.« Nachdenklich rieb er sich das Kinn.

»Und was bedeutet *damat bey*?«

»Es heißt so viel wie ›Schwiegersohn‹.« Ich wandte mich zum Gehen.

»Melda, warten Sie bitte. Hätten Sie nicht Lust, einen Kaffee mit mir zu trinken? Als kleines Dankeschön für die Uhr?«

»Betrachten Sie die Uhr als Dank dafür, dass Sie mich zweimal vor dem freien Fall bewahrt haben, Chef.«

»Melda, nun seien Sie doch nicht so. Es ist doch nur ein Kaffee.«

Ich blieb stehen. Ob es klug war, mit dem Chef allein in irgendeinem Café zu sitzen? Was, wenn jemand von den anderen uns sah? Was würden sie dann denken? Ach was, sollten sich die anderen zum Kuckuck scheren, warum eigentlich nicht?

»Gern«, antwortete ich schließlich zögernd.

Und so setzten wir uns in ein »Sedir-Café«, das sich mitten im Bazar befand. Stühle gab es keine. Stattdessen waren auf riesigen Orientteppichen bunt gemusterte große Kissen rund um kleine, flache Holztischchen arrangiert, auf denen man Platz nehmen konnte. Ich bestellte einen türkischen Mokka und eine Wasserpfeife mit Erdbeeraroma für Jan, der so etwas noch nie probiert hatte, und einen Apfeltee für mich.

»Erzählen Sie mir von sich«, bat Jan, während er in die Wasserpfeife hineinblies.

Ich lachte. »Sie müssen inhalieren, nicht hineinpusten. Sehen Sie, so.« Ich zog kräftig am Mundstück, das über einen Schlauch mit dem Hauptteil verbunden war. Dann reichte ich es ihm zurück.

Jan tat es mir nach. »Das ist nicht schlecht«, bemerkte er erstaunt.

»Also?«, fuhr er fort.

Ich zuckte mit den Schultern. »Was möchten Sie wissen?«

»Warum arbeiten Sie nachts als Drummerin unter einem anderen Namen? Warum diese Verkleidung?«

»Ach das. Ich will nur nicht erkannt werden.«

»Warum? Ich finde, Sie können stolz auf sich sein. Sie sind wirklich gut!«

Ich wurde rot. »Danke.«

Um Zeit zu gewinnen, nippte ich an meinem Apfeltee.

»Meine Eltern sind Türken und sie geben sich große Mühe, sich in Deutschland zu integrieren. Aber Integration bedeutet nicht, dass man all seine Werte so einfach ändern oder über Bord werfen kann. Es würde sie zutiefst schockieren, wenn sie erfahren würden, was ich nachts tue. Sie kämen damit einfach nicht zurecht«, versuchte ich es ihm zu erklären.

»Aber wäre es nicht viel vernünftiger, wenn Sie ihnen die Wahrheit sagen und sie dazu bringen würden, Sie so zu akzeptieren, wie Sie sind?«

Ich schüttelte den Kopf. »So einfach ist das nicht.«

»Und wie kommen Sie mit Ihrem ... Ihrem Freund zurecht?« Jan hatte seine Wimpern gesenkt, doch seine Ohren färbten sich rot.

»Ich habe keinen Freund«, antwortete ich ruhig.

»Aber Sie hatten doch sicher schon einmal einen Freund? Eine Frau wie Sie ... ich meine, nicht, dass Sie mich falsch verstehen ...«

»Natürlich hatte ich schon einen Freund!«, erwiderte ich ein wenig verärgert. »Ich habe nur momentan keinen. Aber ich habe nie einen dieser Freunde meinen Eltern vorgestellt.«

»Warum nicht?«

»Das ist kompliziert.« Nun wurde ich verlegen. Ich konnte meinem Chef doch wohl kaum erzählen, dass eine unverheiratete türkische Frau gefälligst Jungfrau zu sein hat. Das war mir nun doch zu privater Natur.

»Wenn ich ihnen jemanden als meinen Freund vorstellen würde, dann würden sie davon ausgehen, dass ich diesen Jemand auch heirate, deshalb«, sagte ich stattdessen.

»Dann war der Richtige wohl noch nicht dabei?«

»Sie sagen es.«

»Und nehmen wir einmal an, dass der Richtige doch irgendwann einmal dabei ist. Wie müsste er sein?«

Er reichte mir noch einmal das Mundstück der Wasserpfeife, und ich inhalierte nachdenklich.

»Wenn es nach meinen Eltern ginge, dürfte es nur ein Türke sein. Gut wäre, wenn er einen angesehenen Beruf hätte.«

»Aha.« Jan nippte an seinem Mokkatässchen.

Ich beobachtete ihn nachdenklich. »Er sollte Humor haben und verständnisvoll sein. Er sollte mich so lieben, wie ich bin, und sich nicht in eine Wunschvorstellung von mir verlieben, also in die Person, zu der er mich gerne machen würde.« Ich grinste. »Na ja, und wenn er das Gesicht von Brad Pitt und den Hintern von George Clooney hätte, dann wäre ich auch nicht unglücklich.«

»Und was, wenn dieser Traummann Ihnen begegnet und er kein Türke ist?«, fragte er leise.

4. Casanova in Kölle

Kurz bevor bei uns ein neues Produkt auf den Markt kommt, wird es in der Bank immer hektisch, genau wie an jenem Tag.

Pelin und ich waren mehr für den organisatorischen Teil zuständig, denn diese neue Kreditkarte sollte morgen Abend auf einer Veranstaltung vorgestellt werden, an der alle dreitausend Mitarbeiter teilnehmen würden. Der Aufwand war entsprechend groß, wir hatten einen riesigen Saal reserviert, eine Cateringgesellschaft beauftragt, und gleich würden Jan und ich dort hinfahren und uns alles anschauen, um sicherzugehen, dass nichts schieflief. Den ganzen Tag schon hechteten wir hierhin und dorthin, verteilten Kopien, führten Telefonate und druckten Unterlagen aus.

Wir waren alle unheimlich gestresst und genervt und würden froh sein, wenn wir endlich heimgehen könnten.

Während Pelin im Büro die Stellung hielt und als eine Art Schaltzentrale fungierte, machten Jan und ich uns mit dem Firmenwagen auf den Weg zum Bankettsaal auf dem Messegelände. Wenn wir das hinter uns hätten, könnten wir getrost dem Feierabend entgegenfahren.

Im Fahrstuhl war es unheimlich ruhig. Nach unserem Gespräch im Bazar in Istanbul beobachtete ich ihn manchmal verstohlen und war dann immer vollkommen erschrocken, wenn ich bemerkte, wie auch er mich musterte. Bisher hatte es sich nie ergeben, dass wir allein in einem Raum waren. Doch nun standen wir dicht gedrängt in einem winzigen Fahrstuhl und vermieden es beide sorgsam, einander anzusehen.

»Haben Sie eigentlich …«

»Ich hoffe …«

»Sie zuerst …«

»Nein, sagen Sie zuerst …«

Und wieder schwiegen wir beide.

Jan lachte leise. »Schon komisch, dass wir uns so wieder getroffen haben, nachdem Sie damals von der Bühne gefallen sind, nicht wahr?«

»Ja, kann man wohl sagen.«

Der Aufzug hielt abrupt und ich stieg erleichtert aufatmend aus. Puh! Irgendwie war es ganz schön heiß da drin!

Ich hoffte nicht, dass wir in naher Zukunft noch einmal Gelegenheit haben würden, uns so nahe zu kommen. Ich wusste nicht genau, warum, aber davor fürchtete ich mich zu Tode.

»Das darf doch nicht wahr sein!«, jammerte Jan und schlug die Hände über dem Kopf zusammen.

»Was ist denn …« Aber da hatte ich es selbst schon gesehen.

Die Pressemappen, die eigentlich auf dem Tisch neben dem Fahrstuhl bereitliegen sollten, fehlten. Da wir einen regen Andrang von Seiten der Presse erwarteten, war das natürlich eine Katastrophe. Ich zückte mein Handy und rief Pelin an.

»Hi, ich bin's. Hör mal, hier fehlen die Pressemappen, sind sie vielleicht bei dir irgendwo? Nein?«

»Was ist denn?«, fragte Jan nervös.

»Pelin sagt, sie hätte sie schon heute früh hierhergeschickt.«

»Na, dann müssen sie ja irgendwo hier sein, nicht wahr? Suchen wir sie!«

Doch eine volle Stunde intensivster Such- und Frageaktion hatte uns nichts gebracht, die Pressemappen schienen hier nie angekommen zu sein, obwohl Pelin sie verschickt hatte. Mittlerweile war es sechs Uhr, und Jan und ich schauten einander ratlos an.

»Na, da hilft nichts. Wir müssen sie wohl oder übel noch einmal zusammenstellen«, seufzte er.

Fünfzig Pressemappen! Und in jeder dieser Mappen befanden sich zehn Seiten Ausdrucke, Broschüren und je ein Antragsformular. Das würde eine Ewigkeit dauern! Aber wo er Recht hatte, hatte er Recht.

Als wir die Bank erneut betraten, war es sieben Uhr. Kaum jemand war noch im Büro, nur der Pförtner nickte uns zu, nachdem er argwöhnisch unsere Dienstausweise beäugt hatte.

Das Licht war beinahe überall ausgeschaltet, und die Korridore lagen dunkel und verwaist, nur vereinzelt leuchtete das einsame Licht eines Angestellten unter einer geschlossenen Tür hervor. Irgendwie erinnerte mich dieses Dämmerlicht an »The Shining«.

Ich warf Jan einen zaghaften Blick zu und erinnerte mich in diesem Moment ganz deutlich daran, wie es gewesen war, als er mich ins Krankenhaus getragen hatte. Auf eine merkwürdige Weise schnürte mir diese Erinnerung die Kehle zu.

Jan öffnete indessen die Tür und ließ mich vorausgehen, dann schaltete er das Licht ein, das mich jäh wieder in die Realität zurückbeförderte.

»So, dann machen wir uns mal an die Arbeit, was?«, schlug er munter vor.

»Klar«, erwiderte ich weniger enthusiastisch.

Gegen acht Uhr knurrte mein Magen vernehmlich.

»Wir können etwas bestellen, der Italiener an der Ecke ist ziemlich gut«, schlug er vor.

»Okay, ich rufe ihn an.«

Wenig später traf eine riesige Pizza ein, die wir uns kameradschaftlich teilten. Jan bestand darauf, zu bezahlen, und ich war so entsetzlich hungrig, dass ich keinen Einspruch erhob.

Im Büro sah es aus wie auf einem Schlachtfeld. Überall waren Mappen, Kopien, Farbausdrucke und kleine Werbegeschenke auf dem Tisch und dem Boden verteilt.

Achselzuckend ließ Jan sich auf dem Fußboden nieder. Ich folgte seinem Beispiel und biss genüsslich in ein Stück Pizza.

Mit einem Mal wurde es stockfinster. Dunkelheit umgab uns.

»Was ist das?« Meine Stimme wurde von der Finsternis verschluckt.

»Sieht ganz nach einem Stromausfall aus.« Jan lugte durchs Fenster. »In der ganzen Straße brennt kein Licht mehr.«

Hatte ich nicht noch irgendwo Teelichter von der letzten Weihnachtsfeier? Ich tappte blind ein paar Schritte nach vorn und stolperte über ein paar verstreute Pressemappen.

»Melda? Alles in Ordnung?« Jan tastete sich vor, um mich zu finden, und stolperte ebenfalls, vermutlich über denselben Haufen von Mappen wie ich.

»Jan?«

»Ich bin hier.« Seine Stimme kam aus nächster Nähe.

Ein Surren war zu hören. Ich bekam Angst.

»Was ... was ist das?«

»Keine Ahnung. Aber es hört sich ganz schön unheimlich an, oder?«

»Das können Sie laut sagen!«

»Keine Angst, ich bin ja auch noch da.« Seine warme Hand hatte mich endlich gefunden und tastete sich an meinem Arm entlang bis hinunter zu meiner Hand, die er nun fest und zuversichtlich umschloss.

Ich schluckte nervös.

»Besser so?«

Ich nickte stumm, als könnte er das in der Dunkelheit erkennen. »Ja, danke.«

Mein Herz klopfte mir bis zum Hals, und ich wagte nicht, mich zu bewegen. Einerseits wollte ich nicht, dass er seine Hand zurückzog, und andererseits hatte ich Angst vor dem, was passieren könnte, wenn er sie nicht zurückziehen würde.

Da war dieses Surren schon wieder, diesmal lauter.

Ich zuckte erschrocken zusammen.

Jan legte einen Arm um mich. »Schscht. Das ist sicher nur eins von den Geräten, Sie brauchen keine Angst zu haben.«

Ich nickte erneut und spürte plötzlich seinen Atem im Gesicht.

»Melda, ich ...«

»Jan, nicht ...« Doch er erstickte meinen Protest mit seinen Lippen, und mit einem Mal schien ich jede Angst verloren zu haben. Er küsste einfach himmlisch!

Ich sollte seinen Kuss nicht erwidern, das würde mir nur Probleme bereiten, das wusste ich genau!

Aber ich konnte einfach nicht aufhören ihn zu küssen, und ein wenig war auch der Stromausfall daran schuld, weil ich dank der Dunkelheit alle Hemmungen verloren hatte.

Wir küssten uns mit einer Leidenschaft und einem Verlangen, die ich nie zuvor erlebt hatte. Es war, als würde er mich allein durch die Berührung seiner Lippen in Wasser verwandeln.

Ich weiß nicht, wie lange wir heftig knutschend inmitten von unfertigen Pressemappen und Pizzastücken verbracht haben. Mir kam es wie eine Ewigkeit vor.

Da öffnete sich auf einmal die Tür, und das Licht schaltete sich wieder an. Eine Putzfrau blickte uns erschrocken ins Gesicht.

»Watt is denn hier los?«

Ich wischte schnell den Lippenstift aus Jans Gesicht, während er mich zerzaust ansah und verträumt lächelte.

Die Putzfrau schnalzte missbilligend mit der Zunge und schloss die Tür wieder.

Ich räusperte mich verlegen. »Wir sollten diese Mappen besser fertig machen.«

Was hatte ich da nur wieder angestellt? Ich hatte nichts gegen ein bisschen Küssen, aber ich begann, mir Sorgen darum zu machen, dass ich hier womöglich etwas ins Rollen gebracht hatte, was ich nicht so leicht aufhalten konnte. Und was soll ich sagen? Ich hatte mich nie besser gefühlt!

Wie sich aber herausstellte, war meine Sorge vollkommen unbegründet.

Als ich am nächsten Morgen zur Arbeit kam, war Jan ungewohnt kühl und unbeteiligt.

»Guten Morgen!«, rief ich fröhlich in sein Büro.

Er hob nur kurz den Kopf und antwortete: »Morgen.«

»Und, gut geschlafen?«

»Ja, warum nicht? Melda, seien Sie bitte so gut und schließen die Tür, wenn Sie gehen.«

Er benahm sich so, als wäre gestern überhaupt nichts geschehen! Und warum siezte er mich, obwohl er mich gestern beinahe verschlungen hatte? Unverschämtheit! Ich knallte die Tür zu und setzte mich frustriert an meinen Platz.

»Was ist dir denn über die Leber gelaufen?« Pelin schenkte uns beiden einen Kaffee ein.

»Jan«, murrte ich und erzählte ihr alles.

»Aber das ist ja großartig!« Pelin klatschte in die Hände.

»Großartig? Er verhält sich, als wäre ich eine Fremde!«, empörte ich mich.

»Ach was, das bildest du dir sicher ein. Warte ab, wie er sich im Laufe des Tages verhält. Vielleicht hat er gerade nur Stress.«

Ich nickte widerwillig.

Doch Jan war den gesamten Tag über distanziert und unnahbar. Sogar Pelin war das aufgefallen. Ungläubig schüttelte sie ihre dunklen Locken, als Jan kommentarlos durch unser Büro ging.

»Er benimmt sich wirklich seltsam.« Sie legte den Kopf schief und sah ihm nach, während er in seinem Büro verschwand und die Tür hinter sich schloss.

»Ja, nicht wahr?«

»Hm. Vielleicht wollte er ja nur Sex«, rätselte sie.

»Was?« Ich riss die Augen auf.

»Er könnte gestern versucht haben, dich zu verführen, und vielleicht ist ihm die Putzfrau ja dazwischengekommen und hat seine Pläne zunichtegemacht.«

»Meinst du? Aber das kam mir gestern wirklich nicht so vor!«

»Nun lass mal gut sein, Melda. Fahren deine Eltern heute nicht für eine Woche in die Türkei?«

»Ja, stimmt.«

Pelin rieb sich erfreut die Hände und zog zwei Tickets aus ihrer Handtasche.

»Was ist das?«, fragte ich neugierig.

»Das sind zwei Karten für ›Casanova in Kölle‹. Schon einmal davon gehört?«

Ich schüttelte bedauernd den Kopf.

»Rita aus dem Marketing hat sie mir verkauft. Ihr ist kurzfristig etwas dazwischengekommen, und sie kann nicht hingehen. Das ist eine Oper, in der nur Männer tanzen und singen. Und zwar auch die Frauenrollen! Das wird sicher eine Mordsgaudi!«

Auf dem Weg zum Flughafen mussten wir uns endlose Vorträge von meinen Eltern darüber anhören, was jungen Mädchen in der gefährlichen Großstadt so alles passieren kann und dass es sicherer wäre, wenn wir daheimblieben und neue Kochrezepte ausprobieren würden. Pelin und ich nickten geduldig und sausten dann so schnell wie möglich in die Oper, um uns pünktlich »Casanova in Kölle« anzusehen.

Als der Saal sich verdunkelte und der schwere rote Samtvorhang sich hob, herrschte gebannte Stille. Und als ein

Mann in einem roten Tutu und mit blonden Zöpfchen sich von einem rotnäsigen Casanova verführen ließ, gingen Lacher durch die Reihen. Die Musik lud beinahe zum Mitschunkeln ein, und die Tänzer hätten es fast mit jeder Balletttänzerin aufnehmen können, so gut waren sie.

Mir gefiel besonders ein Tänzer, der sich als kokettierende Brünette verkleidet hatte und bemüht schien, den berüchtigten Casanova unter die Haube zu bringen.

Pelin packte mich plötzlich so hart am Arm, dass ich beinahe laut aufgeschrien hätte.

»Aua! Spinnst du?«

»Melda! Sieh dir die Brünette doch bitte genauer an!«

»Warum?«

»Los, tu es einfach und sag mir dann, ob er dir bekannt vorkommt!«

Ich betrachtete ihn eingehender, und er kam mir irgendwie tatsächlich merkwürdig vertraut vor. Aber ... das konnte nicht ... das war doch gar nicht möglich ... ich fantasierte bestimmt!

»Das ist doch Unsinn!«, meinte ich ungläubig.

»Nein, ist es nicht! Er ist es tatsächlich!«, jubelte Pelin.

»Was denn, du glaubst, das ist Jan?«, rief ich laut, und der Mann neben mir machte empört »Schscht!«.

»Oh Verzeihung!« Ich wandte mich wieder an Pelin und flüsterte: »Bist du sicher?«

»Du hast ihn doch auch erkannt!«

Ja, das hatte ich tatsächlich. Und mir war auch nicht entgangen, dass die meisten Männer in diesem Ensemble scheinbar homosexuell waren.

»Denkst du, dass Jan schwul ist?«, wisperte ich Pelin ins Ohr.

Sie zuckte die Schultern. »Keine Ahnung. Vielleicht mag er ja beides.«

»Du meinst, er ist bisexuell?« Ich riss erstaunt meine Augen auf.

»Warum denn nicht?«

»Denkst du wirklich?« Ich hatte einfach Probleme, das zu glauben.

Pelin sah mich fest an. »Es gibt nur einen Weg, das herauszufinden. Du musst ihn fragen. Und das schiebst du am besten gar nicht erst auf die lange Bank.«

Der Vorhang fiel, und begeisterter Applaus brandete auf. Das Stück war zu Ende.

»Was soll ich denn tun?«

»Es gibt hier sicher eine Künstlergarderobe. Geh doch einfach hin und stelle ihn zur Rede.«

Ich fand, das hörte sich sehr vernünftig an.

»Werden sie mich denn so ohne Weiteres durchlassen?«

»Sag einfach, du bist seine Kusine«, schlug sie vor.

Ich ging also die Treppen ins Foyer herunter und erkundigte mich an der Kasse nach der Künstlergarderobe.

»Sie dürfen da aber nich rein, Frollein!«, rief die Kassiererin mir nach.

Vor der Tür stand ein breitschultriger Muskelprotz in einem schwarzen Muscle-Shirt.

»Ich will bitte zu Jan.«

»Der zieht sich gerade um und die anderen auch«, dröhnte seine mürrische Stimme.

»Ich bin seine Kusine aus … äh … der Türkei. Wären Sie so nett, ihm zu sagen, dass ich hier bin?«

Er antwortete nicht, sondern öffnete die Tür einen Spaltbreit und rief: »Jan, deine türkische Kusine ist da.«

»Ich habe doch gar keine …« Mitten im Satz hielt Jan inne. Dann drängte er sich am Muckimann vorbei und stand plötzlich vor mir.

Ich wusste nicht, ob ich lachen oder weinen sollte.

»J… Jan?«

»Oh, Melda! Was um alles in der Welt tust du hier?« Entgeistert versuchte er, sein rosafarbenes Tutu hinter der schweren Metalltür zu verbergen.

»Ich habe dich vorhin auf der Bühne erkannt und war neugierig, ob du's tatsächlich bist. Da dachte ich, es wäre sicher eine gute Idee, einmal nachzusehen. Oh, und natürlich bin ich auch hier, um dir zu gratulieren. Ihr wart großartig, ehrlich! Ich wusste gar nicht, dass du so gut tanzen kannst!«

»Das ist wirklich nett, danke.«

»Warum versteckst du dich eigentlich?«, erkundigte ich mich höflich.

Jan kam wieder hinter der Tür hervor, und mir fiel auf, dass er einen wirklich gut trainierten Körper hatte.

»Ich wollte eigentlich nicht, dass du mich so siehst.« Er lachte verlegen.

»Warum denn nicht?«

»Na ja, du hättest ja denken können, dass ich ... dass ich ...«

Ich lachte nervös. »Dass du schwul bist?«

»Ja, genau.«

Wir schwiegen einen Moment.

»Und?«, fragte ich spontan.

»Was und?«

Ich musste Gewissheit haben. »Bist du es nun oder nicht?«

»Was denn, schwul?« Seine Augen weiteten sich entgeistert. »Nein, nein, ich bin nicht schwul, um Himmels willen!«

»Nicht einmal ein kleines bisschen?«, hakte ich nach.

»Nein!«, beharrte er verärgert. »Ich tanze in diesem Ballett, weil es unheimlich viel Spaß macht und weil ich so fit bleibe. Und auch, weil die Leute nett sind.«

»Aber es ist schon ein wenig ... ungewöhnlich für einen Banker mit einem Doktortitel aus Harvard, mit Zöpfchen und in einem Tutu auf der Bühne herumzuhüpfen, nicht wahr?«

Jan verschränkte die Arme vor der Brust.

»Nicht ungewöhnlicher als eine Sekretärin, die sich nachts Ringe durch die Nase zieht und in einer Rockspelunke Schlagzeug spielt.«

Ich lachte. »Stimmt!«

Er schwieg einen Moment und betrachtete mich eingehend.

»Wie ist es, hast du morgen schon etwas vor?«

Ich überlegte einen Moment. »Nein, eigentlich nicht.«

»Darf ich dich zum Essen einladen?«

»Habe ich etwa ein Date mit meinem Chef?«

Er lachte. »Wenn du es so nennen willst.«

»Wann treffen wir uns?«

Er überlegte kurz.

»Ich kann ganz gut kochen. Komm doch um acht Uhr zu mir. Hier ist meine Telefonnummer. Ruf mich an, und ich erkläre dir, wo ich wohne.« Er zog grinsend einen grellroten Lippenstift aus seinem ausgestopften Dekolleté und schrieb mir die Nummer auf meinen Arm.

»Der ist kussecht, keine Bange!«, informierte er mich und klimperte verführerisch mit seinen künstlichen blauen Wimpern.

Er wandte sich zum Gehen, doch ich hielt ihn noch kurz fest.

»Jan, das mit gestern … ich meine, tat es dir leid, dass du mich geküsst hast?«

Er neigte verständnislos den Kopf. »Wie kommst du denn darauf?«

»Weil du heute im Büro so komisch warst. Und du hast mich gesiezt. Na ja, da dachte ich …«

»Oh, ich dachte, du würdest das mit dem Siezen verstehen. Ich wollte nicht, dass die anderen Kollegen über dich reden, du weißt schon. Unsere Beziehung geht sie nichts an. Und ich gestehe, dass ich auch ein wenig abwesend war, weil ich immer vor einer Premiere unheimlich aufgeregt bin. Das ist das Lampenfieber, tut mir leid.«

Er strich mir mit der Hand über die Wange. »Bist du mir böse?«

»Nein. Aber das hat mich sehr verwirrt.»

»Das tut mir leid!«, flüsterte er rau und küsste mich, bis ich das Gefühl hatte, den Boden unter den Füßen zu verlieren.

5. Das perfekte Dinner

»Pelin, was soll ich nur anziehen? Ich habe absolut keine Klamotten!« Hilflos stand ich vor einem Berg von Kleidung.

»Warum? Das hier ist doch hübsch!« Pelin hielt mir eine petrolblaue Seidenbluse entgegen.

»Nein, was ich meine, ist, dass ich nicht weiß, wie ich mich kleiden soll. Sollte ich eher Roxy oder mehr Melda sein? Was meinst du?«

Pelin neigte ein wenig den Kopf. »Hm. Schwer zu sagen. Wer möchtest du denn heute gerne sein?«

»Das ist es ja! Ich habe keine Ahnung, ob er nun auf die rockige, kesse Roxy steht oder auf die deutsch-türkische Melda. Was ist, wenn ich mir einen Ring durch die Nase ziehe und er das widerlich findet? Oder wenn ich ein Kleid anziehe und ihn das langweilt?«

Pelin lachte. »Ich finde wirklich, dass du dir zu viele Gedanken machst. Vielleicht ist es die Mischung aus beiden Teilen deiner Persönlichkeit, die er anziehend findet, hast du daran schon gedacht?«

Die Idee hatte etwas für sich. Immerhin war Jan der einzige Mann, der je mit beiden meiner Identitäten in Berührung gekommen war.

»Dann also die petrolblaue Seidenbluse mit den abgewetzten Jeans, dazu meine hochhackigen Stiefeletten und der silberne Nietengürtel?«, schlug ich vor.

Pelin nickte strahlend. »Ich glaube, langsam verstehst du, worauf ich hinauswill.«

Es gibt nichts Schöneres, als sich auf ein erstes Date vorzubereiten. Während der ersten Verabredung lernt man einander so weit kennen, dass man schon innerhalb der ersten zehn Minuten weiß, ob es ein zweites Date gibt oder nicht.

Dass wir uns schon zuvor geküsst hatten, war für mich eher nebensächlich. Ich wollte, dass dieser Abend unvergesslich für uns beide werden würde!

»Da wir die Kleiderfrage nun geklärt hätten, schlage ich ein Ganzkörperpeeling vor.« Ich griff nach meinem Body-Shop-Erdbeerpeeling.

»Was denn, du willst schon bei eurer ersten Verabredung aufs Ganze gehen? Ist das nicht ein wenig zu schnell?«, erkundigte Pelin sich vorsichtig.

»Findest du?« Obwohl ich darüber bisher noch nicht eingehend nachgedacht hatte, kamen mir nun doch Zweifel.

»Aber eigentlich sind wir uns doch schon vorher nähergekommen. Wir haben uns schon geküsst«, verteidigte ich mich.

»Ich meinte ja nur. Nicht, dass Jan einen falschen Eindruck von dir gewinnt, dass du leicht zu haben wärst, meine ich.«

»Denkst du, er würde das denken, wenn wir heute Sex haben?«

Das wollte ich natürlich nicht. Welche Frau will schon, dass ein Mann denkt, sie sei ein Flittchen?

»Ich denke, die Möglichkeit besteht durchaus. Auch wenn ihr euch schon geküsst habt, habt ihr doch bisher keine echte Verabredung gehabt«, nickte Pelin.

»Und was ist, wenn die Situation stimmt und der richtige Moment da ist und wir einander näherkommen?«

»Das bleibt dir überlassen, denke ich«, antwortete sie.

Ich überlegte kurz.

»Ich finde, es kann nicht schaden, für den Ernstfall gewappnet zu sein.« Ich kramte meine Enthaarungscreme hervor und hielt sie Pelin unter die Nase.

»Na gut«, seufzte sie. »Du musst es ja wissen.«

»Und eine Haarkur tut mir sicher auch gut«, fuhr ich fort. »Habe ich etwas ausgelassen?«

»Ich denke nicht.«

»Gut, dann können wir also mit unserem Beautyprogramm beginnen, oder? Schenk du uns noch ein Glas Sekt ein!«

Pelin und ich tranken unheimlich gerne Sekt. Eigentlich hätten wir Champagner bevorzugt, aber das ließ unser Durchschnittsgehalt bedauerlicherweise eher selten zu.

Der Sekt prickelte wunderbar eiskalt auf unserer Zunge und belebte unsere Sinne.

»Beginnen wir mit dem Enthaarungsprogramm.« Großzügig trug ich die nach Pfirsichen duftende Enthaarungscreme auf meine Beine auf und drehte mich dann zu Pelin um, die ihrerseits mit dem Rücken zu mir stand.

»Tataaa!«, rief ich übermütig. Ich hatte meine schlabberige Jogginghose ausgezogen und stand in meinen Snoopy-Hotpants mit weiß getünchten Beinen vor Pelin.

»Selber tataa!«, witzelte sie und schwankte leicht, als sie sich umdrehte. Ich bemerkte, dass sie die Flasche beinahe vollkommen leer getrunken hatte, und zwar in rekordverdächtiger Zeit!

»Pelin, was hast du denn da im Gesicht?« Erschrocken trat ich näher an sie heran.

»Na eine Pfirsichmaske, was sonst?«, kicherte sie gutgelaunt.

»Nein, das ist meine Enthaarungscreme!«

Pelin lief kreischend ins Bad und stieß dabei die Sektflasche um, die sich schäumend auf dem Perserteppich ausbreitete. Eine säuerliche Alkoholwolke erfüllte unser Wohnzimmer. Genau in diesem Moment klingelte es an der Tür.

So ein Ärger! Pelin konnte die Tür schlecht öffnen, und ich hatte nichts bis auf meine roten Snoopy-Höschen und ein Tanktop an. Ich tappte barfuß bis zur Tür und lugte durch den Spion.

Ausgerechnet Ayshe, die Kupplerin!

Vielleicht hatte ich Glück und sie würde wieder gehen! Ich verhielt mich mucksmäuschenstill und wartete ab.

»Melda Moran! Ich weiß genau, dass du da bist, ich habe dich eben kreischen gehört! Öffne sofort diese Tür!« Ungeduldig hämmerte sie mit ihren feisten, goldberingten Fingern gegen unsere Tür.

Ich stöhnte entsetzt auf.

»Einen Moment bitte, ich, äh ... bin gerade beschäftigt, ich, äh ... ich bade gerade!«, rief ich und hastete ins Bad, um mit die Enthaarungscreme abzuwaschen, doch die Badezimmertür war verschlossen.

»Pelin! Bitte mach sofort auf, ich muss ins Bad!«, zischte ich leise.

»Oh nein, das geht nicht ...«, schluchzte sie.

»Bitte, Pelin!«

»Naaahaaain!«, heulte sie.

»Pelin!«

»Hau ab!«

In panischer Angst blickte ich mich um.

»Melda! Öffne sofort diese verdammte Tür, oder ich rufe auf der Stelle deine Eltern an!« Ayshe hämmerte gegen die Tür.

»Ich komme ja schon!« Nicht, dass ich Angst vor meinen Eltern hätte. Es war nur so, dass ich nun wirklich nicht *noch* eine Standpauke über mich ergehen lassen wollte. Davon hatte ich mir in letzter Zeit einfach mehr als genug anhören müssen.

Ich zog schnell eine Jogginghose über und öffnete die Haustür einen Spaltbreit.

»Ja bitte?« Ich steckte nur meine Nasenspitze ins Freie, doch da hatte ich die Rechnung ohne Ayshe gemacht.

»Das nennst du also türkische Gastfreundschaft, ja? Haben deine Eltern dich *so* erzogen, Mädchen? Platz da!« Sie rempelte mich mit ihren hundertfünfzig Kilo Kampfgewicht beiseite und wogte atemlos in unseren Korridor hinein.

Sie hielt inne und schnüffelte argwöhnisch.

»Was riecht denn hier so komisch?«

»Das äh ... das ist nur meine Enthaarungscreme, Tante Ayshe, weißt du, das ist jetzt gerade ein schlechter Moment, und meine Eltern sind auch nicht da ...«

Aber von Taktgefühl oder dem richtigen Timing schien sie ohnehin nichts zu halten.

Sie wandte sich mir zu und hob kritisch erst die eine und dann die andere bogenförmig aufgemalte Braue.

Man fragte sich unweigerlich, ob sie sie alle ausrupfte, um sie mit einem Pinsel aufzumalen, oder ob sie von Natur aus keine Augenbrauen hatte.

»Was ... wie um alles in der Welt siehst du aus, Kind? Öffnet man so etwa einem Gast die Tür? Halbnackt? Mädchen, ich hätte genauso gut dein zukünftiger Ehemann sein können! Oder eine vollkommen fremde Person! Du hast Glück, dass nur ich es bin, wirklich!« Missbilligend schnalzte sie mit der Zunge.

»Ich äh ... bin allein und äh ...«

»Wüäahhhh!«, erscholl es aus dem Badezimmer.

»Was war das?«

»Das ist nur der äh ... Hund!«, log ich.

»Ihr habt gar keinen Hund!«

»Darf ich dir etwas zu trinken anbieten, Tante Ayshe?«, versuchte ich sie abzulenken.

»Einen Tee«, entgegnete sie würdevoll. »Ich warte dann so lange im Wohnzimmer auf dich. Wir haben etwas Wichtiges zu besprechen.« Sie machte Anstalten, das Wohnzimmer zu betreten, in dem es aussah wie auf einem Schlachtfeld.

»Halt! Nein! Nicht ins Wohnzimmer!« Ich stellte mich vor die Tür und versperrte ihr den Zutritt.

»Melda! Was ist nur in dich gefahren? Nun lass mich gefälligst vorbei!« Sie verpasste mir einen kleinen Schubs und drängte sich hinein.

»Grundgütiger Himmel!«, entfuhr es ihr.

Sie schlug ihre Wurstfinger vor den Mund, und ich bemerkte, wie ihr Doppelkinn nervös auf und ab hüpfte.

»Ich muss mich erst einmal setzen. Wie sieht es hier nur aus? Wenn das deine arme Mutter wüsste!«

Ich hätte heulen können. Von all den entsetzlichen Dingen, die mir heute hätten passieren können, war die Begegnung mit der Kupplerin in meinem gegenwärtig halbnackten Zustand die demütigendste aller Möglichkeiten.

Die umgestürzte Sektflasche lag noch immer auf dem Boden, und der Geruch nach schalem Sekt umgab uns wie eine berauschende Wolke. Überall lagen meine Kleider verstreut herum, auf dem Fußboden, den Möbeln, vom Wohnzimmer bis in mein Zimmer zog sich eine wüste Spur aus Kleidung und Dessous.

Das Chaos wurde allein dadurch gekrönt, dass auf allen freien Ablageflächen meine Cremes, Masken und mein Make-up herumlagen. Na ja, wenn meine Eltern einmal nicht da waren, machte ich es mir halt gemütlich. Was ist denn schon dabei?

Ehrlich gesagt, war mir gar nicht aufgefallen, dass wir so sehr gewütet hatten. Irgendwie war ich viel zu sehr mit meinen Gedanken beschäftigt gewesen, die alle nur um Jan kreisten.

»Melda! Wissen denn deine Eltern, dass du heimlich säufst?« Zutiefst schockiert ließ Ayshe sich auf der Couch nieder, die das plötzliche Gewicht mit einem deutlichen Ächzen widerwillig akzeptierte. »Kind, ich mache mir wirklich große Sorgen um dich!«

»Also eigentlich ...«

»So? Das sieht mir aber anders aus! Komm mal her!« Sie grapschte nach meinem Arm und zog mich zu sich herunter. Dann näherte sie sich meinem Mund, und einen Moment lang befürchtete ich, sie würde mich küssen, doch dann sog sie meinen Atem prüfend ein.

»Soso, du trinkst also nicht?«

»Also nur ein, zwei Gläser, mehr nicht.«

»Wüäääähhhäää!« Ein lang gezogenes Schluchzen drang aus dem Badezimmer.

»Wer ist denn noch hier?« Ayshe erhob sich mühsam und sah sich suchend um.

»Das ist niemand, Tante Ayshe, ehrlich!«

»Und warum trinkst du dann halbnackt allein aus zwei Gläsern?« Sie deutete auf Pelins und mein Sektglas, die verloren auf dem Couchtisch in der Ecke standen.

Mist! Daran hatte ich gar nicht gedacht!

»Also ... das ist äh ... das ist nur meine Fr...«

»Melda Moran! Hast du etwa Männerbesuch?«, donnerte sie und zog mich am Ohrläppchen.

»W... Was?« Ich war viel zu perplex, um mich zur Wehr zu setzen.

»Ja, sicher hast du einen Mann versteckt! Warum sonst solltest du dich am helllichten Tag betrinken und dieses Sexzeugs hier herumliegen haben?« Sie wedelte mit meiner Enthaarungscreme vor meiner Nase herum.

»Das ist doch nur Enthaarungs...«

»Ich weiß genau, was das für Schweinereien sind! Das ist dafür da, dass es besser flutscht! Halte mich nicht für blöd!«

»Was?«

»Wo ist der Kerl?«

»Welcher Kerl?«

»Der, den du vor mir verstecken willst!«

»Ich habe wirklich keine Ahnung, wovon du sprichst!«

»Wüüüäääähhhhh!«

»Da! Wo kommt das Geräusch her?« Sie horchte angestrengt und wurde mit einem gedämpften Schniefen belohnt. »Da! Das kam aus dem Badezimmer!« Sie hielt mein Ohr noch immer umklammert und zog mich nun daran mit in Richtung Bad, wo sie mit ihren Fäusten gegen die Badezimmertür donnerte.

»Heda! Sie Wüstling! Sie Sittenstrolch! Öffnen Sie sofort die Tür, oder ich rufe die Polizei! Das ist ein anständiges Haus!«

Ein Schluchzen ertönte.

»Aufmachen!«

Langsam drehte sich das Schloss, und die Türklinke wurde heruntergedrückt.

»Wer ... wer ... was ...«

Da stand sie, meine allerbeste Freundin Pelin, die orientalische Schönheit, ganz ohne Augenbrauen.

»Wüüühääää!«, heulte sie. Ihre Augen waren tränennass und rot und ihre Nase hässlich angeschwollen.

»Pelin?«, erkundigte sich Ayshe ungläubig.

»Jaahhhaaa«, schniefte sie.

Ayshe holte tief Luft. »Also eigentlich bin ich hergekommen, um Melda dazu zu überreden, sich noch einmal allein mit Ali zu treffen. Doch nun«, sie musterte mich kühl, »bin ich mehr denn je davon überzeugt, dass es Zeit wird, dich endlich zu verheiraten. Was du brauchst, junge Dame, ist ein richtiger Mann! Und gleich nach Melda werde ich mich auch um einen Mann für dich kümmern, Pelin.« Mit diesen Worten wandte sie sich ab und verließ kopfschüttelnd das Haus.

Meine gute Laune war verflogen. Pelin schwelgte im Selbstmitleid und betrachtete sich immer wieder ungläubig im Spiegel, nur um nach jedem Blick erneut in Tränen auszubrechen, und ich tat mein Bestes, um sie zu trösten.

Meine Beine brannten. Oh nein! Ich hatte die verdammte Enthaarungscreme ganz vergessen. Kreischend hüpfte ich in die Wanne und wusch sie ab, doch es war zu spät. Meine Haut war nun einmal empfindlich und sehr weiß und die Enthaarungscreme hatte einfach zu lange eingewirkt.

Hässliche Pickelchen zogen sich von meinem Fußgelenk bis hinauf zur Schamgegend. Ich sah aus, als hätte ich die Pest.

Ein Blick auf die Uhr sagte mir, dass ich viel zu viel Zeit mit Ayshe vergeudet hatte. Ich hatte nur noch ganze fünfzehn Minuten, um mich ausgehfein zu machen!

Hektisch schrie ich: »Pelin! Ich muss los! Wo ist meine Bluse?«

Unter Tränen fischte sie sie hervor und schniefte: »Geh nur, ich werde den Schaden hier wieder in Ordnung bringen. So kann ich ohnehin nicht auf die Straße.«

Ich umarmte sie. »Ach, komm schon! Sie werden wieder nachwachsen, das weißt du doch!«

Sie nickte und lächelte tapfer, während ich mich schnell duschte, schminkte und anzog.

»Und bis dahin tust du einfach dasselbe wie Ayshe«, schlug ich vor.

»Was denn, ich soll mir meine Brauen aufpinseln? Sie sieht doch aus wie Chucky, die Mörderpuppe, findest du nicht?« Pelin musterte sich selbst ungläubig im Spiegel.

»Du machst das sicher besser als sie, Süße. Und es wäre ja auch nur eine vorübergehende Lösung, bis deine Brauen wieder nachgewachsen sind. Ich muss mich jetzt beeilen.«

Das hatte ich alles anders geplant! Das sollte doch ein besonderer Abend werden. Und nun hetzte ich mich so sehr ab, dass ich völlig außer Atem war. Nicht einmal zum Haarestylen blieb mir Zeit.

Ich band sie zu einem lockeren Zopf zusammen und verließ fluchtartig das Haus.

Zum Glück war Jans Wohnung nicht schwer zu finden, und ich schaffte es, mit einer Verspätung von nur einer Viertelstunde vor seiner Haustür zu stehen. Zugegeben, ich war ein wenig atemlos, meine Bluse war vollkommen zerknittert und mein Haar zerzaust, doch ich hatte es geschafft.

Ich holte tief Luft und klingelte.

»Die Tür ist offen!«, ertönte Jans gutgelaunte Stimme gedämpft.

Ich trat ein. Mein erster Eindruck von seiner Wohnung war, dass sie für einen Mann wirklich sehr geschmackvoll eingerichtet war. Der Parkettboden aus Eiche strahlte in einem freundlichen Goldton, und afrikanisch anmutende Figuren und Vasen schmückten den Eingangsbereich und das helle, freundliche Wohnzimmer. Hier standen eine schwarze Ledercouch und eine antike Vitrine vor einem modernen Kamin, in dem ein behagliches Feuer knisterte. Neben dem Kamin verlief eine steinerne Anrichte aus Granit, hinter der man die Küche sehen konnte, in der Jan fachmännisch werkelte.

»Hallo!«, begrüßte er mich lächelnd. Er schnippelte irgendetwas.

»Hallo«, antwortete ich ein wenig befangen. Jan sah so großartig aus, und ich hatte nicht einmal genug Zeit gehabt, um mir die Haare zu kämmen!

»Du kannst mir helfen, wenn du möchtest.«

»Klar.« Dankbar nahm ich das Glas Wein entgegen, das er mir reichte, und nippte daran.

»Hm! Das riecht ja wirklich verführerisch! Was ist das?«

»Das ist Coq au Vin. Und als Nachtisch habe ich ein Orangenparfait mit Lebkuchen vorbereitet. Ich dachte, das passt gut in den Herbst.«

»Das hört sich toll an! Und was soll ich tun?«

Er reichte mir eine Schüssel und ein Messer und deutete auf die gewaschenen Salatblätter. »Du machst den Salat.«

Während ich so vor mich hin schnitt, versuchte ich mich zu entspannen, doch ich machte mir Sorgen, dass die verrückte Ayshe meine Eltern anrief und ich mir erneut einen ellenlangen Vortrag darüber anhören müsste, wie sich ein anständiges unverheiratetes türkisches Mädchen zu verhalten hatte und wie nicht.

Um ehrlich zu sein, so langsam riss mir schon der Geduldsfaden. Türken hin oder her, wo lebten diese Leute denn nur? Waren sie so blind, dass sie nicht bemerkten, wie alle anderen in unserem Alter allein oder zu zweit lebten? Und zwar unverheiratet? Ich fand, sie könnten Pelin und mir ruhig dankbar dafür sein, dass wir ihnen zum Gefallen die Rollen spielten, die sie von uns erwarteten.

Es wäre so viel leichter gewesen, wenn wir offen rebelliert hätten. Doch wir waren dafür einfach viel zu gutmütig! Wir liebten unsere Eltern und wollten sie nicht verletzen, indem wir ihre Lebensart ablehnten. Wir hatten uns bisher immer bemüht, sie zu respektieren. Aber lange würde ich das gewiss nicht mehr aushalten! Wenn nicht bald etwas geschah, dann würden Pelin und ich unser Schicksal selbst in die Hand nehmen.

»Woran denkst du?« Jan stand plötzlich neben mir.

»Au!« Ich war so sehr in meine Gedanken vertieft gewesen, dass ich gar nicht bemerkt hatte, wie er plötzlich neben mir stand. Ich hatte mich geschnitten.

»Oh, tut mir leid, ich wollte dich nicht erschrecken. Zeig mal her.« Er nahm meinen blutenden Finger in den Mund und saugte leicht daran. Ich schauderte angesichts einer so intimen Geste.

Dann kramte er aus einer Schublade ein Pflaster hervor, das er mir auf die Wunde band, die inzwischen aufgehört hatte zu bluten.

»So, ist nicht so schlimm.« Er sah mich an und lächelte warm.

Ich erwiderte sein Lächeln.

Dann beugte er sich langsam zu mir herunter und küsste mich.

Es kam mir vor, als wäre eine Ewigkeit vergangen, in Wirklichkeit waren es aber sicher nur ein paar Sekunden. Wir knutschten immer heftiger und immer wilder, mir wurde schwindelig.

Er hob mich hoch und setzte mich auf die Anrichte, während er fortfuhr, mich zu küssen, meinen Mund, meinen

Hals, meinen Nacken. Atemlos beobachtete ich, wie er den obersten Knopf meiner Bluse öffnete, dann noch einen und dann plötzlich innehielt und mich ansah.

»Was ist?«, flüsterte ich.

»Ich ... es tut mir leid. Gott! Du bist gerade erst da, und schon falle ich wie ein Wolf über dich her! Das wollte ich wirklich nicht. Ich hoffe, du denkst jetzt nicht, dass dies der einzige Grund ist, weshalb ich dich wiedersehen wollte.« Er räusperte sich heiser, und sein hungriger Blick glitt über mein Gesicht.

»Es ist nur ... wenn du in meiner Nähe bist, habe ich einfach das Gefühl, jede Kontrolle über mich zu verlieren.«

Entschuldigend nahm er meine Hand in seine und küsste sie sanft.

Ich saß noch immer auf der Anrichte und zog ihn sachte an mich, legte meine Arme um seinen Hals, sah ihm in seine schönen, himmelblauen Augen und wusste mit einem Mal, dass er es ernst meinte. Und ich wusste, dass ich mich soeben unsterblich verliebt hatte.

Ich küsste ihn erneut, und nach einem kurzen Zögern merkte ich, wie er meinen Kuss heißhungrig erwiderte.

Seine warmen Hände glitten an meinem Körper entlang, tasteten suchend über meine Seidenbluse, bis alle Knöpfe geöffnet waren. Seine Hände waren mit einem Mal überall auf mir, und ich nestelte erregt an seinem Hemd herum, bis ich seine Haut an meiner spüren konnte. Sein heißer Mund fuhr hinab bis an meine Brust, er umschloss sie sanft mit seinen Händen und seinem Mund, und ich glaubte, dass ich vor Erregung zerspringen würde.

Ich öffnete langsam seine Jeans und er meine. Gott sei Dank hatte sich meine Haut an den Beinen wieder beruhigt. Schließlich saß ich mit nacktem Po auf der steinernen Anrichte und steigerte mich in eine so rasende Lust, während wir uns liebten, dass ich hätte laut aufschreien können, und vermutlich hatte ich das auch getan, aber erinnern konnte ich mich hinterher nicht mehr daran.

Aber ich erinnere mich, wie Jan nach Salz und Aftershave und Lebkuchen schmeckte und wie er mich zärtlich umarmte, nachdem wir uns dort, in seiner Küche, geliebt hatten.

Mir war schwindelig und ich hatte kein Gefühl mehr in den Beinen, als er mich sachte aufhob und ins Schlafzimmer trug.

»Schläfst du?« Ich strich mit meiner Hand über seine Brust.

Er murmelte etwas und umarmte mich.

»Jan?«

»Hm?«

»Glaubst du jetzt, dass ich leicht zu haben bin?«

Er richtete sich auf.

»Wie kommst du denn darauf?«

»Weil das doch erst unsere erste Verabredung war und wir schon ... du weißt schon ...«

»Du meine Güte, Melda! Ich begehre dich schon seit dem ersten Mal, als ich dich ins Krankenhaus getragen habe! Ich finde, wir haben wirklich lange genug gewartet, meinst du nicht auch?«

»Ja. Um ehrlich zu sein, fand ich dich auch schon von Anfang an süß.«

Empört schnaubte er. »Süß? Ich bin doch kein rosa Teddybär! Süß sagen kleine Mädchen zu kleinen Spielzeugen!«

Ich lachte belustigt. »So? Was würde dir denn gefallen?«

Er legte den Kopf schief und meinte: »Sexy? Irre männlich?«

Ich lachte. »Irre männlich?«

Er stimmte in mein Lachen ein. »Du bist ja ganz schön frech!«

Er rollte sich auf mich und wurde plötzlich ernst.

»Melda?«

»Ja?«

»Ich will nicht, dass du denkst, dies sei nur etwas für eine Nacht gewesen.« Seine Augen glänzten in der Dunkelheit.

»Das will ich auch nicht.«

»Möchtest du heute Nacht bei mir bleiben?« Er strich über meine Wange.

»Ja, Jan, das würde ich gerne«, flüsterte ich und verlor mich erneut in seiner Leidenschaft.

Mitten in der Nacht weckten mich herrliche Düfte.

»Jan?«

Ich warf einen Blick auf seinen Radiowecker. Es war drei Uhr früh.

Da erschien er in seinen Boxershorts in der Schlafzimmertür und grinste. »Madame, le Koch entschüldigt sisch vielmals für la petite Verspätüng und bittet Euer Gnaden nun zu Tisch. Dinner is served.«

Ich kicherte albern, zog sein Hemd über, das er achtlos auf das Bett geworfen hatte, und tappte barfuß hinter ihm her.

Jan hatte sich selbst übertroffen. Das Wohnzimmer schimmerte nur im Licht der Kerzen und des neu entfachten Kaminfeuers, und vor dem Kamin stand ein reich gedeckter Tisch.

Erst jetzt merkte ich, dass ich unheimlich hungrig war.

»Das sieht ja toll aus!«, lobte ich, und er strahlte übers ganze Gesicht, während er den Coq au Vin servierte.

»Jan, das schmeckt wirklich himmlisch!«

Er lächelte.

Nach dem Essen holte er die großen, weichen Kissen von der Couch und breitete sie vor dem Kamin aus. Ich machte es mir hier bequem, während er uns Cognac in bauchige Gläser einschenkte.

So lagen wir in behaglichem Schweigen nebeneinander und nippten an unseren Gläsern. Nur das Prasseln des Feuers unterbrach die Ruhe, die uns umgab.

»Ich wünschte, diese Nacht würde nie enden«, wisperte ich in die Stille hinein. Zum ersten Mal in meinem Leben fühlte ich mich wirklich frei und vollkommen zufrieden. Ich fühlte mich nicht, wie sonst, innerlich zwischen Melda und Roxy hin- und hergerissen. Ich war eins mit mir selbst. Dies war ein vollkommener Augenblick.

Jan strich über meine Wade. »Das muss sie nicht.«

»Wie meinst du das?«

»Bleib übers Wochenende.«

Ich setzte mich auf. »Ist das dein Ernst?«

»Klar! Warum sonst sollte ich dir so etwas vorschlagen?«

Ich legte mich wieder hin. Warum eigentlich nicht? Meine Eltern waren verreist, und ich hatte sturmfrei. Was könnte mich daran hindern, hier bei Jan zu bleiben?

»Bist du sicher, dass du das willst?«, hakte ich nach.

»Melda, mein Engel, von mir aus würde ich dich nie wieder gehen lassen, weißt du das denn nicht?« Er setzte sich auf und betrachtete mich mit einer Ernsthaftigkeit, die ich das erste Mal an ihm sah.

»Aber was ich will, ist zweitrangig. Was ist mit dir? Willst du bleiben?«

Ich setzte mich auf seinen Schoß und zog das Hemd über meinen Kopf. »Nichts auf der Welt wäre mir lieber.« Ich küsste ihn.

Als ich am nächsten Morgen erwachte, wusste ich zunächst gar nicht, wo ich war.

Dann fiel es mir wieder ein, und ich tastete suchend im Bett nach Jan. Doch das Bett war leer.

Ich stand wohlig gähnend auf und betrat sein Badezimmer, stellte mich unter die Dusche und sang dabei ein türkisches Lied von Tarkan, indem ich die Brause als Mikrofon benutzte.

»*Oynama sikidim sikim!*«

Mitten im Lied öffnete sich die Duschkabine, und ich kreischte erschrocken auf.

Jan lachte. »He, ich bin's doch nur!«

Ich lachte verlegen. »Ich war … äh … ein wenig vertieft.«

»Ja, das konnte man hören!«

Ich spritzte ihn nass. »Frechheit!«

Er zog mich an sich und küsste mich fest.

»So, ich gehe besser wieder, bevor ich noch auf dumme Gedanken komme und dich nie wieder aus meinem Bad herauslasse!« Er gab mir einen Kuss auf die Nasenspitze und ging.

Ich seufzte. Das war alles viel zu schön, um wahr zu sein. Jan war zu schön, um wahr zu sein!

Wir frühstückten ausgiebig und schlenderten dann am späten Vormittag durch einen herrlichen Park. Es war, als wären wir schon immer ein Paar gewesen, und wir verbrachten den Rest des Nachmittages bei ihm im Bett.

Schließlich fuhr er mich heim. Er küsste mich zum Abschied, und als wir uns trennten, hätte ich vor Glück heulen können.

Ich öffnete die Haustür und trat ein.

»Melda, ich habe die ganze Zeit versucht, dich zu erreichen!« Pelin trabte mir aufgeregt entgegen.

»Pelin, ich habe mich verliebt!« Ich umarmte sie verträumt.

»Dafür ist jetzt keine Zeit! Ayshe hat deine Eltern in der Türkei angerufen und ihnen irgendeinen Mist erzählt! Und ganz sicher hat sie wieder einmal mächtig übertrieben, du kennst sie doch. Sie haben das ganze Wochenende über versucht, dich zu erreichen, und als das nicht geklappt hat, haben sie bei uns angerufen. Melda, sie haben deinetwegen ihren Urlaub abgebrochen und landen morgen Abend wieder in Deutschland!«

»Oh, nein!«

6. Drastische Maßnahmen

Es blieben genau zehn Stunden Zeit, bis meine Eltern wieder hier landen würden. Zehn Stunden, von denen ich acht in der Arbeit verbringen würde und zwei, um mir die Pille verschreiben zu lassen.

Natürlich hatten wir verhütet! Ich bin ja nicht bescheuert! Aber ein Kondom ist nun mal nur die zweitsicherste Methode, und ich verlasse mich bei meiner Familienplanung lieber nicht nur auf ein Stück Gummi.

Im Büro warfen Jan und ich einander bei jeder sich bietenden Gelegenheit verliebte Blicke zu. Als Pelin in der Mittagspause ausging, knutschten wir ausgiebig, doch ansonsten waren wir bemüht, uns den anderen Kollegen und Kolleginnen gegenüber nichts anmerken zu lassen.

Ich ging hinüber in die Teeküche, um für die nächste Besprechung Kaffee und Gebäck bereitzustellen.

Tamara Krause stand an den Kühlschrank gelehnt und betrachtete eingehend ihr Spiegelbild in der verchromten Kaffeekanne.

Sie trug ein marineblaues Kostüm mit einem hautengen, natürlich sehr kurzen Rock und eine transparente Bluse aus rosa Spitze. Wenn man genau hinsah, erkannte man, dass sie sonst nichts darunter trug.

Ich fand, dass so eine sexy Bekleidung im Büro nichts verloren hatte, doch achtzig Prozent der männlichen Belegschaft dachte da anders.

»Frau Moran!« Tamara drehte sich abrupt zu mir um und warf ihr honigblondes Haar zurück.

Vor Schreck hätte ich beinahe den Teller mit dem Gebäck fallen lassen. »J… ja?«

»Finden Sie, dass ich attraktiv bin?«

Irritiert sah ich mich um. So hatte sie noch nie mit mir gesprochen. Meinte sie wirklich mich?

»Äh ... schon, ja«, stotterte ich verunsichert.

»Ich weiß! Sie haben ja so Recht! Natürlich weiß ich, dass ich schön bin, auch wenn ich nicht mehr sooo jung bin!« Theatralisch legte sie den Handrücken an die Stirn und neigte sich ein wenig nach hinten.

»Sehe ich nicht *viel* jünger aus, als ich bin?«

»Nun ja ...« Also das war eine Frage, die mich schon immer sehr interessiert hatte. Tamara Krause hatte bislang niemandem ihr Alter verraten. Sie könnte ebenso gut vierzig wie fünfzig Jahre alt sein.

»Sehen Sie, das dachte ich bislang auch.« Sie hielt die Kaffeekanne dichter an ihr Gesicht.

»Aber womöglich stören ihn meine Lachfältchen! Sehen Sie, hier!«

Sie trat so nah an mich heran, dass ich ohne Mühe jede mit Make-up verstopfte Pore erkennen konnte.

»Womöglich haben Sie Recht«, stimmte ich ihr zu, obwohl ich nicht den Schimmer einer Ahnung hatte, was sie eigentlich meinte.

»Ich meine, ein so kultivierter, gebildeter Mann wie Dr. Pfennig wüsste eine reife Frau doch sonst wohl zu schätzen, nicht wahr?«

»Was?« Bei der Vorstellung von Jan und der Krause hätte mich fast der Schlag getroffen.

»Es kann also nur an den verdammten Falten liegen.« Sie griff wieder zur Kaffeekanne. »Ich sollte ein Lifting in Erwägung ziehen«, murmelte sie vor sich hin.

Die hatte sie doch wohl nicht alle!

»Frau Krause, so eine Schönheits-OP ist eine ernste Sache«, bemerkte ich salbungsvoll.

»Nett, dass Sie sich Sorgen machen, Schätzchen! Mein Schönheitschirurg sagte aber, das wäre gar kein Problem!«

Ich nickte listig. »Mag sein, aber Sie sollten auf alle Fälle eine zweite Meinung einholen, bevor Sie sich für einen operativen Eingriff entscheiden.«

»Denken Sie wirklich?« Sie hielt die Thermoskanne weiter ins Licht.

»Ja, Sie sollten auch die Teekanne nach ihrer Meinung fragen!«

Ich machte mich kichernd davon, ehe Tamara Krause über mich herfallen konnte.

Natürlich hatte ich Pelin alles über mein Wochenende mit Jan erzählt.

»Waaahnsinn!«, staunte sie. »Das hört sich ja nach einem aufgehenden Liebesstern an!«

»Nicht wahr?« Verträumt blickte ich in die Ferne.

»Aber wie willst du das deinen Eltern erklären?«

Mit einem Schlag war ich wieder auf dem Boden der Tatsachen gelandet. Nicht, dass ich mir nicht auch meine Gedanken darüber gemacht hätte. Es war nur zwecklos. Vor allem mein Vater würde Jan hochkant hinauswerfen und mir eigenhändig ein Kopftuch umbinden, wenn er auch nur den Hauch einer Ahnung hätte, dass ich mich in einen Deutschen verliebt hatte.

»Ich werde es ihnen einfach nicht sagen«, verkündete ich Pelin daher.

Sie schüttelte den Kopf. »Das wird ein paar Wochen lang sicher gut gehen, aber was ist dann? Wird Jan deine Familie nicht über kurz oder lang kennen lernen wollen?«

»Darüber mache ich mir später Gedanken. Jetzt muss ich mich um naheliegendere Dinge kümmern.«

Während Pelin mir kopfschüttelnd nachsah, packte ich meine Sachen zusammen. Mein Termin beim Frauenarzt hatte Priorität.

Als ich da so im Wartezimmer saß, dachte ich daran, was meine Eltern wohl dazu sagen würden, wenn sie wüssten, dass mein Gynäkologe ein Mann war. Papa wäre bestimmt außer sich, wenn er davon erfahren würde, dass ein Kerl in meiner Vagina herumhantierte, und Mama würde alles in ihrer Macht Stehende tun, um ihn zu beruhigen. Irgendwie fand ich diese Vorstellung so komisch, dass ich Mühe hatte, nicht laut zu kichern.

In diesem Moment erschien eine Sprechstundenhilfe in der Tür und fragte laut in die Runde: »Spricht jemand hier von Ihnen vielleicht Türkisch?«

»Ja, ich bin Türkin«, meldete ich mich.

Die junge Frau blickte mich erstaunt an. »Sie sehen aber gar nicht so aus.«

»Nicht jede Türkin trägt ein Kopftuch und zieht den Kopf ein, wenn ein Mann den Raum betritt«, spottete ich.

Sie errötete leicht, straffte aber die Schultern und fragte höflich: »Wir haben da ein Verständnisproblem mit einer unserer Patientinnen. Können Sie uns helfen?«

Verständnisproblem? Dann sollte ich also übersetzen. Kein Problem, das hatte ich ja schon öfter gemacht.

Ich betrat das Untersuchungszimmer und wich bei dem Anblick, der sich mir bot, verblüfft zurück.

»Was tun Sie da mit der Frau?«, erkundigte ich mich flüsternd bei der Sprechstundenhilfe.

Sie zuckte hilflos mit den Schultern. »Sie war noch nie hier. Ehrlich gesagt bezweifeln wir, dass sie überhaupt jemals bei einem Frauenarzt gewesen ist.«

Ja, wenn man die arme Frau da auf dem Untersuchungsstuhl sah, dann konnte man wohl davon ausgehen. Sie hatte es irgendwie geschafft, sich auf eine merkwürdig verkehrte Weise auf den Stuhl zu setzen. Dort, wo ihre Beine gespreizt dem Doktor entgegensehen sollten, befand sich ihr Kopf, denn sie hatte sich bäuchlings hingelegt, also mit dem Gesicht nach unten, und dort, wo ihre Füße sein sollten, lagen ihre Hände, während ihr nackter Po auf der Kopfstütze ruhte.

Ich wusste nicht, ob ich lachen oder weinen sollte. Einerseits tat die arme Frau mir leid, sie war bestimmt so alt, dass sie mühelos meine Großmutter hätte sein können.

Andererseits sah sie mit ihrem nackten Hintern auf der Kopfstütze so urkomisch aus, dass ich beinahe laut losgelacht hätte.

Ich bemühte mich jedenfalls, Haltung zu wahren, ging um den Untersuchungsstuhl herum und tippte der Frau auf die Schulter.

»Tantchen, du sitzt verkehrt herum. Komm, ich helfe dir.«

Dadurch, dass sie eine ganze Weile mit dem Kopf nach unten hängend verbracht hatte, war sie ganz rot geworden.

Dankbar lächelte sie mir zu, nachdem ich sie in die richtige Haltung bugsiert hatte.

»So, das wär's!«, sagte ich zur Sprechstundenhilfe.

Sie nickte mir dankbar zu. »Können wir uns irgendwie für Ihre Freundlichkeit revanchieren?«

»Ich brauche die Pille«, erklärte ich offen.

»Das wird sicher kein Problem sein. Kommen Sie mit, der Doktor ist im Nebenraum, ich schiebe Sie einfach vor den nächsten Termin.«

Und so hielt ich bald eine Dreimonatspackung verhütender Hormone in meinen Händen.

Wenn die meinen Eltern in die Finger kämen, wäre ich geliefert. Besser also, wenn ich sie tarnte. Ich hatte da auch schon eine Idee.

»Melda!«, rief Pelin ungeduldig.

»Ja! Ich komme schon!« Ich rannte in Windeseile zur Tür und wieder zurück in die Küche.

»Was tust du da?« Neugierig linste Pelin durch die Küchentür.

»Wusstest du, dass die Pille haargenau so aussieht wie Süßstoff?«

»Wie bitte?«

»Ich fülle meine Pillen in den Süßstoffspender.«

Pelin sah mich noch immer verblüfft an.

»Ich verstecke die Pille vor meinen Eltern«, klärte ich sie auf.

»Ach so! Bist du bald damit fertig? Wir müssen los, sonst kommen wir zu spät, und sie werden noch verärgerter sein, als sie es ohnehin schon sind!«

»Ja, gleich!« Ich knüllte die Packung der Pille sorgsam zusammen und verbrannte sie im Spülbecken. Ich wollte nichts dem Zufall überlassen. Dann stellte ich den Süßstoffspender sehr offensichtlich neben die Zuckerdose, wohl wissend, dass meine Eltern niemals etwas anderes als Zucker für ihren Tee verwenden würden.

»So, lass uns losdüsen!«

Als wir sie vom Flughafen abholten, begrüßten Mama und Papa mich nicht mit der Überschwänglichkeit, die sie sonst nach ihrem Urlaub an den Tag legten. Das mochte durchaus daran liegen, dass sie ihren Urlaub wegen mir abgebrochen hatten, bevor er überhaupt richtig begonnen hatte. Die Autofahrt vom Flughafen nach Hause verlief stumm, nur Pelin versuchte ein wenig Konversation zu machen.

»Und wie war das Wetter?«, plauderte sie leichthin.

»Gut«, murmelte meine Mutter düster.

Die beiden antworteten kaum auf Pelins höfliche Fragen, sondern gaben nur einsilbige Antworten, so dass die arme Pelin es schließlich aufgab und ebenfalls schwieg, bis wir zu Hause ankamen.

Sie nickten Pelin, die sich verabschiedete, verhalten zu und betraten stumm unser Haus.

Um die bedrohliche Stille zu durchbrechen, fragte ich: »Hattet ihr einen guten Flug?«

Papa sah mich kühl an und sagte nur: »Nein.«

»So? Das ist aber schade.« Ich wusste nicht mehr weiter

und begann zu schwitzen. Die eisige Stille von vorhin trat wieder ein.

Mama würdigte mich keines Blickes, sondern ging ohne Weiteres ins Wohnzimmer und schaltete den türkischen Kanal an.

»Wir müssen reden.« Papa ging in die Küche. Ich schluckte und trottete hinter ihm her. Er hieß mich auf einem Stuhl Platz nehmen und setzte sich dann zu mir.

So ernst hatte ich ihn wirklich noch nie gesehen.

»Melda, Tante Ayshe hat uns mitgeteilt, du würdest Sauforgien in unserem Haus veranstalten, und das auch noch halbnackt.«

Ich holte tief empört Luft. »Diese widerliche alte Kuh! Sie übertreibt! So war das doch gar nicht!«

Papa hob gebieterisch die Hand. »Deiner Mutter und mir ist nun klar geworden, dass es allerhöchste Zeit wird, einen passenden Ehemann für dich zu finden. Je schneller, desto besser.«

»Was?« Ich sprang auf. »Ich werde doch nicht einfach irgendeinen Kerl heiraten, nur weil ihr es so wollt!«

Mama erschien in der Küchentür. Mit einem Mal bemerkte ich, dass sie blass und müde aussah. Sie hatte dunkle Ränder unter ihren Augen.

Erschöpft, aber streng sagte sie: »Doch, Melda, genau das wirst du tun!«

»Nein!«

Papa haute auf den Tisch. So zornig hatte ich ihn wirklich noch nie erlebt, und das verdankte ich alles dieser klatschsüchtigen Ayshe, die zu blöde war, Enthaarungscreme von einem Gleitmittel zu unterscheiden.

»Papa, das könnt ihr doch nicht ernst meinen!«

»Jedes einzelne Wort«, erklärte er mit fester Stimme.

»Wir möchten, dass du dich noch einmal allein mit Ali triffst, mein Kind. Bitte, es ist zu deinem eigenen Besten. Sicher werdet ihr euch gut verstehen, und wer weiß, was aus einer Freundschaft alles erwachsen kann.« Mama legte mir begütigend ihre Hände auf die Schultern.

»Und was ist, wenn ich mich weigere?«

»Dann werden wir dich mit einem anderen Mann verheiraten. Jemanden, den wir für dich aussuchen werden und den du vor deiner Verlobung nicht kennen lernen wirst.«

Das saß.

Ich fühlte, wie kalte Angst über meinen Nacken nach oben schlich und eine klamme Hand meinen Verstand erdrückte. Ich war wütend, weil meine Eltern, für die ich aus Liebe alles tun würde, mir nicht einmal die Gelegenheit gegeben hatten, den übertriebenen Klatsch einer verlogenen Kupplerin richtigzustellen. Und ich war auch tieftraurig, weil sie mich behandelten, als sei ich eine unmündige Göre und keine erwachsene Frau.

Es musste etwas passieren, je schneller, desto besser. So konnte mein Leben nicht weitergehen! Wenn ich nicht bald etwas unternahm, dann würden sie niemals aufhören, sich in meine Angelegenheiten einzumischen, sie würden mich mit irgendeinem Typen verheiraten und mir erzählen, wie ich mich als brave türkische Ehefrau zu verhalten hätte. Dann würden sie Druck ausüben, damit ich endlich ein oder zehn Kinder in die Welt setzte, und mir vorschreiben, wie ich sie zu erziehen hatte. Das würde dann mein ganzes Leben lang endlos so weitergehen, und ich würde mich fragen, wann ich die Kontrolle über mein Leben verloren hatte. Wenn ich mich jetzt nicht zur Wehr setzte, dann würde ich nie wieder die Gelegenheit dazu bekommen, so viel stand für mich fest.

Von nun an würde ich kein Mitleid mehr mit ihnen haben. Wenn ich mein eigenes Leben selbst in die Hand nehmen wollte, dann war jetzt der richtige Moment dafür gekommen!

Sie sollten mich kennen lernen, mich, die neue Melda, Roxy-Melda.

Ich würde ihnen eine Lektion erteilen, die sie ihr ganzes Leben lang nie wieder vergessen würden. Darauf konnten sie Gift nehmen!

Mama weinte ein bisschen.

Ich ballte meine Fäuste so sehr in meiner Jackentasche zusammen, dass ich sie knacken hören konnte.

»Also gut.« Meine Stimme klang gepresst. »Ich werde Ali treffen.«

Mama umarmte mich und heulte nun richtig. »Es ist doch nur zu deinem eigenen Besten«, schniefte sie. »Wir lieben dich doch und wünschen uns nur, dass du eine gute Partie machst und glücklich bist.«

Ich erwiderte ihre Umarmung nicht, sondern blieb steif auf meinem Stuhl sitzen.

Papa war auch blass. Er nickte nur knapp.

»Dann wäre das also geklärt. Ich werde Ayshe gleich anrufen und ihr mitteilen, dass du dich mit ihm treffen wirst.«

Ich ging hinauf in mein Zimmer und klappte mein Handy auf.

»Pelin? Ja, ich bin's. Hmm, stimmt, sie haben einen Mordskrawall veranstaltet. Wir müssen unbedingt etwas unternehmen.«

Ich hielt kurz inne und betrachtete nachdenklich meinen alten Teddybären, Jon, der auf meinem Bett saß. Ihm fehlte ein Ohr, und ein Auge hing lose aus seiner Höhle.

Ich hob ihn nachdenklich hoch.

»Ob ich schon weiß, wie wir sie davon überzeugen können, dass eine arrangierte Ehe nichts für mich ist?«

Ich spielte mit Jons noch vorhandenem Ohr und lächelte teuflisch.

»Ja, ich habe tatsächlich eine Idee …«

7. Voodoo für die moderne Assistentin

»Was noch?«, fragte Pelin, während sie das Wachs knetete.

Ich dachte einen Augenblick nach.

»Wie wäre es, wenn er schmatzt und widerliche Tischmanieren hat und mit offenem Mund kaut – Rülpsen und Furzen während des Essens fände ich auch nicht schlecht.«

»Wir wollen's doch nicht übertreiben! Hey, weißt du, was noch toll wäre? Wenn er dich schlecht behandeln würde.«

»Was denn, schlagen lasse ich mich aber nicht!«

»Nein, aber er könnte grob zu dir sein, verstehst du? Dein Vater wird ausflippen, wenn er das mitbekommt!«, frohlockte Pelin.

»Na gut, solange er nicht versucht, handgreiflich zu werden, soll es mir recht sein«, stimmte ich widerstrebend zu.

»Da haben wir ja schon eine ganz ordentliche Kollektion an üblen Manieren zusammengestellt, was?«, lobte sie.

»Ja, aber ich finde, das i-Tüpfelchen fehlt noch.«

»Was denn?«

»Über schlechte Manieren könnten meine Eltern womöglich noch hinwegsehen. Würde Ali mich schlecht behandeln, dann könnten sie das als autoritäres Verhalten deuten, und ihrer Meinung nach fehlt mir ja genau das.«

Ich stützte nachdenklich meinen Kopf auf meine Hand.

»Wir müssen ihm eine Eigenschaft verleihen, die in den Augen meiner Eltern absolut unentschuldbar ist.«

»Was könnte das sein?«

»Ich weiß auch nicht. Schön wäre, wenn er Anzeichen von ererbtem Wahnsinn zeigen würde. Mama und Papa würden dann um ihre künftigen Enkel fürchten.«

»Kein Problem!«

Ich richtete mich auf. »Was, das geht auch?«

»Natürlich, warum denn nicht? Wir verwandeln deinen Ali also in einen durchgeknallten Neandertaler mit üblen Manieren, der noch dazu ein wenig schizophren ist.«

»Ja, das wäre toll.« Begeistert klatschte ich in die Hände.

Pelin zögerte kurz. »Melda, bist du dir sicher, dass du das wirklich willst?«

»Wie meinst du das?« Verständnislos blickte ich in Pelins warme, braune Augen.

»Ich weiß auch nicht. Wenn wir das hier durchziehen, dann gibt es kein Zurück. Alles wird sich ändern, in die eine oder andere Richtung.«

»Aber genau das möchte ich doch. Ich habe einfach genug davon, dass meine Eltern mein Leben für mich planen. Ich habe mich in einen tollen Mann verliebt und habe derzeit nicht den Hauch einer Hoffnung, dass sie mich je mit einem Mann wie Jan glücklich werden lassen könnten. Es wäre sicher anders, wenn Jan auch nur eine kurze Affäre wäre, wenn er mir nichts bedeuten würde. Aber ich spüre, dass sich mehr aus uns entwickeln könnte.«

Pelin schwieg einen Moment.

»Wieso bist du dir da so sicher? Ihr habt doch erst ein paar Tage miteinander verbracht, nicht wahr? Was, wenn er die Sache anders sieht?«

Der Gedanke war mir bislang noch nicht gekommen.

»Unsinn!«, wischte ich alle Zweifel beiseite.

»Nein, Melda, im Ernst: Du bist gerade dabei, dein Leben für ihn umzukrempeln. Was, wenn alles umsonst war?«

»Hör auf mit dem Quatsch, Pelin!« Verärgert stand ich auf.

»Hat er dir schon gesagt, dass er dich liebt?«, bohrte sie weiter.

»Er ...« Ich hielt inne. Nein, das hatte er nicht.

»Er hat es mir gezeigt«, verteidigte ich ihn schließlich.

»Ach so, gezeigt? Küsschen hier und Küsschen da, meinst du?«

»Nein, das spürt man doch!« Langsam wurde ich wütend.

»Melda, ich versuche doch nur, dir klarzumachen, dass du einen wichtigen Schritt unternimmst, für deine eigene Zukunft natürlich, aber auch für Jan. Das alles hat doch keinen Zweck, wenn er deine Liebe nicht erwidert.«

»Aber er liebt mich! Ich weiß, dass er es tut!«, brauste ich auf.

»Schon gut!« Pelin hob begütigend die Hände.

»Er liebt mich!«, wiederholte ich hartnäckig. »Aber wir sind erst seit drei Tagen zusammen, und es ist noch viel zu früh, ›Ich liebe dich‹ zu sagen. Verstehst du?«

Pelin nickte nachdenklich. »Das mag stimmen. Ich hoffe nur in deinem Interesse, dass er es bald sagt, denn du wirst jede Motivation brauchen können, wenn du das hier durchstehen willst.«

»So oder so kann ich es nicht länger zulassen, dass meine Eltern über mein Leben bestimmen. Das ist einfach nicht richtig«, erklärte ich.

Sie knetete das Wachspüppchen zu Ende, ohne dazu noch etwas zu sagen.

»Nun brauchen wir noch ein paar von Alis Haaren, etwas von seinem Speichel und seinem Blut und etwas Persönliches von ihm.«

»Wo soll ich das alles herbekommen?«, fragte ich entgeistert. »Er, seine Eltern und Ayshe kommen doch schon morgen Abend zu uns zum Essen!«

»Keine Bange, wir kommen bestimmt an all das Zeug, auch ohne dass er oder einer der anderen etwas mitbekommt. Du musst ihm versehentlich ein paar Haare ausreißen, und Speichel wird sich an seinem Glas befinden. Was das Blut angeht, habe ich keine Ahnung, wie du das hinbekommen willst, aber sei's drum. Der persönliche Gegenstand könnte aber ein Problem werden. Es muss etwas von großem persönlichem Wert für ihn sein. Wie auch immer, du musst mir diese Dinge besorgen und sie mir so schnell wie möglich bringen. Sobald ich alles zusammenhabe, beginne ich. Der Voodoo-Zauber sollte sich dann langsam bei ihm bemerkbar machen, hoffe ich jedenfalls.«

»Was meinst du mit ›hoffe ich jedenfalls‹?« Ich fühlte, wie eine Panik sich in mir breitmachte.

»Ich habe das noch nie zuvor gemacht. Die bisherigen Methoden waren leicht, die Kräuterzauber kann man schnell lernen, und dabei gibt es nicht viel falsch zu machen. Aber Voodoo …«

»Ja?«

»Voodoo ist ein viel stärkerer Zauber. Und er wirkt nur, wenn man daran glaubt.«

»Ich werde daran glauben, ehrlich!«, versprach ich.

»Okay, dann packen wir's an!«

Meine Mutter verbrachte den ganzen nächsten Tag damit, in der Küche türkische Delikatessen für unsere Gäste vorzubereiten. Neben mit Schafskäse und Spinat gefüllten Teigrollen, *börek*, gab es zahlreiche kalte Vorspeisen, wie *humus*, das ist eine nussige Creme aus Kichererbsen und Sesampaste, *ezme*, eine scharfe rote Peperonicreme, *piyaz* ist ein Salat aus frischen Kräutern, Tomaten und weißen Bohnen, und natürlich hatte sie schon Hunderte von Weinblättern gerollt, dazu Platten mit herzhaftem Hirtensalat und gebratenen Auberginen mit einer Tomatensauce, die reichlich Knoblauch enthielt, und gerösteten Pinienkernen obendrauf. Der Hauptgang würde aus einem Lammragout bestehen, das Mama in einem überdimensionalen irdenen Topf mit Zucchini, Tomaten, Knoblauch und Zwiebeln im Ofen schmorte. In der Türkei isst man Beilagen erst nach dem Hauptgang, den Reis mit den gerösteten Mandeln, dem Zimt und den Korinthen würde es daher erst nach dem Lammragout geben.

Und den krönenden Abschluss würde Mamas hausgemachtes *baklava* bilden, hauchdünne Blätterteiglagen, zwischen denen sich fein gemahlene Walnüsse in einem schweren, süßen Sirup befanden.

Bei all den tollen Düften lief mir das Wasser im Munde zusammen.

»Reiß dich zusammen!«, ermahnte ich mich. Ich musste mich auf das Wesentliche konzentrieren, das Essen war mehr als nebensächlich.

Am wichtigsten war es, den Schein zu wahren. Ich bereitete mich sorgsam auf das Abendessen vor, zog mir ein braves, biederes Faltenröckchen und eine weiße Bluse an, die ich sittsam bis obenhin zuknöpfte. Meine Haare band ich zu einem Dutt zusammen und verzichtete vollkommen auf Make-up.

»So!« Ich betrachtete mein mausgraues Spiegelbild. »Das ist sicher brav genug!«

Ich legte einen Hauch Parfüm auf und stieg die Treppen hinunter.

»Melda!« Mama erschien in der Küchentür, ihr Haar war zerzaust, und sie sah verschwitzt aus.

»Gut siehst du aus, aber ein wenig, wie soll ich sagen, äh … farblos, meinst du nicht?«

Beleidigt schüttelte ich den Kopf. »Du hast dich doch immer darüber beschwert, dass ich Make-up verwende. Jetzt habe ich es dir zuliebe sein lassen, und du beschwerst dich schon wieder.«

»Gut. Dann eben kein Make-up«, gab sie sich geschlagen. »Wärst du bitte so nett, den Tisch zu decken, während dein Vater und ich uns umziehen?«

»Natürlich«, antwortete ich liebenswürdig und ging hinüber ins Wohnzimmer, wo ich eine weiße Tischdecke hervorholte und begann, den Tisch zu decken.

Dabei summte ich leise und hörte mit halbem Ohr, wie Papa mir einen nervösen Blick zuwarf und Mama zuflüsterte: »Sie hat sich zu leicht gefügt. So kenne ich sie gar nicht. Ob sie etwas im Schilde führt?«

Mama zog ihn am Ärmel auf den Treppenabsatz. »Unsinn! Sie hat einfach eingesehen, dass wir Recht haben, das ist alles. Und nun komm, die Zeit läuft uns davon!«

Papa murrte noch ein wenig vor sich hin, aber ich konnte nicht mehr genau verstehen, was er sagte.

Pünktlich um sieben Uhr klingelte es. Es waren die Tütüns und natürlich Ayshe. Ich begrüßte sie höflich und bat sie, einzutreten. Ali trug einen Anzug, schon wieder, wie langweilig! Er überreichte mir einen Bund roter Rosen, den ich höflich annahm. Rote Rosen finde ich klischeehaft und kitschig. Ich kann sie nicht leiden. Rote Rosen sind Nullachtfünfzehnblumen, finde ich. Jeder Idiot kann rote Rosen verschenken.

»Du siehst heute Abend ganz besonders hübsch aus«, sagte er.

Oh ja! Was er bestimmt meinte, war, dass ich genauso nichtssagend aussah wie er. Tolles Kompliment!

Es ist eine türkische Sitte, dass man an der Tür die Schuhe auszieht, und ein guter Gastgeber bietet seinen Gästen selbstverständlich Hausschuhe an. Ich überreichte erst seinen Eltern, dann Ayshe Pantoffeln, während Ali geduldig darauf wartete, dass er an die Reihe kam. Erst als die Älteren das Wohnzimmer betraten, gab ich ihm sein Paar.

»Danke«, sagte er, während er sich bückte und sie anzog.

Blitzschnell holte ich die kleine Nadel hervor, die ich unter den Kragen meiner Bluse gesteckt hatte, und stach zu.

»Au!« Ali rieb sich den Nacken. »Was war das?«

»Oh, das war sicher eine Biene, lass mich mal sehen.«

Mist, er blutete gar nicht.

»Oh, das sieht aber nicht gut aus. Komm doch mit ins Bad, da kann ich dich versorgen.«

»Eine Biene im Oktober?«

»Oh, wir haben einen Bienenstock unterm Dach, weißt du.«

»Ach so.« Fügsam ließ Ali sich von mir ins Bad führen, wo ich fachmännisch mit einem Wattebausch hantierte.

»Warum willst du mich eigentlich heiraten?«, erkundigte ich mich beiläufig.

»Ich weiß, dass deine Eltern einen guten Ruf haben, deshalb.«

Die arme Frau, die Ali einmal heiraten würde, tat mir jetzt schon leid. Von Romantik hatte er anscheinend noch nie etwas gehört.

»Halt bitte mal still.« Ich hatte meine Nadel in dem Wattebausch versteckt und stach erneut kräftig zu. Vorhin war ich bestimmt zu zimperlich gewesen.

»Aua!«, schrie er auf.

»Nun hab dich mal nicht so. Der Stachel saß wohl tiefer, als ich dachte«, flötete ich leichthin.

Heißaa!! Da sah ich endlich einen Tropfen Blut. Vorsichtig drückte ich noch ein wenig an der kleinen Wunde herum, bis der Tropfen schön dick und dunkel war. Dann tupfte ich das Blut mit einem Wattestäbchen sorgsam ab, band ein Pflaster darauf und erklärte zufrieden: »Fertig!«

»Das war sicher eine Hornisse.« Ali rieb sich mit schmerzverzerrtem Gesicht den Nacken.

»Kann sein. Komm, wir sollten unsere Eltern nicht unnötig warten lassen. Oh, warte mal einen Augenblick ...« Ich zog kritisch die Stirn zusammen.

»Was ist denn noch?« Alis Ton verriet Ungeduld.

»Da sind Haare auf deinem Sakko. Meine Mutter ist da sehr pingelig, weißt du. Wenn du möchtest, kann ich sie dir schnell abbürsten.«

»Das ist wirklich nett, Melda.« Dankbar sah er mich an. »Und ich dachte schon, du würdest mich nicht mögen.«

»Wie kommst du denn darauf?«, erkundigte ich mich

gleichmütig, während ich drei einzelne Haare von seinem Jackett entfernte und sorgfältig neben das blutige Wattestäbchen legte.

»Du hast den Ruf, keinen potentiellen Ehemann zu akzeptieren. Man nennt dich auch ›die eiserne Jungfrau‹.«

Ich lachte. »Wie schmeichelhaft! Komm, wir sollten endlich zu unseren Eltern gehen, sonst kommen sie noch auf dumme Gedanken.«

Alis Eltern machten Mama zahlreiche Komplimente über das Essen, und Ayshe stopfte sich voll, als hätte sie wochenlang nichts zu essen bekommen.

Als ich bei den kalten Vorspeisen noch einmal zugreifen wollte, hielt sie meinen Arm fest und meinte mit verkniffenem Mund: »Wenn du weiter so viel isst, wirst du bald so aussehen wie ich und nicht in dein Brautkleid passen.«

Also, um wie Ayshe auszusehen, müsste ich täglich viertausend Kalorien mehr zu mir nehmen als jetzt. Selbst dann würde ich Jahre brauchen, um mir eine so solide Fettschicht anzufressen.

Ich lächelte liebenswürdig und sagte in aller Seelenruhe: »Ali mag Frauen mit weiblichen Rundungen, nicht wahr, Ali?«

Das stopfte der alten Schachtel fürs Erste das Maul.

Während ich auf meinem *börek* herumkaute, dachte ich darüber nach, wie ich an den persönlichen Gegenstand herankommen könnte.

In diesem Moment fiel mir der dicke goldene Siegelring auf, den er am kleinen Finger trug. Ich persönlich fand ihn geschmacklos, aber Schmuck war doch etwas Persönliches, oder?

»Was für ein hübscher Ring!«, zwitscherte ich leutselig.

»Nicht wahr? Es ist ein Familienerbstück, das immer vom Vater an den erstgeborenen Sohn in unserer Familie weitergereicht wird. Er bedeutet mir wirklich sehr viel.«

Ahaaaaaa!

»Du hast ja gar keinen Wein mehr, liebste Tante Ayshe, ich hole dir gerne noch welchen, wenn du möchtest«, strahlte ich.

Ayshe nickte zufrieden, und ich trabte in die Küche.

»Ali! Könntest du mir bitte helfen?«, rief ich auf halbem Weg.

»Sieht so aus, als würde unsere Melda männliche Kraft brauchen.« Papa hatte schon einige Gläser Raki intus und war entsprechend gut gelaunt.

Ali errötete leicht und folgte mir in die Küche, wo ich ihn die Flasche entkorken ließ.

»Ali, ich weiß nicht, wie ich es dir sagen soll ...« Ich strich über sein Haar.

Erregt wandte er sich mir zu und hätte dabei beinahe die Flasche fallen lassen.

»Ja?«

»Ich finde dich wirklich sehr ... anziehend.« Ich lächelte schamhaft.

»Wirklich?« Er strahlte übers ganze Gesicht.

Ich nickte ernsthaft. »Ich würde gerne etwas von dir haben, das ich bei mir tragen kann, etwas, das du selbst gerne hast, ein Pfand unserer Liebe.«

»Du kannst alles haben, was du willst!«

Oh Gott, irgendwie tat er mir ja leid. Er sah wirklich nicht übel aus, das Einzige, was mich an ihm störte, war die Tatsache, dass er ein solcher Waschlappen und so entsetzlich langweilig war.

Aber jetzt war gerade die falsche Zeit für Mitleid.

»Wirklich?« Ich schenkte ihm ein zuckersüßes Lächeln. »Dann will ich deinen Siegelring bis zu unserer Hochzeit tragen.«

»Oh, aber ...« Sein Gesicht wurde lang.

»Ich werde ihn wie meinen Augapfel hüten, ich verspreche es dir!«

Ali schien sich noch immer nicht sicher zu sein. Aber Motivation ist ja bekanntlicherweise alles! Ich beugte mich vor und hauchte ihm ins Ohr: »Bitte.«

Er schauderte, dann zog er sich den Ring vom Finger und überreichte ihn mir zögernd.

»Ich danke dir.« Ich küsste ihn auf die Wange, und er wurde wieder rot.

»Darauf sollten wir anstoßen, findest du nicht?«

»Oh, du trinkst Alkohol? Das schickt sich aber nicht für eine unverheiratete Frau!« Er schien enttäuscht.

»Nicht doch! Ich sagte nichts von Alkohol. Hier, nimm einen Schluck Cola.«

Er nippte dankbar am Glas, das ich ihm hinhielt.

»So, das wärs!«, murmelte ich hochzufrieden.

»Was meinst du damit?«

Ich schrak zusammen. »Nichts. Äh, wärst du so nett, Tante Ayshe den Wein zu bringen, ich muss mal schnell für kleine Mädchen.« Ich kicherte mit gespielter Schamhaftigkeit.

»Natürlich!«, erbot er sich und war auch schon verschwunden.

Ich schnappte mir Alis Colaglas und seinen Ring und lief dann hoch ins Bad, wo ich das Wattestäbchen mit seinem Blut und die Haare an mich nahm. Dann schlich ich auf Zehenspitzen aus dem Haus und rannte, so schnell es ging, zu Pelin, die mich schon erwartete.

»Hast du alles?«

»Ja, es war gar nicht so schwer, wie ich es mir vorgestellt hatte. Ein Kinderspiel!«, prahlte ich.

Doch Pelin war so vertieft, dass sie mich gar nicht zu hören schien. Sie balancierte die Gegenstände, die ich mitgebracht hatte, vorsichtig in ihr Zimmer.

»Wer ist da?«, krächzte eine pergamentene Stimme aus dem Erdgeschoss.

»Ich bin's doch nur, *anneanne*«, rief ich Pelins Großmutter laut zu.

»Du solltest sie kurz begrüßen, sonst wird sie noch misstrauisch«, wisperte Pelin. »Ich gehe schon mal vor.«

Ich nickte und betrat das Wohnzimmer der Balabaks.

Die Oma saß in einem Schaukelstuhl und beäugte mich freundlich.

»Melda, mein Kind! Wie schön, dich zu sehen! Sag, wie geht es deinen Eltern? Versuchen sie noch immer, dich zu verheiraten?«

»Ja, das tun sie, *anneanne.*«

»Wie dumm! Ich habe immer versucht, ihnen zu erklären, dass sich die Zeiten geändert haben und ihr nun in einer Gesellschaft lebt, in der man sich seinen Ehemann allein aussucht. Aber wer hört schon auf das Geschwätz einer alten Frau?«

Ich wünschte, dass meine Eltern *anneanne* zugehört hätten. Mein Leben wäre dann nämlich um einiges weniger aufregend verlaufen.

»Leider hören sie mir auch nie zu«, stimmte ich ihr bei.

Pelin hatte mir eingeschärft, *anneanne* nichts von unserem Voodoo-Zauber zu erzählen. »Sie würde nie erlauben, dass wir einen Unschuldigen für unsere Zwecke missbrauchen«, hatte sie mir erklärt.

»Ayshe war neulich hier. Sie sagte, sie würde demnächst wieder zu euch kommen, wegen des Sohnes der Tütüns.« *Anneanne* beobachtete mich scharf über den silbernen Rand ihrer Brille hinweg.

»Ja, stimmt.« Ich versuchte, meiner Stimme einen beiläufigen Klang zu verleihen.

»Ali ist ein guter Junge. Ein wenig langweilig allerdings, nicht wahr?«

Ich wunderte mich immer wieder über den Scharfsinn der alten Frau.

»Ja, kann sein.«

»Du solltest dich wirklich einmal mit deinen Eltern aussprechen, Melda.«

Ich schüttelte den Kopf. »*Anneanne*, ich denke nicht, dass das Sinn macht.«

»Hast du es denn je versucht, mein Kind?«

»Nein, aber ich kenne meine Eltern, vor allem meinen Vater. Es wäre so, als würde ich gegen eine Wand laufen.«

Anneanne neigte ein wenig ihren kleinen Kopf und schaute mich nachdenklich an.

»Jeder ist seines Glückes Schmied, meine Kleine. Und gelegentlich können einen selbst die eigenen Eltern überraschen.«

»Ja, da hast du vermutlich Recht.« Was meinte sie damit wohl?

»Du solltest dein Leben selbst gestalten«, schloss sie.

»Ich werde es versuchen.«

»Dabei solltest du anderen natürlich nicht schaden, du verstehst?«

Nein, ich verstand nicht, nickte aber ein wenig unbehaglich.

»Dann ist es gut. Geh nun, ich möchte ein wenig ruhen.«

Sie legte ihren Kopf zurück und schloss die Augen.

Anneanne war mir manchmal nicht ganz geheuer. Gelegentlich sprach sie wie ein Orakel.

Ich stieg die Stufen zu Pelins Dachzimmerchen hinauf. Sie erwartete mich schon und schloss die Tür ab, nachdem ich es betreten hatte. Dann zündete sie sieben schwarze Kerzen an, bevor sie das Licht löschte.

»Also irgendwie ist das ein wenig unheimlich, meinst du nicht?« Meine Stimme klang mir selbst fremd in den Ohren.

Pelin antwortete mir nicht, sondern schlug ein sehr altes, zerfleddertes, schwarzes Buch auf.

»Dies ist das Buch von Memnoch, einem Farbigen, der in den Sümpfen des Osmanischen Reiches gelebt hatte. Memnoch war einer der größten Voodoo-Priester seiner Zeit«, erläuterte Pelin leise.

»Woher weißt du das alles?«

»Memnoch war *anneannes* Großvater.«

Ein eisiger Windhauch strich in diesem Moment über mein Gesicht, und ich schauderte.

Pelin nahm das Wachspüppchen vorsichtig in die Hand, und die Gegenstände, die ich mitgebracht hatte, breitete sie auf einem roten Samttuch aus. Sie fügte noch andere Dinge hinzu.

Ich deutete unbehaglich auf eine tiefrote Flüssigkeit, die in einer Phiole neben dem Püppchen lag. »Was ist das?«

»Das Blut eines schwarzen Hahnes. Sei jetzt aber lieber still, ich muss mich konzentrieren.«

Ich schluckte. Blut eines Hahnes? Wie kommt man denn an so etwas? Ich dachte lieber nicht daran, auf welchen Wegen Pelin in den Besitz von Hahnenblut gelangt sein mochte. Neben der Phiole lagen eine Handvoll weißer Federn und kleine Häufchen mit Kräutern.

Nun begann sie, Sprüche oder Formeln in einer Sprache aufzusagen, die ich nicht verstand. Ich vermutete, dass es sich um Arabisch handelte.

Sie las laut und deutlich aus dem Buch vor, während sie die Wachspuppe vorsichtig in die Hände nahm, sie über die Kerzen hielt und ein Loch in ihre Körpermitte knetete. Sie richtete ihren Blick himmelwärts und legte zuerst Alis Haare, dann das blutige Stück des Wattestäbchens hinein, dann goss sie den Rest Cola aus dem Glas hinein und drückte schließlich den Siegelring in die Vertiefung.

Dann öffnete sie die Phiole mit dem Hahnenblut vorsichtig und ließ ein paar Tropfen auf das Loch fallen, bevor sie es mit dem Wachs der schwarzen Kerzen vollends versiegelte.

Sie hieß mich auf die Puppe spucken, drehte sich siebenmal mit ihr um mich und warf sieben verschiedene Kräuter in die Flammen der sieben Kerzen, die zischend verbrannten.

Zuletzt legte sie mir die Puppe in die Hand, nahm die weißen Federn und blies sie über die Wachsfigur.

Mir wurde ein wenig schwindelig, aber ich kann nicht sagen, ob das nun an den Kräuterdämpfen lag, die meine Sinne umnebelten, oder aber an dem Voodoo-Zauber.

Dann wurde mir heiß, und ich dachte, ich würde Stimmen hören, ich fühlte mich beinahe ein wenig so, als wäre ich in Trance, als Pelin mich plötzlich bei den Schultern packte und kräftig schüttelte.

»W… was?«, stotterte ich verwirrt.

»Ich habe gesagt, wir sind fertig. Ali steht nun unter unserem Bann, er wird sich genau so verhalten, wie wir es besprochen haben.« Pelin betrachtete mich prüfend.

»Du bist etwas blass um die Nase, ist alles in Ordnung mit dir?«

Ich schüttelte mich ein wenig. »Ja, ich … mir ist nur ein wenig schwindelig geworden, vermutlich durch das ganze Zeug, das du verbrannt hast.«

»Ja, das kommt schon mal vor. Du solltest dich beeilen und schnell heimlaufen, bevor man dich dort vermisst.«

Noch ein wenig benommen stand ich auf, während Pelin ihre Zimmertür öffnete.

Ein frischer Windhauch wehte ins Zimmer und klärte meinen Blick. Pelins kleiner Hund Shirin trottete schwanzwedelnd herein und beäugte die wächserne Voodoo-Puppe misstrauisch.

»Was ist mit der Puppe?«, erkundigte ich mich.

»Bei mir ist sie sicher, keine Sorge.«

Shirin knurrte die Puppe vernehmlich an.

»Du solltest sie besser so verstecken, dass Shirin nicht an sie herankommt, sie scheint die Puppe irgendwie nicht sehr zu mögen«, riet ich Pelin zweifelnd.

Pelin setzte die nur handgroße Wachspuppe sachte hinter ihre Sammlung von handbemalten Porzellanpuppen ins Regal.

»Zufrieden? Nun aber ab mit dir!« Ich trat ein wenig erleichtert aus ihrem Zimmer.

»Melda, halt, warte noch!«

Ich drehte mich noch einmal um.

»Was ist denn noch?«

»Nimm das hier mit, nur falls sie dich fragen, wo du warst.«

Pelin warf mir eine Flasche mit einer grünen Flüssigkeit zu, und ich nickte ihr dankbar zu.

»Jetzt aber los!«

Das ließ ich mir nicht zweimal sagen. Wenn ich Pech hatte, dann vermissten sie mich schon.

Als ich atemlos aus meinen Schuhen schlüpfte und mich gerade in die Küche schleichen wollte, kam meine Mutter mir entgegen.

»Wo warst du denn so lange? Wir haben uns schon Sorgen um dich gemacht.«

»Äh ... wir hatten keinen Pfefferminzlikör mehr. Ali hat mir verraten, dass er den gerne nach dem Essen mit einer Tasse türkischen Mokka trinkt«, log ich und deutete auf die Flasche in meiner Hand.

»Ach, das ist aber aufmerksam von dir!«, lobte sie mich gerührt. »Wir waren auch gerade mit dem Essen fertig.«

»Ich bereite dann schon einmal den Mokka und den Likör vor.«

Mama klopfte mir anerkennend auf die Schulter und sagte stolz: »Aus dir wird doch noch eine gute Ehefrau, da bin ich mir sicher.«

Während meine Mutter zurück an den Tisch spazierte, lugte ich durch den Türspalt ins Wohnzimmer. Ob Alis Veränderung schon eingesetzt hatte?

Er war blass und schwitzte, aber das konnte genauso gut daran liegen, dass er viel zu warm angezogen war.

Er zerrte an seiner Krawatte und öffnete den obersten Knopf seines Kragens.

Seine Mutter klopfte ihm besorgt auf die Schultern. »Ist alles in Ordnung, mein Sohn?«

Ali schien sie gar nicht zu bemerken. Er starrte merkwürdig verschlossen vor sich hin und nippte an seinem Colaglas.

Ich bereitete schnell den Mokka zu, füllte ihn in die dafür vorgesehenen Tässchen und stellte dann randvoll gefüllte Likörgläschen mit aufs Tablett, das ich an den Tisch trug.

»So, da bin ich wieder«, rief ich betont munter in die Runde hinein und setzte mich auf meinen Stuhl, während Mama den Mokka und den Likör verteilte.

Ali nieste.

Mein Vater sah ihn wie vom Donner gerührt an.

Ali hatte weder den Kopf weggedreht, noch hatte er die Hand vor Mund und Nase gehalten.

Er hatte über den ganzen Tisch hinweg frei drauflosgeniest, ungeachtet der Schüsseln und Platten, auf denen sich noch Essen befand. Widerlich.

Ich riskierte einen vorsichtigen Blick zur Seite.

Alis Nase tropfte, und seine Mutter reichte ihm mit hochrotem Kopf ein Taschentuch, das er aber nicht weiter beachtete.

Stattdessen wischte er sich seine tropfende Nase an seinem Ärmel ab und zog die Nase vernehmlich hoch.

»So, jetzt isses bessa. Hey, Alte, immer her mit'm Bölgstoff!« Er riss mir grinsend das Likörglas aus der Hand, das ich ihm gerade geben wollte, und trank alles in einem Schluck aus.

»Ey wat warn das? Wick Medi-Nait oder watt?«

Meine Eltern starrten einander ratlos an, dann haute Papa auf den Tisch.

Ich hielt gebannt den Atem an.

Mein Vater legte den Kopf in den Nacken und begann laut zu lachen.

»Ali, mein Sohn! Ich wusste ja nicht, dass du auch Sinn für Humor hast! Melda, hol ihm noch ein Glas Likör, ach was, bring doch gleich die ganze Flasche her!«

Ich sah ratlos in die Runde. Ayshe lachte ebenfalls, nur meine Mutter starrte Ali mit offenem Mund an.

Alis Eltern, die Tütüns, saßen völlig paralysiert auf ihren Plätzen und machten den Eindruck, als würden sie am liebsten im Erdboden versinken. Für mich sah es jedenfalls ganz danach aus, als würde der Voodoo-Zauber funktionieren.

Ich holte wortlos den Likör und schenkte Ali nach.

»Nit so lahm, du blasse Kuh!«

Ich starrte Ali nun meinerseits mit offenem Mund an.

»Wie bitte?«

»Hast schon verstanden. Mach mal voran, sonst gibt's 'n Tritt!«

Papa lachte so sehr, dass er rot anlief. »Bravo mein Sohn, genau das brauchen die jungen Dinger heutzutage!«

Ein wenig erschrocken setzte ich mich auf meinen Stuhl. Meine Mutter war zornesrot, sagte aber nichts.

Ali schluckte den gesamten Inhalt des Glases erneut und verlangte nach mehr. Wortlos goss ich nach.

»Wir … äh … sollten nun besser gehen.« Herr Tütün, dessen Haare, die er über seine Halbglatze gekämmt hatte, vor lauter Aufregung auf der einen Seite heruntergerutscht waren und nun lächerlich lang auf seine Schulter fielen, während seine Halbglatze glänzend bloß lag, stieß seinen Sohn mahnend an.

»Aber warum denn? Ihr seid doch eben erst gekommen. Wir haben doch noch so viel zu besprechen!«, widersprach Papa ein wenig enttäuscht.

»Ja, jetzt wird's doch gerade lustig. Wir bleiben!«, entschied Ali.

Seine Eltern starrten ihn zutiefst schockiert an. Ich wette, er hatte ihnen während seines gesamten Lebens noch nie widersprochen. Nun ja, geschah ihnen ganz recht!

»Ich geh nur mal eben pissen, Alta, bin gleich wieder da, dann machen wir deine Kleine hier klar.« Er haute Papa im

Vorbeigehen mit voller Wucht auf die Schulter, und Papa klopfte sich vor lauter Lachen auf die Schenkel. Ihm fiel gar nicht auf, dass er der Einzige war, der lachte. Alle anderen waren plötzlich still geworden.

Mama hatte begonnen, stumm die Teller und Platten abzuräumen, und Ayshe blickte die Tütüns ratlos an.

Ich half meiner Mutter, während die anderen sich flüsternd auf die Couch setzten.

»Melda, Schatz, sag, war Ali auch schon vorher so merkwürdig, oder ist mir das einfach nicht aufgefallen?«, fragte sie mich.

»Was meinst du denn?«, stellte ich mich dumm.

»Er schien mir vorhin noch ein so schüchterner, wohlerzogener junger Mann zu sein. Und jetzt ...«

Ich lachte gekünstelt. »Mama, so war er doch schon die ganze Zeit! Ist er nicht wirklich amüsant?«

Sie blickte mich zweifelnd an.

»Papa findet ihn jedenfalls lustig«, fuhr ich leichthin fort.

Meine Mutter nickte beklommen.

»Hey, Schlampe.«

Ich drehte mich erschrocken um, während Mama beinahe die Teller fallen ließ.

»J... Ja?«

»Da is' kein Klopapier mehr. Mach mal hinne und leg 'ne Rolle nach, sonst machst du Bekanntschaft mit meiner Rechten.«

Mama wurde krebsrot. Ich konnte ihr genau ansehen, dass sie Ali am liebsten eine gelangt hätte, doch sie beherrschte sich.

»Klar, kein Problem, Ali«, flötete ich gut gelaunt.

Meine Mutter und ich beendeten stillschweigend unsere Arbeit, dann servierten wir Baklava und türkischen Tee.

Es war unheimlich ruhig im Wohnzimmer. Papa und Alis Vater rauchten einträchtig Zigarren. Herr Tütün klammerte sich mit einer solchen Intensität an seine Havanna, dass ich im ersten Moment glaubte, er würde sie versehentlich hinunterschlucken.

Es war totenstill, bis ein Geräusch die unbehagliche Ruhe durchbrach.

Ali zog würgend Schleim hoch, und alle Blicke richteten sich mit einem Schlag auf ihn.

»Ey keinen Stress, Mann! Is' nur 'n bisschen Glibber!«

Er spuckte in seinen Tee und hielt ihn in die Runde. »Seht ihr?«

Ayshe würgte angeekelt und verließ fluchtartig den Raum. Dabei stieß sie ihr Teeglas um, und die heiße, rotbraune Flüssigkeit ergoss sich über unseren Teppich. Nun lachte niemand mehr, nicht einmal mein Vater. Ich glaube, allmählich begriff er, dass Ali keinen Spaß machte.

»Ali, was soll das?«, erkundigte sich Herr Tütün scharf.

»Ey nix! Das Zeug soll man nich' schlucken, is' ungesund!«

Eine Weile sagte niemand etwas.

Dann räusperte Alis Vater sich kleinlaut und sagte leise: »*Osman bey*, das tut mir wirklich leid. Er ist sonst nicht so, das wissen Sie ja sicher selbst. Ali ist ein lieber, gehorsamer, fleißiger junger Mann. Er war uns bisher immer ein guter Sohn.«

Papa sagte gar nichts, während meine Mutter den Teefleck vergeblich mit einer Papierserviette zu bekämpfen versuchte.

»Wie dem auch sei, wir gehen jetzt wohl besser.« Herr und Frau Tütün machten Anstalten, sich zu erheben.

»Warum wollen Sie uns denn schon verlassen?« Ich tat überrascht.

»Äh ... nun ja ... ich denke nicht, dass eine Ehe nach diesen Peinlichkeiten noch für dich in Frage kommt, Melda. Oder?« Alis Mutter Halime sah mich an, in ihrer Stimme schwang ein Funken Hoffnung.

Ich trat zu ihr.

»Es wäre mir eine Ehre, Sie fortan ›Mutter‹ zu nennen«, erklärte ich salbungsvoll, während ich in das vom schwarzen Kopftuch umrahmte strenge Gesicht sah.

»Melda!« Mein Vater war mit einem Satz bei mir. »Hast du dir das auch gut überlegt? Es gibt auch andere, bessere Männer ... Männer, die *normal* sind ...«

»Also, das verbitte ich mir!« Atalay Tütün, Alis Vater, sprang empört auf.

Mein Vater packte mich ungerührt an den Schultern und drehte mich zu sich.

»Liebes, wir wollen doch nur, dass du glücklich wirst. Bitte schlaf wenigstens noch einmal eine Nacht drüber.«

Ich schüttelte standhaft den Kopf.

»Nein, Papa. Ihr habt Ali für mich ausgesucht. In euren Augen ist er der perfekte Schwiegersohn. Wie könnte ich euer Urteil infrage stellen? Ihr wisst sicher am besten, was gut für mich ist. Ihr wolltet, dass ich einen Türken heirate.« Ich wandte mich Alis Eltern zu.

»Ich habe meine Entscheidung gefällt.«

Ayshe betrat das Wohnzimmer. »Habe ich irgendetwas verpasst?«

Ich drehte mich ihr zu und lächelte charmant.

»Du darfst uns gratulieren, Tante Ayshe. Wir werden heiraten.«

8. Picknick im Grünen

»Nein.«

»Komm schon, Melda, das Wetter ist doch ideal, es ist warm, die Sonne scheint, wir sollten es tun. Wir werden nie wieder die Gelegenheit dazu bekommen!«

»Nein!«, weigerte ich mich beharrlich.

Jan seufzte. Es war Samstagmorgen, und er hatte darauf bestanden, dass wir uns zum Frühstück bei ihm trafen. Dagegen hatte ich auch nichts.

Ich hatte nur etwas gegen den Ort, an dem das Frühstück stattfinden sollte.

»Ich habe einen tollen Platz gefunden! Der Waldabschnitt hinten im Bergischen Land ist zu dieser Jahreszeit praktisch unbewohnt, kaum einer kommt da hin. Niemand würde uns sehen, und wir wären vollkommen ungestört.« Seine Wangen waren rot vor Aufregung.

Er war ja schon irgendwie süß. Da hatte mein Liebster einen Picknickkorb gepackt, der sich sehen lassen konnte, mit eisgekühltem Champagner, Orangensaft, Kaffee, Croissants und frischen Erdbeeren. Und ich weigerte mich stur, mit ihm ins Grüne zu fahren und dieses herrliche Picknick zu genießen.

Warum?

Ich bin der Meinung, dass meine sexuellen Erfahrungen in der Natur mit meinem griechischen Adonis weit mehr als ausreichend sind. Zuerst bin ich fast ersoffen, und dann hat uns der Förster erwischt.

Ich hatte einfach immer Pech, wenn es um Liebe in der Natur ging, und sosehr ich auch in Jan verliebt war, war ich doch der Ansicht, dass wir es hier in seiner Wohnung sehr gemütlich hatten. Denn dass das Picknick neben der Nahrungsaufnahme auch einen anderen Zweck haben würde, war sonnenklar. Man musste sich Jan nur einmal genau ansehen, um zu wissen, was ich meinte.

»Warum denn nicht?«, bohrte Jan weiter.

»Ich finde es einfach ungemütlich«, schimpfte ich.

Jan machte ein Gesicht wie ein kleiner Junge, dem man eben verboten hatte, eine Woche lang mit seinem Lieblingsspielzeug zu spielen.

»Och, und ich hatte mich schon so gefreut«, schmollte er.

Nun hatte ich ein schlechtes Gewissen. Ihm schien wirklich etwas an diesem kleinen Abenteuer zu liegen.

»Vielleicht fahren wir erst einmal hin und sehen uns diese Lichtung im Wald an. Danach können wir uns ja immer noch entscheiden, okay?«, gab ich mich schließlich geschlagen.

»Wirklich?« Jans Augen strahlten vor Glück, und ich musste lächeln.

»Ich verspreche nichts!«, warnte ich.

»Ist schon gut, du wirst sehen, das Fleckchen Erde ist toll, es wird dir wirklich gefallen!« Er war Feuer und Flamme.

Dass Jan sich so sehr für die Natur begeisterte, hatte ich nicht gewusst. Aber es lag nahe, denn er war als Kind Pfadfinder und mehr im Freien als in geschlossenen Gebäuden unterwegs gewesen.

So packten wir also den Picknickkorb und fuhren eine Stunde lang quer durch die Stadt, über Autobahnen, Felder und Weiden, Wiesen und Wälder, bis wir endlich an unserem Ziel angelangt waren. Am Rande eines Trampelpfades parkte er den Wagen, stieg aus und öffnete galant meine Tür.

»Madame, von hier aus müssen wir zu Fuß gehen.«

Ich sah kurz an mir hinab. Hochhackige Riemchensandalen waren vermutlich kein geeignetes Schuhwerk für eine Wanderung.

Doch wer hätte ahnen können, dass aus unserem gemütlichen Frühstück eine Lehrstunde für »Wie überlebe ich in der Wildnis?« werden würde?

»Das hast du dir alles selber zuzuschreiben«, murmelte ich vor mich hin.

»Hast du etwas gesagt, mein Schatz?« Jan fischte im Kofferraum nach unserem Korb und einer Decke.

»Schön ist es hier«, entgegnete ich hastig.

Ja, wenn man auf Discovery Channel scharf war, dann konnte man sagen, dass es sich um ein idyllisches Fleckchen Erde handelte.

»Ja, nicht wahr? Ich habe gestern den halben Tag damit zugebracht, das perfekte Fleckchen Erde zu finden, damit aus unserem Frühstück ein ganz besonderes Ereignis wird.«

Ach du liebes bisschen!

Wir stelzten also durch kniehohes Gras, Jan mit dem schweren Korb und der karierten Decke wacker voran, während ich ängstlich weit, weit hinter ihm hertippelte. Ich trug nur ein leichtes Sommerkleid, und bei jedem Schritt war ich besorgt, dass sich Zecken an meinen nackten Waden hocharbeiten und sich an Körperstellen niederlassen könnten, wo sie nicht hingehörten.

Er blieb immer wieder geduldig stehen und wartete darauf, dass ich aufholte. Bei jedem Mal fragte ich ihn: »Ist es noch weit?«

Und jedes Mal schüttelte er nachsichtig den Kopf und sagte: »Keine Sorge, wir sind gleich da.«

Und endlich waren wir angekommen! Ich konnte mein Glück kaum fassen. Meine Knöchel brannten vor lauter Anspannung, und ich sehnte mich danach, meine Sandalen einfach abzustreifen und meine müden Beine auszustrecken.

Jan stellte sich stolz hin und fragte: »Und, gefällt dir unser geheimer Platz?«

Ich sah mich zweifelnd um. Da war lauter hohes Gras mit ein paar Blümchen dazwischen, sonst nichts. Weiter hinten standen ein paar Bäume.

»Äh ... das ist wirklich nett hier. Aber ... wo sollen wir uns denn hinsetzen?«

»Das haben wir gleich!« Jan begann eifrig, das brusthohe Gras plattzuwalzen, so dass nun eine freie Fläche entstand, auf der er die Decke ausbreiten konnte.

»Hier kann uns sicher niemand sehen!« Begeistert machte er sich nun daran, den Inhalt unseres Korbes auszupacken.

Ich setzte mich ein wenig unbehaglich auf die Decke. Ich fand es hier unheimlich. Überall um uns herum knisterte und knackte es, wer wusste schon, welche monströsen Insekten da im hohen Gras ihr Unwesen trieben? Womöglich riesige Spinnen und Schlangen?

Ich schauderte.

»Hier, trink erst einmal einen Schluck Schampus, der beruhigt die Nerven.« Jan füllte mein Glas bis an den Rand, und ich trank es in einem Zug leer.

»Haach, so habe ich mir das immer vorgestellt, Melda. Nichts außer dir, mir und Mutter Natur. Kann es etwas Schöneres geben?«

»Nein.« Ich lächelte schwach und beäugte misstrauisch die langen Halme hinter Jan.

Hatte ich da nicht etwas gesehen?

Jans Wangen und Lippen waren rot, und die Sonne brachte sein weizenblondes Haar zum Strahlen. Mein Herz schmolz dahin. Er war ja sooo süß!

Wir aßen ein bisschen, und Jan schenkte mir immer wieder nach. Ich merkte, wie meine innere Anspannung allmählich von mir abfiel. Schließlich küsste er mich, und ich fand mich im Nu in der Horizontalen wieder.

Zärtlich öffnete er die Knöpfe meines Sommerkleides und zog mich aus, bis ich nichts mehr am Leib hatte als die wärmenden Strahlen der Sonne, genau wie er.

»Du bist so schön«, flüsterte er mir ins Ohr.

Am anderen Ohr kitzelte mich etwas. Sicher nur ein Grashalm, einfach nicht weiter beachten. Ich schloss meine Augen fest und ignorierte es. Das Kitzeln wanderte plötzlich von meinem Ohr auf meine Brust, und zwar mit beachtlichem Tempo. Ich öffnete vorsichtig ein Auge. Jan knabberte indessen an der Innenseite meines Oberschenkels herum.

Ich kreischte laut auf und begann, wild um mich zu schlagen. Unglücklicherweise traf ich Jan dabei mit meinem Knie in sein Gesicht, so dass auch er laut aufschrie.

»Melda, was ist denn passiert?«, stöhnte er schmerzerfüllt.

»D… da war eine riesige Spinne, Jan! Das war bestimmt eine Tarantel, ehrlich, sie war sooo groß!« Ich zeigte ihm die Größe mit meiner Hand.

»Unsinn! In unseren Breitengraden gibt es keine Taranteln. Oh, was ist denn das?«

Nun hatte auch er sie bemerkt.

»So eine Spinne habe ich tatsächlich noch nie gesehen.« Fasziniert legte er sich auf den Boden, während ich beinahe auf seine Schultern gesprungen wäre.

»Lass uns bitte gehen. Wer weiß, wie viele von denen es hier noch gibt!«, flehte ich.

Jan seufzte. »Vermutlich hast du Recht. Sicher ist es eine bedrohte Art, da sollten wir nicht in ihr Revier einfallen und sie versehentlich töten.«

Mir war alles recht, solange wir nur gingen.

Jans Miene hellte sich wieder auf, als er alles zusammengepackt hatte.

»Weißt du was? Ich kenne noch einen tollen, romantischen Ort, er ist nur einen Katzensprung von hier entfernt.«

»Ich weiß nicht …« Ich konnte nicht behaupten, dass sich die Spinne positiv auf meine Libido ausgewirkt hatte.

»Och bitte«, schmollte Jan.

»Na gut«, seufzte ich ergeben, und so wanderten wir ein Stück weiter, bis wir schließlich mitten in einem Maisfeld standen.

»Was denn, hier?« Entgeistert sah ich ihm zu, wie er uns wieder eine kleine Lichtung schuf, indem er die Halme plättete und unsere Decke erneut ausbreitete.

»Ja, komm schon.« Er wirkte ein wenig überhitzt und ungeduldig. Besser, wenn ich nicht mit ihm stritt.

Ich packte die Erdbeeren aus, und wir tranken wieder Champagner.

Endlich entspannten wir uns wieder.

Jan tauchte den Finger in das Marmeladentöpfchen und schmierte mir ein wenig auf die nackte Brust. Dann leckte er sie wieder ab.

»Hmmm!«, stöhnte ich genussvoll.

»Gefällt dir das?« Er strich mir ein wenig mehr Marmelade auf die andere Brust.

»Zzsss!«

Ich richtete mich erschrocken auf.

»Was war das, Jan?«

»Ach, das war nur eine Biene, sie ist schon wieder weg.« Jan fuhr fort, mich mit Marmelade einzuschmieren, um sie dann genüsslich wieder mit seiner Zunge zu entfernen. Normalerweise hätte mir das sicher gefallen, aber als das »Zzsss!« verstärkt um uns herumschwirrte, hielt selbst Jan inne.

»Scheiße, das sind ja Hornissen!«, schrie er und warf sein T-Shirt auf mich, das bei all der Marmelade, die mittlerweile auf meinem Oberkörper klebte, prompt hängen blieb.

»Zieh dir schnell etwas über!«, rief er mir zu, während ich hektisch versuchte, mir sein T-Shirt und mein Kleid zugleich überzuziehen.

Die Hornissen hatten einander in rekordverdächtiger Schnelle benachrichtigt. Plötzlich waren es sieben oder acht, die meine klebrige Brust umschwirrten, obwohl ich sie schon bedeckt hatte. Hornissen waren verdammt groß, stellte ich panisch fest.

Jan schnappte sich die Decke, den Picknickkorb und mein Handgelenk, dann rannte er los.

»Meine Sandalen sind noch da drüben!«, rief ich empört.

»Lass sie, wir müssen dir erst das klebrige Zeug abwaschen, sonst werden sie dich stechen. Da scheint irgendwo ein Hornissennest zu sein!«

Jan zog mich unbarmherzig weiter.

Das »Zzzssss!« verfolgte uns.

»Das scheint eine ganze Hornissenfamilie zu sein, die uns da nachfliegt!«, keuchte ich.

Jan sagte nichts, sondern erhöhte unser Tempo.

Ich rannte mit meinen nackten Füßen über Dornen, Gräser und Steine. Wenigstens waren wir zu schnell, als dass sich irgendwelche Zecken auf mir niederlassen konnten. Ich schwitzte und merkte, wie die Marmelade zäh an mir in meinen Slip hinabglitt. Widerlich!

In diesem Moment waren wir an einem Bach angelangt.

Die Hornissen waren uns noch immer gefährlich nahe auf den Fersen.

»Schnell, wir müssen da reinspringen!« Jan hatte Decke und Korb abgesetzt und machte Anstalten, mich ins Wasser zu werfen.

»Aber du weißt doch gar nicht, ob das Wasser sauber ist! Was ist, wenn da Abwässer hineingeleitet werden?«

Er beachtete meinen Einwand nicht weiter, sondern schubste erst mich hinein und sprang dann selbst mit einem Satz ins eisige Wasser.

Als wir wieder auftauchten, kreisten noch ein paar einzelne Hornissen um den Korb herum. Dann schien ihnen dies zu langweilig zu werden, und sie beschlossen, heimzufliegen.

»K... können wir jjjj...etzt rraaus?« Meine Zähne schlugen vor Kälte aneinander.

»Ist noch Marmelade an dir dran?« Jan musterte mich prüfend.

»Ich ddd...denke nn...nicht.«

»Okay, dann können wir raus.«

Er half mir, das schlammige Ufer zu erklimmen. Wir gingen am Rande des Baches entlang, bis wir endlich ein sonnenwarmes Fleckchen Erde entdeckten.

»Mmm…mir ist kk…kalt«, schlotterte ich.

Jan nickte und breitete die Decke auf dem Boden aus. Dann zogen wir uns aus und breiteten unsere Sachen auf den Büschen um uns herum zum Trocknen aus.

Eine Weile lagen wir atemlos und klamm vor Kälte nebeneinander.

Dann küsste Jan die Innenseite meines Armes.

»Bist du wahnsinnig? Nach alledem willst du noch immer hier draußen mit mir schlafen?« Ungläubig riss ich meinen Arm weg.

»Ach Melda, wenn wir es jetzt nicht tun, dann war alles umsonst. Und unsere Kleider müssen erst trocknen, wir sitzen hier also mindestens noch eine Stunde fest. Die können wir doch nutzen, oder?«

Ich fand es unfassbar, wie pragmatisch Jan sein konnte.

»Ich habe aber keine Lust mehr!«

»Du siehst einfach umwerfend aus, wenn du nass und wütend bist!«

»Hau ab!«

»Melda, mein kleiner Sonnenschein, meine Süße. BITTE!«

Jan kniete vor mir und sah mich flehend an.

Wie er da so mit nacktem Hintern im Gras kniete und seine himmelblauen Augen mit einer entwaffnenden Offenheit in meine blickten, konnte ich ihm einfach nicht mehr böse sein.

»Na schön«, gab ich widerstrebend nach.

»Du wirst es nicht bereuen, ehrlich! Hier, trink den letzten Schluck Champagner, der wird dich aufwärmen.«

»Danke.« Ich glaube, ich hatte die ganze Flasche Veuve Cliquot allein getrunken, während Jan meinen Nacken und meinen Rücken küsste.

»Jan?«

»Hm?«

»Weißt du, ich habe ja keine Angst vor Ameisen.«

»Das ist gut. Wenigstens ein Insekt, vor dem du dich nicht fürchtest«, lobte er mich, während er sich bis an meine Pobacken hinunterarbeitete.

»Aber ich frage mich, ob es dir nichts ausmacht, dass du mit dem linken Fuß in einem Ameisenhaufen stehst«, fuhr ich fort.

Jan erhob sich plötzlich.

»Was?«

»Dein linker Fuß ist voller Ameisen und – Junge, Junge, sie laufen ziemlich schnell an deiner Wade zu deinem Pe... äh ... du weißt schon, wohin.«

Jan war mit einem Satz am Bach und wieder im Wasser.

Als er patschnass wieder zu mir kam, blickte er grimmig drein.

»Pack deine Sachen. Wir gehen«, murmelte er kurz angebunden.

Und so wanderte ich Jan barfuß zwei Stunden lang hinterher, bis wir uns endlich wieder auf dem Trampelpfad befanden, an dessen Ende sein Wagen stand.

Es wurde allmählich dunkel.

Meine Schritte wurden immer zögerlicher. Nicht, weil es mich störte, barfuß und ohne Unterwäsche in einem nassen Kleid hinter meinem Freund über einen Trampelpfad durch die freie Wildbahn zu rennen, sondern weil ich fühlte, dass Jan enttäuscht war.

Schließlich kamen wir am Auto an und Jan öffnete mir die Tür. Ich sah ihn lange an, dann warf ich die Decke, die ich mir um die Schultern gelegt hatte, in den Wagen und knöpfte mein Kleid auf.

»Was tust du da?« Überrascht und unsicher sah er sich um.

Ich antwortete nicht, sondern ließ mein weißes Sommerkleid an meinen Schultern hinabgleiten, so dass ich nun nackt vor ihm stand.

Ich küsste ihn und zog ihn zu Boden.

»Melda?«, fragte er danach.

»Hm?«

»Ich liebe dich.«

Meine Eltern glaubten, dass ich an diesem Wochenende meinen Chef auf einer Geschäftsreise begleitete. Ich hatte ihnen erzählt, dass ich erst Sonntagabend wieder daheim sein würde. Seit ich mich mit Ali verlobt hatte, ließen sie mich weitestgehend in Ruhe, und ich war dafür dankbar.

Ali hingegen war ein Problem für sie. Wann immer er mich abholte, benahm er sich einfach widerlich, wie ich mit Genugtuung feststellte.

Natürlich vermied ich es, mit ihm Kontakt zu haben, wenn es irgendwie möglich war. Aber um den Schein zu wahren, mussten wir uns zumindest einmal die Woche treffen.

Ali hatte sich nämlich in einen Orang-Utan mit dem IQ einer Banane verwandelt. Pelins Voodoo schien voll zu wirken. Neulich waren wir, meine Eltern und ich, bei seinen Eltern zum Essen eingeladen. Er hat mich die ganze Zeit angepöbelt, wenn er nicht gerade mit den Händen vom Teller aß. Ich glaube, seine Eltern waren noch schockierter als meine.

Mein einziger Trost war, dass Papa sich zu mir herüberbeugte und mir zuflüsterte: »Du musst ihn wirklich nicht heiraten, weißt du.«

Allmählich begannen sie, ihr eigenes Urteil infrage zu stellen, und das geschah ihnen ganz recht.

Da ich mich also offiziell auf einer Geschäftsreise befand, konnte ich heute bei Jan übernachten.

Wir zogen unsere Kleider aus und badeten gemütlich zusammen in seiner überdimensionalen Wanne.

»Melda, ich habe nachgedacht«, sagte Jan, während

er meinen Rücken mit einem weichen Schwamm bearbeitete.

»Worüber denn?«, fragte ich arglos.

»Na, über uns natürlich. Ich bin inzwischen alt genug, um zu wissen, dass ich für eine ernsthafte Beziehung mit dir bereit bin.«

Oh, das klang wirklich so, als ob er es auch meinte.

Ich drehte mich ihm zu und legte meine Arme um seinen Hals.

»Was willst du mir damit sagen?«

»Ich wünsche mir, dass wir zusammenziehen.« In seinen Augen spiegelte sich Aufrichtigkeit.

Ich drehte ihm wieder den Rücken zu und seufzte.

»So einfach ist das nicht, Jan.«

»Warum nicht? Was ist daran so schwierig?«

Ich seufzte erneut. »Das ist für dich schwer zu verstehen, ich weiß. Aber meine Eltern sind nun einmal sehr ...«, ich suchte nach den richtigen Worten, »... konservativ. Erstens würden sie nie zulassen, dass ich einen Deutschen heirate. Und zweitens käme es nie in Frage, dass ich mit einem Mann zusammenlebe, bevor wir verheiratet sind.«

»Und wie stellst du dir dann unsere Zukunft vor?« Er klang verzweifelt. »Wie können wir je einen Weg finden, uns und deine Eltern zufrieden zu stellen?«

»Jan, können wir nicht einfach ein wenig Geduld haben und abwarten?«

»Nein, nein, das können wir nicht.«

Ich setzte mich kerzengerade auf. »Aber vielleicht ergibt sich ja mit der Zeit eine Lösung, die für alle Beteiligten zufriedenstellend ist.« Ich konnte Jan unmöglich von Ali erzählen.

»Mag sein, aber so lange will ich nicht warten«, erwiderte er hartnäckig.

»Was soll ich denn deiner Meinung nach tun?«

»Warum kannst du nicht einfach mit deinen Eltern sprechen und ihnen alles erklären?«

»Sie würden es nicht verstehen. Sie würden mir ja nicht einmal die Chance geben, ihnen alles zu erklären.«

Jan schwieg für einen Moment.

»Hast du es denn versucht?«

»Wie meinst du das?«

»Hast du je ernsthaft versucht, ihnen klarzumachen, dass du dich in einen Deutschen verliebt und deinen eigenen Weg gewählt hast?«

»Klar, was denkst du denn?«, log ich.

»Wirklich? Und wie haben sie reagiert?« Interessiert kratzte er sich am Kinn.

»Sie, äh ... sie ...«

»Gib es schon zu, du hast es nicht einmal andeutungsweise versucht, stimmt's? Und welche Lüge hast du ihnen aufgetischt, damit du dieses Wochenende bei mir bleiben kannst?« Ich merkte, wie Jan allmählich wütend wurde.

»Eine Geschäftsreise nach Berlin«, gab ich kleinlaut zu.

»Soso, eine Geschäftsreise.«

Wir schwiegen beide, und die Freude am Bad war mir nun vergangen. Am liebsten wäre ich aus der Wanne gestiegen.

»Melda, so kann das doch nicht weitergehen. Kannst du denn nicht verstehen, dass wir einen Weg finden müssen, zusammenzukommen? Dass unsere gemeinsame Zukunft wichtiger ist als die Wünsche deiner Eltern? Notfalls müssen wir uns eben über ihre Köpfe hinwegsetzen.«

»Das kann ich nicht! Ich bin doch ihr einziges Kind! Wir würden nie wieder miteinander sprechen, und das würde ihnen und auch mir das Herz brechen!« Meine Stimme zitterte.

»Aber wir können unser Leben doch nicht so gestalten, wie sie es wollen. Du kannst dich doch nicht dein Leben lang von ihnen herumkommandieren lassen.« Er klang versöhnlich.

»Wer sagt denn, dass ich das tue? Vielleicht habe ich ja schon etwas unternommen, nicht wahr? Vielleicht will ich die Sache einfach nur auf meine Weise klären!« Hitzig patschte ich ins Wasser.

»So, wie denn?«

»Äh ... das ist noch geheim.«

Jan verdrehte entnervt die Augen. Dann nahm er mein Gesicht in seine Hände und blickte mich scharf an.

»Weißt du, was ich denke, mein Schatz? Ich denke, du hast nichts in diese Richtung unternommen. Ich denke, es ist vielleicht an der Zeit, dass ich mit deinen Eltern spreche.«

»Was?« Entgeistert riss ich mich los und war mit einem Satz aus der Wanne. »Das kann doch wohl nicht dein Ernst sein!«

»Doch, warum nicht?« Auch Jan stand in aller Seelenruhe auf und reichte mir ein Handtuch.

»Manchmal bringt es mehr, wenn ein Dritter vermittelt.«

»Ja, aber doch nicht du!«

Ich war außer mir. Meine Mutter würde sich in einem Meer aus Tränen auflösen, und Papa würde einen Tobsuchtsanfall erleiden und *mindestens* einen Herzinfarkt bekommen. Nicht auszudenken, was sonst noch alles geschehen konnte!

»Ich habe meine Entscheidung bereits gefällt. Wärst du so nett, mir das Handtuch zu reichen?«

»Nein, nein, so nett bin ich nicht! Du wirst alles verderben! Bitte, bitte, versprich mir, dass du nichts in dieser Richtung unternimmst, ja?«, flehte ich.

Jan beachtete mich nicht weiter, sondern stieg aus der Wanne und verließ kommentarlos das Bad. Männer! Sie konnten zu den denkbar unpassendsten Momenten stur sein. Es war einfach unfassbar!

Ich lief hinter ihm her. »Jan, bitte, tu es nicht, wenn ich dir irgendetwas bedeute.«

Er betrachtete mich lange und sagte nichts.

Erst als mir Tränen der Verzweiflung in die Augen stiegen, nahm er mich in die Arme und hielt mich ganz fest.

»Ich will doch nur mit dir zusammen sein«, flüsterte er in meine nassen Haare.

»Das will ich doch auch«, wisperte ich zurück.

Die ganze Situation war ja auch so schon vertrackt genug, denn Alis Mutter hatte mich neulich angerufen.

»Habt ihr denn schon ein Datum festgelegt?«, hatte sie sich freundlich erkundigt.

Nein, natürlich hatten wir das noch nicht. Ich war meistens damit beschäftigt, Alis Hände davon abzuhalten, sich unter meinen Rock oder meine Bluse zu verirren, oder ihn daran zu hindern, mich zu küssen. Da er glaubte, ich sei noch Jungfrau und völlig unerfahren und schüchtern, tolerierte er mein Verhalten, wenn auch schimpfend.

»Deine Eltern und ich haben uns überlegt, dass der dreiundzwanzigste Dezember passend wäre«, fuhr sie fort.

»Aber ... das ist doch nur ein Tag vor Heiligabend«, murmelte ich. Und außerdem bedeutete es, dass mir nur noch zwei knappe Monate blieben, um meine Eltern davon zu überzeugen, dass weder Ali noch ein anderer Türke als Ehemann in Frage kamen.

»Nun ja, wir sind keine Christen, nicht wahr? Der dreiundzwanzigste ist ein Samstag, und am vierundzwanzigsten haben die meisten von uns frei, das bietet sich doch an. Wir sollten uns also schnellstmöglich um die Einladungen und dein Kleid kümmern.«

»Wir?«, fragte ich verständnislos.

»Selbstverständlich. Deine Eltern und ich werden bei der Auswahl natürlich zugegen sein und Ayshe auch, ganz, wie es sich gehört.«

Du lieber Himmel! Ich würde mir also weder mein Kleid noch die Einladungen allein aussuchen dürfen. Das konnte ja heiter werden. »Ruhig Blut!«, sprach ich mir selbst Mut zu. »Es wird nie zu einer wirklichen Hochzeit kommen. Was macht es da denn schon aus, dass sich jeder einmischt?«

»Okay«, gab ich mich geschlagen.

»Schön, dann werden wir also alle am kommenden Mittwoch zu euch kommen und die weiteren Einzelheiten besprechen. Deine Eltern sind natürlich auch schon informiert.«

Es war kaum zu fassen! Halime Tütün und meine Mutter hatten alles schon vorab geplant. Meine Güte, ich fühlte mich wie eine Achtjährige, die ständig jemand an der Hand hielt, damit sie nur ja nicht verloren ging.

Die taten so, als wäre ich bloß eine Statistin bei meiner Hochzeit und nicht die Hauptperson! Ich war fassungslos.

Ich musste mich beruhigen.

»Was hast du denn erwartet?«, spottete Pelin, als ich mich ihr anvertraute. »Das ist doch bei fast jeder türkischen Hochzeit hier so. Und es wird nicht besser werden.«

»Ich weiß, ich weiß, aber ich habe insgeheim doch gehofft, dass ...«

»Dass was? Hör mal, du wirst den Typen ohnehin nicht heiraten, reg dich also ab, ja?«

»Kannst du denn am Mittwoch bitte auch kommen?«

Pelin lächelte. »Klar, kein Problem, das würde ich mir ja auch nur ungern entgehen lassen.«

Unser kleines Wohnzimmer war zum Bersten voll.

Da saßen Ali, sein Vater Atalay, seine Mutter Halime, meine Eltern Fatma und Osman, Ayshe und eine Anzahl schnatternder Frauen, Alis Tanten, die man mir zwar vorgestellt hatte, deren Namen ich aber nicht behalten konnte.

Pelin und ich standen im Türrahmen. Sie wirkte amüsiert, während ich unbehaglich von einem Bein aufs andere trat.

»Das mit deinem Ali haben wir doch gut hinbekommen, oder?«, raunte sie mir hinter vorgehaltener Hand zu.

Ali sah unmöglich aus. Er hatte eine schwarze Hose und ein rotes Netzhemd an, das seine schmale, bleiche Brust durchscheinen ließ. Sein Haar war lang und ungekämmt, und er war unrasiert und kratzte sich ständig am Hintern.

»Ja, sieht ganz so aus«, antwortete ich.

»Wir haben uns heute hier versammelt, um die Hochzeit unserer Kinder Ali und Melda zu planen«, tönte Papas Stimme feierlich durch den Raum. Mir fiel auf, dass er immer wieder einen unbehaglichen Blick auf seinen Schwiegersohn in spe warf, der sich am Po kratzte.

»Gut so!«, freute ich mich.

In diesem Moment klingelte es an der Tür.

»Noch jemand? Wo sollen wir die Leute denn alle unterbringen?«, stöhnte ich.

Pelin klopfte mir auf die Schulter. »Ich gehe schon.«

Nach wenigen Minuten war sie wieder da. Sie wirkte blass.

»Melda, du solltest besser einmal zur Tür kommen.«

Energisch zog sie mich mit und öffnete.

Ich glaubte, mich träfe ein Blitz, als ich einen mir nur allzu vertrauten Blondschopf vor der Tür stehen sah.

»Jan!«, rief ich entsetzt.

»Hallo Schatz!« Er küsste mich auf die Wange und wollte eintreten, doch ich schob ihn hinaus und trat mit ihm vor die Tür.

»Was tust du hier?«

»Ich bin gekommen, um mich einmal deinen Eltern vorzustellen«, erklärte er ruhig.

»Aber …«

»Melda?«, ertönte da die Stimme meiner Mutter in der Tür.

Wie festgefroren stand ich zwischen ihr und Jan und sah hilflos zu, wie Mama überrascht »Oh, wer ist denn das?« fragte.

»Mama, das ist …«

»Guten Abend, Frau Moran. Mein Name ist Jan Pfennig«, stellte er sich freundlich vor und schüttelte ihr die Hand.

9. Die gute Partie

»Das ... ist ...«, stotterte ich.

»Das ist Herr Dr. Pfennig, Tante Fatma, unser Chef«, kam Pelin mir zu Hilfe.

Jan musterte uns kühl, sagte aber nichts.

»Oh, wie schön, dass wir endlich einmal einen von Meldas Kollegen kennen lernen! Wissen Sie, bisher haben wir außer unserer Pelin nämlich noch niemanden getroffen.« Mama zwinkerte Jan verschwörerisch zu.

Aus dem Wohnzimmer ertönte lautes Stimmengewirr.

»Ich komme wohl gerade ungelegen?«, erkundigte Jan sich höflich.

»Aber nein, wir besprechen nur gerade Alis und Meldas ...«

»Ach, Mama, warum gehst du nicht zu unseren Gästen zurück? Sie vermissen dich sicher schon«, unterbrach ich sie schnell.

»Warum denn? Ich denke, du solltest zurückgehen. Immerhin reden sie da drinnen über deine Ho...«

»Jan, ich meine, Herr Dr. Pfennig, vielleicht besprechen wir die Angelegenheit einfach morgen im Büro?«, wandte ich mich an ihn.

»Ach was, Melda, begrüßen wir etwa so einen Gast? Herr Pfennig, kommen Sie doch herein und trinken Sie einen Tee mit uns«, lud meine Mutter ihn ein.

»Das ist sehr freundlich, vielen Dank.« Jan folgte meiner Mutter ins Haus.

»Was will der denn hier?«, zischte Pelin mit entsetzter Miene.

»Er hat neulich so etwas angedeutet, dass er sich mit meinen Eltern unterhalten möchte, über uns.«

»Nein!«

Ich nickte verzweifelt. »Sieht ganz so aus, als hätte ich ihn nicht davon überzeugen können, dass das keine gute Idee ist.«

Pelin und ich folgten meiner Mutter und Jan.

»Alle mal herhören!«, rief Mama fröhlich in die illustre Gesellschaft hinein. »Das hier ist Meldas und Pelins Chef, Herr Pfennig.«

»Melda, hol doch bitte einen Stuhl und ein Glas Tee und etwas *börek* für deinen Chef, ja?«

Ich nickte ergeben und setzte mich dann auf den freien Platz neben Jan.

Da alle bis auf ihn sich hier auf Türkisch unterhielten und sehr vertieft in die Frage waren, ob sechshundert Gäste eine angemessene Anzahl für unsere Hochzeitsgesellschaft seien oder nicht, bemerkte kaum jemand, wie ich mich zu Jan hinüberbeugte und ihm zufauchte: »Was tust du hier?«

»Ich werde auf den passenden Moment warten und mich dann deinen Eltern vorstellen.« Jan biss in aller Seelenruhe in sein *börek*.

»Hm, schmeckt toll, kannst du das eigentlich auch machen?«, kaute er.

»Das ist aber gerade sehr ungünstig. Die Besprechung hier kann noch eine Ewigkeit dauern. Besser, du kommst ein andermal wieder.«

»Tatsächlich? Ich kann warten. Bekomme ich noch einen Tee?« Grinsend hielt er mir sein leer getrunkenes Glas ins Gesicht.

Erbost sprang ich auf. Doch Mamas tadelnder Blick zwang mich zur Beherrschung. Ich stampfte in die Küche und schenkte ihm ein frisches Glas Tee ein.

»Ich muss schon sagen, deine Mutter ist eine außerordentlich nette Frau«, sinnierte Jan, als ich mich wieder neben ihn setzte.

»Jan, bitte, du musst gehen«, flehte ich.

»Warum? Zufällig habe ich heute Abend gar nichts anderes vor.«

»Aber … du hast mir gar keine Zeit gelassen, sie auf deinen Besuch vorzubereiten. Mein Vater hat ein sehr schwaches Herz, weißt du. Da kannst du nicht so einfach mit der Tür ins Haus fallen!«

»So? Wenn du willst, kannst du ja beginnen, und ich fange dann an, wenn du mit deiner Rede fertig bist. Das wird ja wohl reichen.« Jan verputzte sein letztes Stück *börek*.

»Worum geht es in dieser Besprechung denn?« Er deutete auf meine Schwiegereltern in spe und meine eigenen Eltern, die gerade in einen hitzigen Disput vertieft waren.

»Das äh … also das ist schwer zu übersetzen, weißt du.«

»Versuch es einfach.« Er lehnte sich behaglich zurück.

»Nun ja, es geht, es geht um eine … Feier, ja, es geht um eine Familienfeier.« Ich schwitzte und bemerkte aus dem Augenwinkel, wie Pelin uns gespannt beobachtete.

»Aha. Und was ist der Anlass?«

»Anlass?«

»Ja, Melda, warum planen deine Eltern eine Feier? Hat jemand einen runden Geburtstag zu feiern oder eine Hochzeit oder so etwas?«

»Ja, genau!« Ich schwitzte unvorstellbar.

»Was denn nun? Eine Hochzeit oder einen Geburtstag?« Jan wurde allmählich ein wenig ungeduldig.

»Eine … eine Hochzeit.« Vor Nervosität verhaspelte ich mich.

»Und wer ist das glückliche Brautpaar?«

»Brautpaar? Die sind … also … die sind … irgendwie nicht hier.«

Ich warf Pelin einen hilfesuchenden Blick zu. »Es ist eine türkische Sitte, dass die Feier nur von den Eltern der Brautleute geplant wird«, meinte sie nervös.

»Das verstehe ich nicht!« Jan schüttelte missbilligend den Kopf. »Ich dachte immer, dass die Brautleute die Hauptsache sind, bei einer Hochzeit. Was ist, wenn sie sich alles anders vorstellen, als die Eltern es für sie planen?«

»Das kommt natürlich vor.«

Pelin sah mich nun ihrerseits flehend an.

»Weißt du, man nimmt eben, was man kriegen kann!« Ich lächelte nervös.

»Also, das wäre nichts für uns beide, nicht wahr, Melda?«

Uns? Sprachen wir da etwa gerade über eine andere Hochzeit als die von Ali und mir oder halluzinierte ich etwa?

»Was willst du damit sagen?« Nervös klemmte ich mir eine Haarsträhne hinters Ohr.

»Angenommen, wir würden heiraten, du und ich. Ich würde mir dann vor allem wünschen, dass die Hochzeit so verläuft, dass es für uns beide ein unvergesslicher Tag wird. Ich würde versuchen, dir alle deine Wünsche für diesen Tag zu erfüllen, damit du eine glückliche Braut wärst.«

»Wirklich?« Ich war gerührt. Er war eben ein toller Mann!

»Hey, du, Milchgesicht!«

Jan beugte sich zu mir. »Meint der mich?«

»Ja, ich meine dich, du Weißwurst!«

»Ali!«, mahnte sein Vater.

»Halt die Klappe, Alter, wenn der sich an meine Kleine ranmacht, dann bekommt er einen Satz heiße Ohren«, grölte Ali unfreundlich.

»Was meint er damit, Melda?« Jan saß stocksteif auf seinem Stuhl.

»Jan, das ist also … das ist schon ein wenig kompliziert, weißt du, äh …«

»Herr Pfennig, bitte entschuldigen Sie Alis Verhalten. *Damat bey*, du setzt dich auf der Stelle wieder hin und hältst den Mund, verstanden?«, wies Papa Ali zurecht.

Jan drehte sich mir langsam zu. Seine Augen waren zwei Dolche.

»*Damat bey*?« Seine Stimme war vollkommen ruhig, aber er hatte seine Hände zu Fäusten geballt.

»Ja, Ali und Melda werden bald heiraten. Ali ist nämlich Ingenieur«, erläuterte Alis Mutter stolz, als würde die Tatsache, dass ihr innig geliebter Sohn Ingenieur war, eine Hochzeit mit mir rechtfertigen.

»Ach, tatsächlich?« Niemand außer mir bemerkte die Kälte, die in Jans Stimme mitschwang. »Dann darf man den beiden ja wohl gratulieren, nicht wahr?«

»Jetzt weißt du Bescheid, du Penner.« Ali drohte ihm mit der Faust.

»Ja, jetzt weiß ich Bescheid.« Jan lachte bitter. »Ich habe ja nicht gewusst, dass Sie verlobt sind. Ich denke, ich werde Sie dann nicht weiter stören. Besser, ich gehe.«

»Jan, bitte …«

»Ich finde die Tür schon allein, Melda, keine Sorge.«

Er stand auf. »Ich wünsche Ihnen allen einen guten Abend.«

Ich lief hinter ihm her.

»Jan, es ist nicht so, wie du denkst, ehrlich, bitte, lass es mich dir erklären.«

Doch er sah sich nicht einmal um. Als er ging, fiel die Tür mit einem leisen Klicken ins Schloss.

Ich hielt nur mühsam meine Tränen zurück. Dann lief ich ins Wohnzimmer zurück.

»Wie konntest du nur?«, brüllte ich Ali wütend an.

»Hey, Zuckerschnecke, wenn sich jemand an meinem Besitz vergreift, dann poliere ich ihm die Fresse.«

»Du … du bist einfach widerlich!«, schrie ich. Dabei hatte ich völlig vergessen, dass er so war, weil ich es so gewollt hatte.

»Na, na!« Ali tätschelte mir den Hintern, und ich verpasste ihm eine schallende Ohrfeige.

»Ich bin nicht dein Besitz, kapiert? Ich gehöre überhaupt niemandem! Ich entscheide selbst, was ich tue und mit wem ich spreche, ist das klar?«

»Nur bis zur Hochzeit, danach werde ich dir sicher bessere Manieren beibringen.« Ali grinste und leckte sich lüstern die Lippen.

»*Damat bey*, es reicht! Du wirst überhaupt niemandem Manieren beibringen. Wenn überhaupt, dann solltest du bei dir selbst beginnen, hast du mich verstanden? Und du wirst *meine* Tochter nicht noch einmal unsittlich berühren.«

Papa baute sich drohend vor Ali auf.

Der schwieg, sein widerliches Grinsen haftete noch immer in seinem Gesicht.

»Ich hasse dich, Ali Tütün, damit das klar ist!« Ich knallte die Wohnzimmertür hinter mir zu und lief in die Küche und weinte.

Pelin versuchte mich zu trösten. Mama kam. Wie immer versuchte sie zu vermitteln.

»Melda-Schatz, Ali hat es doch nicht böse gemeint.«

»Nein, Fatma, lass sie. Melda, willst du ihn denn wirklich noch immer heiraten?« Papa legte einen Arm um mich. »Es ist noch nicht zu spät, weißt du. Wir können alles leicht absagen, und niemand würde es dir verdenken, ich am allerwenigsten.«

»Papa, willst du denn, dass ich Ali heirate?«

»Er … hat einen respektablen Beruf. Wenn seine Manieren auch zu wünschen übrig lassen, so ist er doch noch eine gute Partie.«

Das hörte sich eher so an, als würde mein Vater versuchen, sich selbst von der Richtigkeit seines Urteils zu überzeugen.

»Dann willst du also noch immer, dass ich ihn heirate?«, schniefte ich.

Er sagte nichts und ich auch nicht.

Schließlich verließ er die Küche wieder, und ich lief heulend in mein Zimmer, das ich bis zum nächsten Morgen nicht mehr verließ.

»Jan, du musst es mich erklären lassen, bitte.«

Meine Augen waren rot und verquollen, und ich fühlte mich so mies wie nie zuvor.

»Was gibt es da zu erklären? Du machst mir etwas vor und bist zur gleichen Zeit mit einem Typen verlobt, der spricht, als hätte er zu viele Gangster-Rapper-Filme gesehen. Du hast mich belogen und mein Vertrauen missbraucht. Da gibt es nichts mehr zu erklären.« Er schien vollkommen ruhig.

»Doch, Jan, denn ich habe mich nur wegen dir mit Ali verlobt, wirklich. Ich will nur mit dir zusammen sein.«

Er lachte bitter. »Willst du mich auf den Arm nehmen? Wenn ich mit einer anderen Frau verlobt gewesen wäre, während ich dir vorgegaukelt hätte, dass ich in dich verliebt bin, dann bin ich mir sicher, dass du mir keinen Funken Verständnis entgegenbringen würdest.«

»Ich weiß, und natürlich hast du Recht. Aber bitte, hör mir kurz zu, nur fünf Minuten.« Meine Augen hatten sich erneut mit Tränen gefüllt.

»Also gut.« Er lehnte sich abwartend gegen seinen Schreibtisch.

Und so erzählte ich ihm von Pelins und meinem Plan, meine Eltern zur Einsicht zu bringen, dass nicht die Nationalität eines Schwiegersohnes, sondern sein Charakter ausschlaggebend sein sollte. Und dass wir ein wenig Voodoo benutzt hatten, um meinen Eltern auf die Sprünge zu helfen. Auf diese Weise sollten sie merken, dass selbst ihre Idealvorstellung von einem türkischen Schwiegersohn falsch war und dass ein Deutscher, wie Jan, ein geeigneterer Partner für mich war als jeder andere Türke. Und das bisschen Voodoo sollte die ganze Sache schneller ins Rollen bringen und Ali alle Eigenschaften verleihen, die meine Eltern furchtbar fanden.

»Voodoo, also.« Jan schüttelte ungläubig den Kopf. »Ihr zwei tickt doch nicht mehr ganz richtig.«

»Aber es scheint zu wirken. Siehst du, seit wir ihn verzaubert haben, hat er sich in ein echtes Ekel verwandelt. Sogar meinen Eltern ist das aufgefallen!«

»Ja, aber anscheinend hat das nicht gereicht, sie zu tieferen Einsichten zu bewegen, oder?«

»Noch nicht, aber ich bin sicher, dass sie bald ihren Fehler bemerken werden.«

Jan verschränkte die Arme vor der Brust. »Ach ja? Und was ist, wenn du bis dahin mit diesem Scheusal schon verheiratet bist?«

»So weit wird es sicher nicht kommen. Bitte, Jan, gib uns doch noch ein bisschen Zeit. Ich habe das alles nur getan, weil ich dich wirklich liebe!«

»Ich liebe dich auch, und genau aus diesem Grund werde ich nicht tatenlos dastehen und zusehen, wie du dich an diesen Vollidioten verschenkst und dabei auch noch hoffst, dass dein Vater dich aufhält.«

Wir schwiegen.

»Jan, bitte. Ich bin mir sicher, dass alles genau so klappen wird, wie wir es uns gedacht haben. Wir müssen nur ein wenig Geduld haben.«

»Ich kann solche Spielchen nicht leiden. Warum hast du ihnen nicht einfach gesagt, dass du mich liebst und dass du niemals einen Türken heiraten wirst, den sie für dich aussuchen?«

»Das hätte keinen Sinn gehabt. Sie müssen ihre eigenen Erfahrungen machen, sonst werden sie mir mein Leben lang meine Fehler vorhalten.«

»Aber sie hätten mich sicher gemocht, wenn du ihnen nur die Chance gegeben hättest, mich kennen zu lernen.«

Ich trat näher an ihn heran.

»Ich bin mir sicher, dass sie dich lieben würden. Aber das wäre in ihren Augen noch lange kein Grund, dich zu ihrem Schwiegersohn zu machen, verstehst du?«

»Sie haben den Deutschen gegenüber also Vorurteile?« Ungläubigkeit spiegelte sich in seinem Gesicht.

»Ja, so könnte man es wohl nennen.«

»Das ist doch nicht zu fassen! Deine Eltern sind doch hier die Ausländer! Und ich habe nicht einen Moment lang irgendein Vorurteil dir oder deinen Eltern gegenüber gehabt! Mir ist ja nicht einmal ansatzweise der Gedanke gekommen, dass ich von deinen Eltern diskriminiert werden könnte!«

»Also findest du nicht, dass du ein wenig übertreibst?«

»Nein!« Wütend durchquerte er den Raum. »Deine Eltern und diese ganzen anderen Leute, die da gestern bei euch waren, sie haben doch alle Vorurteile den Deutschen gegenüber, nicht wahr? Wie würde es dir denn bitte gefallen, mit einem Türken wie Ali in dieselbe Kategorie gesteckt zu werden?«

»Das ist doch etwas vollkommen anderes«, versuchte ich ihn zu beruhigen.

»Das ist es nicht! Ich frage mich nur, warum? Warum haben sie Vorurteile uns gegenüber und leben doch hier, in Deutschland?«

Ich zuckte die Schultern.

»Das ist eine lange Geschichte. Willst du sie wirklich hören?«

Er nickte ernst. »Ja, ich bitte darum! Irgendwie muss ich das Ganze doch verstehen, nicht wahr?«

Ich setzte mich auf die Kante seines Schreibtisches.

»Als mein Großvater in den Sechzigern als Gastarbeiter nach Deutschland kam, hat man ihn und seine Familie in Baracken untergebracht, die … gewöhnungsbedürftig waren. Man hat ihn von seiner Frau und seiner Tochter getrennt und er musste mit dreißig anderen Männern in einer

Art Halle schlafen, meiner Mutter und meiner Großmutter erging es nicht anders. Alle wurden zum Arbeiten in Fabriken an Fließbänder gestellt. Meine Mutter war erst vierzehn, aber sie hatten ihre Ausweise gefälscht, so dass sie mit den Erwachsenen arbeiten musste. Um fünf Uhr früh schrillte eine Sirene, und ohne Frühstück mussten sie sich auf den Weg in die Fabriken machen, bei Schnee und in der Dunkelheit liefen manche zwei Stunden zu Fuß zur Arbeit. Sie verstanden kein Deutsch, und niemand wollte es ihnen beibringen. Für Unterricht hatten sie weder Zeit noch Geld, und so verständigten sie sich mit Händen und Füßen und wurden von den Deutschen oft verspottet.

Meine Mutter hat mir oft erzählt, dass sie nachts weinend eingeschlafen ist, weil ihr der Rücken von der schweren Arbeit weh tat oder weil sie es als demütigend empfand, wenn jemand sie auf Deutsch ansprach und dann wütend wurde, weil sie nichts verstand.

Nach einem Jahr hatte die Familie schließlich genug Geld gespart, um eine Wohnung zu mieten und meine Mutter zur Schule zu schicken. Doch das war schwieriger, als sie glaubten, denn in den guten Wohngegenden wollte man ihnen keine Wohnung vermieten, weil sie Ausländer waren. ›Das hier ist eine anständige Gegend.‹ Weißt du, wie oft meine Mutter diesen Satz mit angehört hat?«, fragte ich leise und fuhr fort: »Viel zu oft. ›Das ist eine anständige Gegend‹ bedeutete, dass man sie nicht wollte, weil sie anders waren. Und so mieteten sie eine Wohnung im selben Ghetto, in dem auch die italienischen, griechischen und polnischen Gastarbeiter lebten. Eine wirklich kriminelle Gegend, in der man als Mädchen besser nicht allein auf die Straße ging. Und hier musste meine Mutter aufwachsen und mein Vater auch, weil man sie in den ›anständigen Gegenden‹ nicht haben wollte.

Und weil sie in diesem Ghetto lebten, in dem kaum jemand Deutsch sprach, lernten sie nur mit Mühe Deutsch. Aber sie strengten sich an und schafften es, nicht auf die schiefe Bahn zu gelangen wie so viele andere. Sie erarbeiteten sich eine bessere Zukunft und ein besseres Heim, damit ihre Kinder – damit ich es einmal besser haben würde als sie. Sie vergaßen nie die Demütigungen, die sie in ihrer eigenen Kindheit mit ansahen und erlebten.«

»Aber heute ist doch alles anders. Die meisten Menschen sind den Türken gegenüber doch aufgeschlossen.«

Ich schüttelte den Kopf. »Das mag sein, Jan. Meine Eltern sind keine islamistischen Fanatiker, aber sie können ihre Erinnerungen, die sie so sehr geprägt haben, einfach nicht vergessen, das ist alles.«

»Trotzdem.« Ich spürte, wie Jans Kälte mir gegenüber allmählich dahinschmolz.

»Sie haben sich immer sehr bemüht, sich zu integrieren. Wusstest du, dass mein Vater einmal Schuhplattler getanzt hat?«

Jan lachte überrascht auf. »Schuhplattler?«

»Ja, er wollte gerne einen typisch deutschen Volkstanz lernen, deshalb. Und wir feiern jedes Jahr Weihnachten unter einem scheußlichen giftgrünen Plastikbaum«, schloss ich, während Jan herzlich lachte.

»Sie haben immer getan, was sie konnten, um sich und mich anzupassen, aber sie werden immer glauben, dass ein Türke mich besser behandeln wird, weil sie in der Vergangenheit von den Deutschen oft nicht gut behandelt wurden. Inzwischen hat sich natürlich vieles geändert. Sie brauchen nur einen Schubs, um zu verstehen, dass ein Deutscher wie du der bessere Mann sein kann«, fuhr ich fort.

Ich strich sanft über seinen Arm und küsste ihn sachte. Er zog mich an sich und erwiderte meinen Kuss.

»Das mit deinen Eltern ist wirklich eine traurige Geschichte.«

»Eigentlich sind beide Optimisten und ziehen es vor, alles von der positiven Seite zu betrachten. Nur, was das Heiraten angeht, da haben sie Probleme.«

Jan kratzte sich am Hinterkopf. »Ist denn euer ganzer Plan diesem …«

»Ali?«

Er nickte. »Ja, ist das alles Ali gegenüber nicht ziemlich unfair?«

Ich überlegte kurz. »Na ja, ein wenig schon. Aber er wird darüber hinwegkommen. Ich denke, dass er zu sehr unter der Fuchtel seiner Eltern steht und dass er lernen sollte, sein Leben selbst in die Hand zu nehmen. Er sollte sich in eine nette Frau verlieben und sie nur aus diesem Grund heiraten und nicht, weil er findet, dass die Frau, die ihm seine Eltern oder eine Kupplerin vorschlagen, eine geeignete Wahl ist, weil sie einen guten Ruf hat. Er wird an der ganzen Sache wachsen, denke ich.«

»Glaubst du wirklich, dass dein Plan funktioniert?« Zweifelnd strich er sich mit der Hand übers Kinn.

»Ja, ganz bestimmt.«

»Ich will nur, dass du weißt, dass ich diesem Plan nicht zustimme, klar?«

»Klar!«

Jan lachte erneut. »Schuhplattler?«

10. Die Import-Braut

»Du bist ein Traum in Weiß, Mädchen!«, flötete Ayshe begeistert.

Das war eine glatte Lüge! Ich sah aus wie eine überdimensionale Sahnetorte. »Das sieht doch total bescheuert aus.« Ich drehte mich zweifelnd vor dem Spiegel des türkischen Brautgeschäftes hin und her.

Das Hochzeitskleid war über und über mit goldenen Perlen und Fäden bestickt. Das allein hätte schon gereicht, mich zum Würgen zu bringen. Viel schlimmer aber war die Tatsache, dass es Puffärmel und eine zehn Meter lange Schleppe hatte. Ich wusste gar nicht, dass man solche Kleider überhaupt noch herstellte!

Meine Schwiegermutter in spe, Halime, betrachtete mich kritisch.

»Das ist zu weit ausgeschnitten.«

Das war ja klar, dass sie so etwas sagen würde! Ihr Kopftuch war so fest um ihr Haar gebunden, dass ihre fahlen Wangen seitlich schlapp herabhingen. Sie trug einen strengen, dunklen Mantel und wirkte wie eine übel gelaunte Nonne. Ich bemerkte, dass auch meine Mutter und Pelin sie abschätzend musterten.

»Findest du, Halime, ja? Ich bin eher der Ansicht, dass es zu bieder ist«, meinte Mama leichthin und hielt mir ein anderes Kleid vor die Nase.

»Hier, Schatz, das solltest du anprobieren.«

Dieses Kleid war tatsächlich das vollkommene Gegenteil zu dem, das ich trug, aber das merkte ich erst, als ich es anhatte. Es war knalleng, und das Dekolleté reichte mir fast bis zu meinem Bauchnabel. Der Stoff war außerdem beinahe durchsichtig.

»Das ist ja …« Halime war sprachlos.

»Sehr sexy!«, lobte Mama.

»Nein, das ist skandalös! Sie wird uns vor aller Welt lächerlich machen, wenn sie es tatsächlich anzieht!«

Mama zwinkerte mir zu. Natürlich war es ihr nicht ernst mit dem Kleid, sie hatte sich nur einen Spaß erlaubt, aber das konnte Alis Mutter nicht wissen.

»Das hier finde ich wirklich hübsch.« Pelin erschien mit einem leichten Seidenkleid. Auch ohne es anprobiert zu haben, konnte ich sehen, dass es ein erlesenes Kleid war und ganz meinem Geschmack entsprach. Ich zog es über und die Seide glitt liebkosend über meinen Körper und schmiegte sich vertraulich an meine Brüste und meinen Po. Auf dem Rücken waren zwei dicke Träger gekreuzt, und das war alles, was das Kleid an Zierrat zu bieten hatte. Es floss schmeichelnd um meine Taille und fiel in weichen, verspielten Wellen hinab auf den Boden.

»Es ist atemberaubend!«, stellte Pelin fest, die mit in der Umkleidekabine stand.

»Schscht, leise!«, mahnte ich sie.

»Warum denn?«

»Pelin, das Kleid würde ich anziehen, wenn ich wirklich die Absicht hätte, den Mann, den ich liebe, zu heiraten. Aber diese Hochzeit hier wird gar nicht stattfinden, es geht nur darum, ein Alibi-Kleid zu finden, der Form halber, damit meine Eltern uns die Geschichte mit der Hochzeit abkaufen.«

»Es ist aber wirklich einmalig schön.« Widerwillig strich Pelin über den feinen Stoff.

»Ja, aber wie gesagt, es ist das falsche Kleid für den falschen Mann. Komm, hilf mir dabei, es wieder auszuziehen.« Auch ich trennte mich nur ungern von dem Kleid. Ich stellte mir Jan vor, wie er an meiner Seite stehen würde, wenn ich dieses Kleid trug, in einem schmucken Anzug und strahlend vor Glück.

»Melda, bist du taub?« Alis Mutter Halime riss unwirsch

den Vorhang auf, hinter dem ich in Unterwäsche auf ein neues Kleid zum Anprobieren wartete.

»Oh, du hast ja kaum etwas an. Gut so, dann lass dich mal betrachten, Kind.«

Ehe ich mich's versah, hatte sie sich zu uns in die Kabine gedrängt und drehte mich hin und her.

»Wunderbar!« Du hast wirklich ein gutes Becken, es ist schön breit, du wirst uns gesunde Enkelkinder schenken!« Sie haute mir kräftig auf den Hintern und verließ die Kabine wieder.

»Was war denn das?«, fragte ich die kichernde Pelin entgeistert.

»Hat nur noch gefehlt, dass sie sich deine Zähne ansieht!«, lachte sie.

»Ich finde das ganz und gar nicht komisch!« Ich verzog das Gesicht. »Man kommt sich wie ein Pferd vor.«

Pelin nickte noch immer lachend. »Mach dir nichts daraus, Süße, du wirst sie ja nicht wirklich zur Schwiegermutter haben.«

»Dein Wort in Gottes Ohr«, knurrte ich.

»Nein, Ayshe, ich bin ganz und gar nicht deiner Ansicht, tut mir leid«, ertönte Mamas Stimme gedämpft.

»Was ist denn da draußen los?« Ich zog gerade meinen Pulli wieder an, während Pelin den Vorhang ein wenig zur Seite schob.

»Oh, oh, das sieht gar nicht gut aus«, stellte sie nüchtern fest. »Besser, du beeilst dich, Melda.«

Ich stolperte aus der Kabine, während das Wortgefecht zwischen meiner Mutter und der Kupplerin immer heftiger wurde.

»Es gibt Dinge, die dich nichts angehen, liebe Ayshe. Wie ich meine Tochter erziehe, ist allein meine Angelegenheit, verstanden?«

Ayshe, die heute ein orangefarbenes Nylonkleid trug, das farblich zu ihrer Frisur passte und sich grell von ihrem pinkfarbenen Lippenstift und dem blauen Lidschatten abhob, wurde knallrot.

»Fatma, als künftige Gattin eines Ingenieurs hat Melda eine gewisse Verantwortung zu tragen. Ich finde es einfach unpassend, dass sie arbeitet. Sie sollte zu Hause bleiben und sich darauf vorbereiten, eine gute Ehefrau und Mutter zu werden, das ist alles. Stattdessen geht sie arbeiten, obwohl sie es gar nicht mehr nötig haben wird. Und dass sie sich am helllichten Tag mit Sekt betrinkt wie neulich, ist ja wohl ein eindeutiges Zeichen dafür, dass deine Tochter unausgelastet und mit ihrem Leben unzufrieden ist.«

»Melda hat einen ausgezeichneten Beruf, und ich bin stolz auf sie, damit das klar ist!«, brüllte Mama aufgebracht. »Sieh dich doch nur einmal selbst an, Ayshe. Du bist frustriert und völlig abhängig von der Rente deines Mannes. Weißt du was? Ich denke, du bist nur neidisch auf meine schöne, intelligente, unabhängige Tochter.«

»Pah! Wenn ich das schon höre! Ich opfere mich für meinen Mann auf, jawohl! Wie es sich für eine treu sorgende türkische Ehefrau gehört! Wo würden denn unsere Traditionen hinkommen, wenn alle Frauen sich wie Melda aufführten und nur noch ans Geldverdienen denken würden?«

»Vielleicht ist es ja an der Zeit, dass wir unsere Ansichten einmal entstauben und unseren Töchtern vertrauen. Vielleicht sollten wir darauf bestehen, dass sie arbeiten und selbst Geld verdienen oder dass sie sich ihre Ehemänner allein aussuchen, vielleicht würden sie die bessere Wahl treffen, wenn sie nicht von aufdringlichen, klatschsüchtigen Kupplerinnen wie dir belästigt würden!«

»Fatma!« Meine Schwiegermutter in spe war sprachlos. »Ich dachte immer, du wärst ebenso auf Traditionen bedacht wie wir. Nur aus diesem Grund haben wir einer arrangierten Heirat zwischen Melda und Ali überhaupt zugestimmt!«

»Und bist du dir wirklich sicher, dass dies das Beste für unsere Kinder ist, Halime?«

»Aber natürlich!« Alis Mutter war bestürzt.

»Ja, Fatma, ich muss sagen, dass auch ich hier aus allen Wolken falle. Es ist wirklich kein Wunder, dass Melda so missraten ist, bei dem schlechten Beispiel, mit dem du vorangehst.«

»Ayshe, halt die Klappe, zum Donnerwetter, und scher dich fort.« Mama winkte angeekelt ab.

»Aber, aber ...« Ayshes Doppel-D-Busen bebte frustriert.

»Ich meine es ernst. Verschwinde und lass dich bloß nicht wieder in unserem Haus oder in der Nähe meiner Familie blicken, verstanden?«

Donnerlittchen! So hatte ich meine Mutter wirklich nie zuvor erlebt. Bisher war sie immer darauf bedacht gewesen, dass Papa und vor allem ich die türkischen Traditionen achteten. Aber andererseits ... hatte sie nicht auch darauf bestanden, dass ich gute Noten heimbrachte und einen vernünftigen Beruf erlernte? Dass ich arbeitete und nicht sofort heiratete wie so viele andere türkische Mädchen, die die Schule beendet hatten?

Ich erkannte in diesem Moment, dass meine Mutter in sich selbst gespalten war. Einerseits schien ihr das traditionelle Leben eine gewisse Sicherheit zu bieten, vergleichbar mit einem Rahmen, der ein Bild fest und sicher umschloss, aber andererseits hatte sie sich dagegen aufgelehnt, den Rahmen gebrochen, indem sie mich zu einer frei denkenden Persönlichkeit erzogen hatte. Im Grunde war ich so, wie sie selbst gerne gewesen wäre!

Ayshe japste noch ein paar Mal nach Luft wie ein fetter Lachs auf dem Trockenen und schwabbelte zutiefst beleidigt von dannen.

»Aber Fatma, was sollte das?« Halime schwitzte vor lauter Anspannung. Ihre fahlen Wangen waren übersät von roten, hektischen Flecken, und sie rieb sich fortwährend die Hände.

»Nun, Halime, ich weiß nicht, wie es mit dir steht, aber ich werde mir nie wieder von einer kupplerischen Klugscheißerin sagen lassen, was gut für mich oder meine Tochter ist. Ich hoffe, du nimmst das nicht persönlich.«

Mama klatschte sichtlich ungerührt in die Hände. »Was guckt ihr Mädchen denn so? Was ist denn jetzt mit dem Kleid?«

Erst jetzt bemerkte ich, dass Pelin und ich meine Mutter mit offenem Mund angestarrt hatten.

»Das ... äh ... war nicht das Richtige.«

»Ich hätte da ohnehin einen anderen Vorschlag«, meldete sich Halime zu Wort.

Wir schauten sie fragend an.

»Nun, in meiner Familie ist es Sitte, dass die Töchter immer das Hochzeitskleid der Mutter tragen. Leider habe ich ja keine eigene Tochter. Aber mein Hochzeitskleid ist noch immer in einem tadellosen Zustand. Und zufällig ...«, sie drehte sich eifrig um und zog eine Aldi-Tüte hervor, »... habe ich es auch gerade dabei.«

Gebannt sahen wir drei zu, wie die Wangen von Alis Mutter sich noch heftiger röteten, während sie ein völlig zerknittertes Ungetüm aus Tüll und Schleifen aus der Tüte hervorzog.

»Das ist wirklich ...«, begann Mama zwischen Lachen und Weinen.

»... phantastisch!«, beendete ich ihren Satz. Pelin und sie sahen mich an, als würde ich nicht mehr richtig ticken.

»Es gefällt dir?« Das Schwiegermonster war ganz in ihrem Element.

»Ich werde es auf jeden Fall tragen«, wich ich einer Antwort aus.

»Großartig!«

Meine Mutter schüttelte nur den Kopf, sagte aber glücklicherweise nichts.

»Dann wäre die Kleiderfrage ja geklärt. Ich sollte jetzt lieber gehen, *anneanne* muss zum Arzt.« Pelin winkte uns zum Abschied.

»Ist es etwas Ernstes?«, erkundigte meine Mutter sich besorgt.

»Nein, keine Sorge. Sie weigert sich nur, eine Gehhilfe zu benutzen, obwohl sie entsetzliche Schmerzen in den Knien hat. Immer, wenn wir ihr so etwas vorschlagen, antwortet sie uns nur schnippisch: ›Ich bin doch keine Oma!‹«

Mama und ich lachten. Das war wirklich typisch für die robuste alte Frau. Wahrscheinlich war sie genau aus diesem Grund noch geistig und körperlich so fit.

»So, dann sollten wir uns auch beeilen und das Geschirr für deine Aussteuer aussuchen.« Mama wandte sich zum Gehen.

»Aber Fatma, ich bitte dich! Wenn Melda mir schon die große Freude macht, mein Kleid zu tragen, dann bestehe ich selbstverständlich darauf, das Porzellan zu bezahlen.«

»Das ist sehr nett.« Mama war von Halimes ungewöhnlicher Großzügigkeit überrascht, da sie ansonsten als übermäßig sparsam, um nicht zu sagen geizig, bekannt war.

»Ist das denn wirklich nötig?«, maulte ich, während wir den Brautladen verließen.

»Wenn wir dir schon kein Kleid kaufen dürfen, dann wenigstens ein Porzellanservice, das ist das Mindeste.«

Halime überschlug sich förmlich vor Heiterkeit.

Ich stellte mir natürlich ein schickes Service von Villeroy und Boch oder Hutschenreuther vor, das mit den Zitronen hatte mir ja immer sehr gut gefallen.

»Ich rufe nur noch unsere Männer an, denn Ali würde sicher gerne dabei sein.«

Ich stöhnte innerlich. Ali nervte mich in letzter Zeit immer mehr. Neulich hatte er mir einen Zungenkuss aufgedrängt, igitt, wenn ich daran dachte, wurde mir noch immer speiübel.

Er hatte erstens Mundgeruch, und ich war fest davon überzeugt, dass das daher kam, dass er sich tage-, wenn nicht sogar wochenlang die Zähne nicht mehr geputzt hatte. Auch mit der Körperhygiene schien er es nicht mehr allzu ernst zu nehmen. Und zweitens hätte er mich beinahe vergewaltigt, wenn ich ihm nicht einen deftigen Kinnhaken verpasst hätte. Und am schlimmsten war die Art, wie er sprach. In jeden Satz pflanzte er ein »ey«, »lan« oder beides.

Seine Freunde begrüßte er mit »Was willstu lan? Ey alles klar!« Da die meisten seiner Freunde Türken von der Uni oder aus der Firma waren und sich eher gewählt ausdrückten, erregte Alis Straßentürkischdeutsch ziemlich viel Aufmerksamkeit. Ich hoffte, dass die Leute Ali dies später vergeben würden, wenn wir den ganzen Spuk hinter uns hätten. Ich gebe ja zu, er tat mir auch ein wenig leid.

Vor dem Haupteingang eines bekannten Kaufhauses in der Innenstadt erwarteten uns schon Papa, Ali und sein Vater Atalay. Papa und Atalay standen ein wenig abseits von Ali, der sich ständig am Kopf kratzte. Oh Gott, ich wusste, dass das früher oder später passieren würde. Der Kerl hatte Läuse!

»Hallo, Liebes!« Papa wirkte äußerst erleichtert, als er uns sah. »Wart ihr bei Aldi?«

»Nein, das ist Meldas Brautkleid, mein Lieber.«

Papa hob fragend eine Braue, sagte aber nichts weiter.

»Nun, wenn meine Prinzessin damit glücklich wird …« Er hauchte einen Kuss auf meine Wange.

Wir machten Anstalten, das Kaufhaus zu betreten, als Halime rief: »Wo wollt ihr denn hin?«

»In die Porzellanabteilung, wohin denn sonst?« Verdutzt drehte meine Mutter sich um.

»Aber Fatma, sei doch nicht dumm! Hier verkaufen sie doch alles viel zu teuer. Nur weil unter den Tassen bekannte

Namen stehen, zahlt man hier ein Vermögen. Und das Kaufhaus schlägt noch einmal so viel Gewinn für sich selbst auf den Preis. Nein, es wäre unsinnig, hier etwas einzukaufen. Kommt, ich weiß, wo wir dasselbe Porzellan günstiger bekommen.«

Ohne uns auch nur die Chance auf eine Antwort zu geben, drehte Halime sich auf ihren vernünftigen, flachen Absätzen um und ging voraus.

Da wir ja keine Verschwender waren, so sagte sie unterwegs, könnten wir die zehn Kilometerchen in die türkische Einkaufsstraße ja auch zu Fuß zurücklegen. Außerdem war Bewegung ja *so* gesund, und wir Morans bewegten uns ohnehin zu wenig, das sei ihr schon bei unserer ersten Begegnung aufgefallen. Ich hätte Halime am liebsten geohrfeigt, aber die Vorstellung, mit einem verlausten Ali hinten im Auto und bei womöglich geschlossenen Fenstern sitzen zu müssen, war noch schlimmer, als mich auf meinen Stiefeletten mit den dünnen Sohlen bei Minusgraden durch die Menschenmassen der Innenstadt zu kämpfen.

Als wir an Halimes Ziel ankamen, waren wir allesamt durchgefroren. Ich zitterte vor Kälte in meinem dünnen Trenchcoat, und Mamas Nase hatte sich gerötet.

»Da sind wir!«, strahlte Halime.

Ich warf einen Blick auf das Schaufenster. Der Laden war klein, dunkel und muffig und eine Mischung zwischen Supermarkt und Gerümpelverkauf.

»Mohammeds Import-Export« stand quer auf dem Schaufenster.

Grundgütiger Gott, was hatte ich mir da nur eingebrockt?

Und Ali versuchte ständig, mit mir Händchen zu halten. Seine Finger waren klebrig, und ich mochte mir beim besten Willen nicht vorstellen, warum. Aber ich wagte nicht, meine Hand fortzureißen, sonst würden meine Eltern Lunte riechen.

»Ihr wollt doch nicht etwa hier die Aussteuer für mein einziges Kind kaufen, oder?« Papa weigerte sich, den Laden zu betreten.

»Osman, komm, lass uns doch wenigstens einen Blick in den Laden werfen«, versuchte meine Mutter ihn zu beruhigen.

»Fatma, das kannst du nicht ernst meinen! Das ist nicht ganz das, was wir uns für Melda erträumt haben, nicht wahr?«

Mama hakte ihn unter und flüsterte ihm unter den bösen Blicken meiner potentiellen Schwiegereltern etwas ins Ohr, so dass er uns schließlich brummend in das rauchige Dämmmerdunkel des Geschäftes folgte.

Es roch nach vertrockneten Gewürzen, modrigen Teppichen und feuchten Kartons.

»Ah! Halime! Wie schön! Und das sind also deine Schwiegertochter und ihre Eltern, ja?« Ein dicker, freundlicher Mann, der eine schmutzige, ehemals weiße Schürze umgebunden hatte, kam auf uns zu und küsste meiner Mutter und Halime die Hand.

»Wie ich neulich schon erwähnt habe, Mohammed, sind wir nun hier, um die Aussteuer für meinen Sohn und meine Schwiegertochter zu kaufen«, erklärte sie huldvoll.

»Ja, gewiss, gewiss, meine Liebe. Kommt doch mit in den hinteren Teil des Ladens und lasst uns einen Tee trinken, während ihr euch umseht.« Mohammed lief voraus und nickte einer jungen Frau in einem geblümten Kopftuch zu.

»Hatice, bring uns bitte Tee.«

»Das ist also die Ehefrau deines Sohnes, die, die aus der Türkei kommt, ja?« Halime sah ihr neugierig nach und beugte sich vertraulich zu Mohammed und wisperte ihm ins Ohr: »Also, um ehrlich zu sein, ich denke ja, dass importierte Ehefrauen die besseren sind. Sie sind gehorsam und können sich nicht draußen herumtreiben wie die Mädchen, die hier aufwachsen.« Sie lachte blechern. »Nun ja, sie sprechen ja auch nur Türkisch und könnten sich ohnehin nicht verständigen, nicht wahr? Ich finde das äußerst praktisch! Und wenn unser Ali hier keine geeignete Ehefrau gefunden hätte, dann hätten wir seine Cousine dritten Grades aus der Türkei mit ihm verheiratet. Immerhin wissen wir, dass sie mit Sicherheit aus einer guten Familie stammt. Aua!« Halime rieb sich ihre Zehen.

»Oh, das tut mir leid, meine Liebe, bin ich dir versehentlich auf den Fuß getreten? Wie bedauerlich!« Mamas Miene war undurchdringlich, als Halime sie bitterböse musterte.

»So, dies ist der Teil meines Geschäftes, in dem ich Dinge für die Aussteuer verkaufe. Seht euch ruhig schon einmal um, ich bin gleich wieder da.« Ächzend schob Mohammed sich an uns vorbei.

»So, ich denke, das hier ist doch nett.« Halime wies auf einen Karton blaues Porzellan mit goldenem Rand und vergoldeten Henkeln.

»Ich hatte da an etwas Schlichteres gedacht«, wandte ich zaghaft ein.

»Ach was! Die Leute sollen nicht sagen, dass die Frau von Ali Tütün zu arm ist, um sich ein schickes Geschirr leisten zu können. Das ist das Teuerste hier, also nehmen wir es. Was sagst du dazu, mein Sohn?« Halime sah sich beifallheischend nach Ali um, der in einer Ecke des Ladens stand.

»Ali, ist alles in Ordnung mit dir?« Sein Vater wirkte besorgt.

Etwas schien tatsächlich nicht mit ihm zu stimmen.

Ali hatte die Schultern herabgezogen und zitterte. Dabei funkelten seine Augen böse, und er knurrte vernehmlich.

»Ali?« Seine Mutter trat an ihn heran. Das Knurren wurde stärker.

»Melda, vielleicht sollten wir ihm ein Glas Wasser oder so etwas holen. Wärst du so nett?«, bat sein Vater mich.

»Natürlich.« Mir war Alis Verhalten wirklich unheimlich.

Nun legte er den Kopf in den Nacken und jaulte. Irgendwie war da etwas nicht in Ordnung!

Als ich mit einem Glas Wasser und der Import-Braut, die ein Tablett mit Teegläsern vor sich hertrug, wieder bei Ali war, schien sich sein Zustand verschlechtert zu haben. Seine fettigen Haare standen ihm zu Berge, und er war leichenblass. Das Knurren war lauter geworden, und er hechelte ein wenig, als bekäme er nicht genug Luft.

»Atalay, verzeih, wenn ich das nun frage, aber gibt es in eurer Familie Geisteskrankheiten?« Papa wandte sich skeptisch an Alis Vater.

»Was erlaubst du dir! Nur, weil es meinem Sohn gerade schlecht geht, ist das noch lange kein Grund, ihn zu einem Verrückten abzustempeln! Das ist eine bodenlose Unverschämtheit!«

»Du musst zugeben, dass es in eurer Familie üblich ist, untereinander zu heiraten, und Inzest kann ja auch Wahnsinn verursachen, das ist ja wohl jedem hier bekannt, nicht wahr? Und ist deine Frau Halime nicht auch eine Kusine vierten Grades von dir?«

»Das muss ich mir nicht bieten lassen!« Breitbeinig und mit geballten Fäusten baute Atalay sich vor meinem Vater auf.

»Fatma, so bring deinen Mann doch bitte zur Vernunft! Was sollen denn die Leute denken!« Alis Mutter Halime war außer sich.

»Wie bitte? Soweit es mich angeht, ist Osman der einzig vernünftige Mann hier. Die Verrückten sind ja wohl eher dein Fachgebiet, Halime«, spottete meine Mutter.

»Du bist auch nicht besser als dein Mann!«

Meine Mutter holte gerade zu einer kräftigen Ohrfeige aus, als Ali laut bellte.

Mama hielt mitten im Schlag inne. »Was war das?«

Ali bellte erneut und umkreiste mich dann hechelnd.

»Ali, wenn das ein Spiel sein soll, dann muss ich dir sagen, dass es wirklich nicht lustig ist. Du machst hier allen Angst, also sei bitte so gut und hör auf damit, okay?« Mir war das wirklich unheimlich.

Doch Ali legte fragend den Kopf schief und hockte sich vor mich hin. Warum um alles in der Welt tat er so, als wäre er ein Hund?

»Äh ... mach schön Platz, ja, so ist's brav.« Ich tätschelte ihm unsicher den Kopf, und Ali bellte glücklich. Hilfesuchend sah ich meine Eltern an.

»Halime, das geht nun eindeutig zu weit. Ihr habt uns verschwiegen, dass Ali geistesgestört ist!«

»Das ist er überhaupt nicht!«

»Tee?« Die Import-Braut hielt uns das Tablett entgegen.

In diesem Moment sprang Ali auf und stieß ihr das Tablett aus der Hand. Die junge Braut war so erschrocken, dass sie stolperte und in den Karton mit dem blauen Porzellan fiel, das berstend zerbrach.

Ali hechelte begeistert und sprang hinter dem Tablett her, das auf einem Haufen Kristallgläser gelandet war.

»Nein, Ali nicht, mein Sohn, was tust du, d...«

Doch es war zu spät. Das Kristall klirrte, schepperte unter seinem Gewicht und zerbarst in Millionstel kleine Teilchen.

»Komm sofort da raus, Ali, als dein Vater befehle ich es dir!«, schrie Atalay.

Ali sprang aus den Kristallscherben heraus und warf sich seinem Vater in die Arme, der auf den Sprung seines Sohnes nicht vorbereitet war und hintenüber in ein Glasregal fiel, das mit Glasschalen und einer Unmenge kitschiger Nippes-Figürchen gefüllt war.

Das Regal wankte einen Moment, bevor es mit einem lauten Krachen umfiel, mitten auf den Haufen mit den Kristallscherben.

Halime war den Tränen nahe. »Ali, mein Sohn, was ist nur mit dir passiert? Junge, bitte sprich mit deiner Mama!«

»Melda, Fatma, wir gehen.« Kurz angebunden wandte Papa sich dem Ausgang zu.

»Aber Osman!« Alis Vater versuchte verzweifelt, uns zurückzuhalten.

»Atalay, wir sprechen uns später.«

Mein Schwiegervater in spe nickte beklommen.

Während der gesamten zehn Kilometer, die wir bis zum Wagen zurücklegten, sprach niemand von uns ein Wort. Meine Eltern wirkten bedrückt und traurig, was mich wunderte.

Ich fand, dass wir allen Grund zur Freude hatten. Endlich waren wir Ayshe und Ali los! Und seine nervigen Eltern obendrein! Herrlich!

»Melda, sobald wir daheim sind, werde ich ein paar Freunde in der Türkei anrufen. Vielleicht sollten wir dir einen Ehemann von dort suchen.«

»Osman, nein!« Mama legte ihm entsetzt die Hand auf den Arm.

»Wir haben doch gar keine andere Wahl mehr, Fatma, kannst du das denn nicht sehen? Die beste Partie hier in der ganzen Gegend war Ali, und der scheint verrückt zu sein. Ich wünschte, es wäre anders, aber die Tatsachen sprechen für sich.«

»Papa, ich werde keinen Mann heiraten, den ihr mir vor die Nase setzt, damit das klar ist!«, warf ich hitzig ein.

»Doch, das wirst du«, entgegnete er gelassen.

»Nein, auf gar keinen Fall! Ich heirate, wen *ich* will, und damit basta!«

»Dann hast du leider nur die Wahl zwischen Ali und dem Mann, den wir für dich aussuchen.«

»Das ist ja mal wieder echt toll! Hauptsache, du kannst deinen alten Dickschädel durchsetzen, alles andere ist dir vollkommen egal! Du wirst niemals klüger werden!«

»Melda, so wirst du nicht mit deinem Vater sprechen, *so* nicht!«, warf Mama scharf ein.

»Du, du bist eigentlich klüger, aber dir fehlt der Mut, aus dir herauszugehen und dich gegen Papa zu stellen! Du weißt, dass diese ganze Heiraterei unsinnig ist, und dennoch bestehst du darauf, obwohl du vorhin selbst gesagt hast, dass Kupplerinnen wie Ayshe überflüssig sind und dass junge Frauen wie ich sich ihre Männer selbst aussuchen sollten. Nur wenn Papa in deiner Nähe ist, ziehst du den Schwanz ein und kuschst!«

»Melda! Sei jetzt ruhig!«

»Den Teufel werde ich sein! Und wisst ihr was, wenn ich die Wahl zwischen einem Übel habe, das ich kenne, und einem, das ich nicht kenne, dann wähle ich das mir bekannte Übel!«

»Was soll denn das nun wieder heißen?« Papa war so rot im Gesicht, dass er schon beinahe violett war.

»Ich werde Ali heiraten, kapiert?«

»Auch wenn er geisteskrank ist?«

»Besser als irgend so einen Dorftrottel zu ehelichen, den ihr mir aus irgendeinem Teil Anatoliens anschleppt! So oder so werde ich nicht glücklich, also kann es euch doch egal sein!«

Die Stille im Auto war beinahe greifbar.

Mein Handy klingelte in die gespenstische Ruhe hinein.

»Was ist denn?«, herrschte ich Pelin unfreundlich an.

»Melda, ich weiß wirklich nicht, wie ich es dir sagen soll. Alis Voodoo-Puppe ist verschwunden!«

11. Die Farbe Lila

»Das kann doch einfach nicht wahr sein!«, stöhnte ich. Pelin und ich hatten das gesamte Haus durchkämmt, vom Dachboden bis in den Keller hatten wir jeden Winkel vergeblich durchsucht.

Von Alis Wachspuppe fehlte leider noch immer jede Spur.

Pelin setzte sich ratlos im Schneidersitz auf ihr Bett.

»Was ist, wenn wir die Puppe nicht finden?«, fragte ich.

Sie zuckte die Schultern. »Dann können wir den Zauber nie wieder rückgängig machen, und Ali bleibt so, wie er jetzt ist.«

»Mist!«

»Ja, das kann man laut sagen.«

»Shirin!« Pelins Mutter rief nach dem Hund. »Komm her, hier ist ein Leckerchen für dich.«

Ich konnte hören, wie Shirins Pfötchen eifrig die Treppe hinunterliefen. Dann hörte ich sie von draußen bellen.

Mir schoss ein Gedanke durch den Kopf. »Pelin?«

Sie gähnte. »Hm?«

»Warum ist Shirin draußen?«

»Oh, sie vergräbt sicher wieder etwas, einen Knochen oder so.«

Sie hielt mitten im Gähnen inne und starrte mich an. Anscheinend dachten wir beide dasselbe.

Pelin sprang auf. »Komm mit, ich weiß, wo die Puppe sein könnte.« Wir zogen unsere Jacken an und schlichen uns hinaus.

»Nanu, wo geht ihr zwei denn hin?« Pelins Mutter stand in der Terrassentür.

»Shirin hat etwas versteckt, was mir gehört. Wir wollen mal sehen, ob wir es vielleicht im Garten finden«, erklärte Pelin.

»Seid ihr sicher, dass ihr nicht bis morgen warten wollt?« Ihre Mutter deutete nach draußen. »Es dämmert schon, und wenn es erst richtig dunkel ist, werdet ihr nur schwer etwas erkennen können. Außerdem ist es da draußen lausig kalt!« Fröstelnd zog sie ihre Strickjacke enger um sich.

»Wir können es zumindest versuchen, Tante Aylin.«

»Na dann viel Glück!«

Wir traten hinaus. Es war kalt und grau, ein typisches Novemberwetter eben. Außer der kleinen Rasenfläche war kaum mehr etwas grün in dem Garten.

»Kannst du sie sehen?«, fragte ich, während ich nach Shirin Ausschau hielt.

Pelin blickte sich um. Hinter einem dichten Busch ertönte ein aufgeregtes Kläffen.

»Da, sie ist dort drüben!«

Wir pirschten uns an den Busch heran.

»Da gehe ich nicht rein.« Ich konnte mich noch lebhaft an das Picknick mit Jan erinnern.

»Da sind bestimmt Zecken oder so drin. Ich habe gehört, dass die sich *überall* festsetzen.«

»Das ist dein Hund, also gehst du. Und außerdem gibt es zu dieser Jahreszeit keine Zecken mehr.« Ich schob sie ungeduldig vor.

»Nein! Das ist deine Puppe, wenn du unbedingt willst, kannst du dich ja in den Busch stürzen!« Pelin gab mir einen kleinen Schubs.

Eine Weile standen wir regungslos vor dem Busch.

»Also gut, dann gehen wir eben beide«, gab ich schließlich nach.

Pelin nickte. Wir pirschten uns an den Busch heran und Pelin schob die dichten Zweige hoch, während ich hineinlugte.

»Kannst du schon etwas sehen?« Ächzend stemmte sie ihre Füße in die feuchte Erde.

»Nein, ich werde versuchen, darunterzukriechen. Aber dafür müsstest du die Äste noch etwas höher ziehen.«

Pelin biss die Zähne zusammen und nickte. »Beeil dich. Das Grünzeug ist zäh und verdammt schwer zu halten.«

Ich legte mich auf den Bauch und robbte vorwärts. Inzwischen war es fast vollkommen dunkel. Ich hörte, wie Shirin in der weichen Erde scharrte.

»Sie vergräbt etwas, aber ich kann nicht erkennen, was es ist«, berichtete ich Pelin.

»Greif einfach in das Loch, in dem sie gerade herumwühlt.« Pelins Stimme drang nur gedämpft an mein Ohr.

»Ich werd's versuchen.« Ich kroch bäuchlings so weit, wie ich kam, und langte dann vorwärts. Ein empörtes Knurren bewies mir, dass ich auf der richtigen Fährte war.

»Aus, Shirin!«, rief Pelin von draußen.

»Ja, aus!«, bestätigte ich vehement.

Das Knurren verstummte. Eine kalte, kleine Nase streifte meine Hand.

»Braves Mädchen, ich tue dir ja nichts. Wo ist Alis Puppe, hm?« Meine Finger durchforschten die aufgewühlte Erde.

Ich ertastete Knochen und etwas, das ich für einen vergammelten Lederlappen hielt.

»Hast hier ja eine kleine Schatzkammer angelegt, was, mein Mädchen?«

Shirin bellte freundlich.

Da! Da war doch etwas mit einer glatten Oberfläche! Ich zog vorsichtig an dem Gegenstand.

»Hast du schon etwas gefunden? Ich kann das hier nicht mehr lange halten!«

»Ja, Sekunde noch!« Ich zog etwas heftiger und fühlte, wie der Boden den Gegenstand freigab. Ich konnte zwar nicht erkennen, was genau ich hier in meiner lehmverschmierten Hand hielt, doch ich hoffte, dass es die Puppe war.

Ich schob mich rückwärts aus dem Gebüsch heraus und ließ den Gegenstand in meiner Manteltasche verschwinden, als ich sah, dass *anneanne* uns beobachtete.

»Du siehst entsetzlich aus!«, stellte Pelin fest, als wir uns wieder in ihrem Zimmer befanden.

»Wie nett!« Ich warf einen Blick in ihren Spiegel. Ein schlammverkrustetes Monster starrte mir grinsend entgegen.

»Und, wo ist die Puppe?« Pelin hatte die schwarzen Kerzen bereits angezündet.

Ich langte in meine Manteltasche.

»Oh Mann!«, entfuhr es Pelin.

Die Puppe oder das, was von ihr übrig war, war ebenso lehmverschmiert wie ich, und der Kopf war von Shirins kleinen Zähnen heftig malträtiert worden. Von den Innereien, Alis Ring, den Kräutern und den Haaren war nichts mehr zu sehen.

»Ein Wunder, dass sich das nicht auf Alis Verhalten ausgewirkt hat.« Pelin entfernte ein paar von Shirins Haaren vom Kopf der Puppe.

»Doch, hat es.« In wenigen Sätzen berichtete ich ihr, was sich in »Mohammeds Import-Export«-Geschäft zugetragen hatte.

»Au weia! Aber es ist wirklich kaum zu glauben, dass dein Vater noch immer nicht eingesehen hat, wie unsinnig die Sache mit den arrangierten Ehen ist.«

Ich nickte. »Nicht wahr? Ich verstehe das auch nicht. Und meine Mutter, die vorhin im Brautgeschäft noch Vernunft anzunehmen schien, stellt sich voll auf seine Seite, obwohl sie doch eigentlich meiner Meinung ist.«

»Ja, das verstehe, wer will. Und was sollen wir nun tun? Ich meine, angesichts der Tatsache, dass Alis Voodoo-Puppe kaputt ist, können wir den Zauber nicht länger aufrechterhalten. Wir können dafür sorgen, dass er sich weiterhin wie Shirin aufführt, oder wir machen den Bann rückgängig.

Wobei es vernünftiger wäre, den Zauber aufzuheben, denn je länger er so verharrt, desto schwieriger wird es werden, ihn in seinen Ursprungszustand zurückzuverwandeln.«

»Dann sollten wir alles wieder rückgängig machen«, stimmte ich widerwillig zu.

Pelin dachte einen Moment nach. »Das bedeutet aber auch, dass dein Plan voll in die Hose gegangen ist. Deine Eltern werden nicht mit der Wimper zucken, wenn du Ali heiratest, ist dir das klar?«

Ich schüttelte den Kopf. »Da bin ich mir nicht so sicher. Ich habe noch immer ein wenig Hoffnung, dass sie den richtigen Weg finden und die ganze Geschichte abblasen.«

Während Pelin das zerstörte Wachspüppchen wieder einschmolz und dabei arabische Formeln vor sich hin murmelte, die sie aus dem alten Buch auf ihrem Schoß ablas, versuchte ich, mir einzureden, dass mir noch genug Zeit blieb und dass meine Eltern vernünftige, aufgeklärte Menschen waren. Und auch wenn Ali nun wieder der kleine Schleimer wäre, der er eigentlich war, würden meine Eltern ihm sicher nie wieder trauen.

»So, fertig.« Pelin hatte die Puppe vollkommen eingeschmolzen und das flüssige Wachs in eine Porzellanschale gegossen, die halb mit Wasser gefüllt war.

»Das war's also?«

»Ja«, bestätigte sie.

»Ich bin hundemüde, Pelin. Am besten gehe ich jetzt heim und lege mich ins Bett. Ich kann keinen klaren Gedanken mehr fassen.«

Meine Freundin umarmte mich. »Keine Angst, es wird schon alles so klappen, wie du es dir wünschst.«

»Meinst du wirklich?«

»Ja, ich habe gestern aus dem Kaffeesatz gelesen. Du wirst eine Braut.«

»Jans Braut?«

»Klar, ich denke nicht, dass du die Sache mit Ali so weit vorantreiben wirst. Oder?«, neckte sie mich.

»Auf keinen Fall, ich bin doch nicht wahnsinnig!«

Als ich heimkam, saßen meine Eltern gemeinsam am Küchentisch und unterhielten sich mit großer Ernsthaftigkeit. Besser, ich schlich mich in mein Zimmer, ich hatte wirklich genug von dem ganzen Heiratskram, bei allem Respekt meinen Eltern gegenüber war mir nicht danach, mich auf eine erneute Diskussion mit ihnen einzulassen.

Doch es war zu spät, sie hatten mich bereits erspäht.

»Melda! Kommst du bitte zu uns? Wir müssen dir etwas Wichtiges erzählen.« Die Stimme meiner Mutter klang ernst.

»Wir müssen sie wirklich nicht auch in unsere Probleme mit hineinziehen, Fatma. Ich komme schon klar«, verteidigte sich mein Vater.

»Bisher hast du es jedenfalls nicht geschafft. Deine Werte sind schlechter geworden. Hier, das sagt sogar der Doktor.« Mama wedelte mit einem Laborbericht vor seiner Nase herum.

Mein Vater war doch nicht etwa ernstlich krank?

Besorgt steckte ich den Kopf durch die Tür. »Was ist denn los?«

»Dein Vater ist sehr krank«, belehrte Mama mich sanft.

Ich schluckte. »Ist … muss er …«

»Um Gottes willen, Fatma. Siehst du, was du angerichtet hast? Du hast das Kind vollkommen verängstigt mit deinen Übertreibungen«, meinte Papa vorwurfsvoll.

»Unsinn! Die Sache ist ernst. Er muss noch nicht sterben, aber sein Blutzucker ist wirklich enorm hoch, und wenn er nicht ein wenig mehr auf seine Ernährung achtet, dein lieber Vater, dann …«

»Fatma! Es geht mir gut, und ich sehe keinen Grund, was ich noch tun könnte! Ich nehme ja schon diese Tabletten! Und was bitte soll Melda tun?«

»Aber der Doktor hat gesagt, dass du Diät halten musst! Du darfst keinen Zucker mehr verwenden, und du musst auch aufhören, dich so mit Süßem vollzustopfen, Herr Baklava! Und Melda kann dir helfen, indem sie ein Auge auf dich wirft, wenn ich mal nicht da bin.«

Ich kicherte, und Papa wurde rot.

»Ach, das kleine Stückchen Baklava, das ich mir ab und zu zum Kaffee gönne«, wehrte er ab.

»Du vertilgst ganz allein jede Woche ein ganzes Kilo von dem Zeug, ist dir das klar? Und dazu trinkst du süßen Kaffee oder Tee. Wenn du so weitermachst, werden wir deinen sirupgetränkten Kopf aus einem Blech Baklava herausfischen, weil du nämlich bald in ein Zuckerkoma fallen wirst!«, beschwerte sie sich.

»Na ja, vielleicht kann ich ja den Zucker weglassen.«

»Du könntest doch Süßstoff verwenden, Papa«, schlug ich vor.

»Und ab sofort kommt mir dieses Sirupgebäck nicht mehr ins Haus, verstanden?« Meine Mutter hätte sicher einen guten Offizier abgegeben. »Melda, bitte achte mit darauf, dass er sich an die Regeln hält.«

Ich nickte gehorsam.

»Keinen Zucker mehr für dich, Osman, verstanden?«, mahnte sie Papa noch einmal, während sie einen Rest Baklava unter den bedauernden Blicken meines Vaters in den Müll warf.

Papa seufzte ergeben.

»Ab heute wirst du deinen Tee nur noch mit Sacharin süßen.«

»Das habe ich schon probiert, aber das Zeug süßt kaum, Fatma. Ich muss immer ein paar Stück davon in meinen Tee werfen, damit man überhaupt etwas schmeckt«, wehrte er sich schwach.

»Man kann sich an alles gewöhnen, und es wird höchste Zeit, dass du sofort damit anfängst. Hier, fang auf!« Sie warf ihm einen Süßstoffspender zu, den er widerwillig in der Hand drehte.

»Bäh, ehe ich mir den Tee damit verderbe, trinke ich ihn lieber ganz ohne Zucker.«

»Ganz, wie du willst.«

Es klingelte an der Tür. Mama drehte mir den Kopf zu.

»Wer kann das denn zu dieser Zeit noch sein?«

Sie warf einen Blick auf die Wanduhr. »Es ist schon halb elf.«

Ich zuckte verwundert die Schultern und stand auf. »Es gibt wohl nur einen Weg, das herauszufinden, oder?«

»Hallo, Melda.« Ali stand vor der Tür und sah mich verwirrt an.

Überrascht trat ich einen Schritt beiseite, als Papa ebenfalls zu uns trat. Er machte keine Anstalten, Ali hineinzubitten.

»Was willst du noch hier?«, fragte mein Vater unfreundlich.

»Herr Moran, ich meine Vater Osman ...«

»Glücklicherweise habe ich nicht das große Pech, dein Vater zu sein, junger Mann. Und wäre meine Tochter hier bei klarem Verstand, dann würde es mir auch erspart bleiben, dein Schwiegervater zu werden.«

»Bitte, ihr müsst mir eine Chance geben, das ganze Schlamassel zu erklären.«

Papa verschränkte seine Arme vor der Brust. »Müssen wir, ja?«

»Ja, bitte. Darf ich nicht hineinkommen?«

»Nein. Du solltest besser gehen.«

»Aber es fängt an zu regnen.« Dicke Tropfen fielen vom Himmel und durchnässten Ali in Windeseile. Doch er rührte sich noch immer nicht von der Stelle.

Mama, die ein Herz hatte, das so weich war wie eine Melone, die wochenlang in der türkischen Sonne gelegen hatte, zupfte Papa am Arm und sagte sanft: »Jeder verdient eine Chance, Osman. Lass den Jungen wenigstens zu Wort kommen.«

Widerwillig trat er beiseite und bat Ali herein, an dem das Wasser inzwischen in dünnen Rinnsalen hinablief.

»Melda, schnell, hol Ali ein Handtuch.« Bei meiner Mutter hatte der Gluckeninstinkt gesiegt, und ich hatte ein zu schlechtes Gewissen dem armen Kerl gegenüber, der da im wahrsten Sinne des Wortes wie ein begossener Pudel im Flur stand.

Mein Vater schenkte uns allen Tee ein, als wir uns im Wohnzimmer niederließen.

»Danke.« Ali nippte dankbar an seinem Glas.

Papa winkte ungeduldig ab. »Komm lieber jetzt gleich zur Sache.«

»Ich kann euch gar nicht sagen, wie leid mir das alles tut. Ich weiß wirklich nicht, was da in den vergangenen Wochen in mich gefahren ist, ehrlich. Es war beinahe so, als wäre ich eine Art Geist, der seinem Körper zusieht. Ich meine, es war, als würde ich neben mir stehen, könnt ihr mir folgen?«

Meine Eltern schüttelten den Kopf. Oh, ich verstand nur zu gut, was er meinte!

Ali räusperte sich. »Es fällt mir wirklich schwer, über derlei Dinge zu reden, denn ich bin ein Mann der Wissenschaft. Ich glaube an biologische und physikalische Tatsachen, also an Dinge, die ich sehen und beweisen kann. Ich habe bisher nie an Zauberei oder dergleichen geglaubt.«

Mein Vater sah meine Mutter vielsagend an und tippte sich an die Stirn.

»Lass ihn ausreden«, zischte Mama.

Ali errötete. »Ich kann euch keinen Vorwurf machen, wenn ihr mich für verrückt haltet. Wäre ich nicht selbst die betroffene Person, dann würde ich euch sogar Recht geben. Aber in den vergangenen Wochen war es so, als würde mich eine fremde Macht lenken …«

»Oh ja, worum handelte es sich denn? Aliens? Dschinns? Böse Geister?«, höhnte mein Vater.

»Osman!«, mahnte Mama.

Papa nippte an seinem Tee und verzog das Gesicht.

»Ich gehe mal Zuck… ich meine Süßstoff holen.«

Ali war so verlegen, dass er beinahe violett angelaufen war.

»Tante Fatma, ich kann es einfach nicht anders erklären. Ich habe mich gefühlt, als hätte jemand mein Verhalten von außen gesteuert, und ich war dagegen vollkommen machtlos. Das Schlimmste war, dass ich mich nur so benommen habe, wenn Melda oder einer von euch beiden in meiner Nähe wart, sonst ging es mir wirklich gut.«

Papa runzelte die Stirn. »Also für mich hört sich das mehr so an, als würdest du an Schizophrenie leiden.«

»Nein, wirklich, ich bin völlig gesund!«, widersprach Ali heftig.

Ich schluckte schuldbewusst. »Und warum glaubst du, dass dein Verhalten mit uns zusammenhängt?«

»Ich denke, es gibt zwei mögliche Erklärungen. Die eine stammt von meiner Mutter, die davon überzeugt ist, dass mich jemand mit einem Bann belegt hat.«

Ich lachte erschrocken auf. »Du meinst so etwas wie Voodoo?«

»Ja, zum Beispiel.«

»Aber das ist doch absurd.« Ich machte eine wegwerfende Handbewegung und lachte nervös.

»Ist schon gut, mein Junge. Ich denke, das wäre absolut möglich. Ich selbst kenne einige alte Frauen, die sich mit solchen Dingen bestens auskennen.«

»Mama!«

»Melda, ich sage ja nicht, dass er verzaubert wurde, sondern nur, dass es ein paar Leute gibt, die abergläubisch genug sind, an solche Tricks zu glauben.«

Na ja, so wirklich hatte ich ja zu Beginn nicht geglaubt, dass das Voodoo-Zeug funktionieren würde. Ich muss sagen, dass ich doch überrascht war, als es funktionierte.

»Und was wäre die zweite Erklärung?«, erkundigte ich mich vorsichtig.

»Nun ja, ich habe eventuell kalte Füße bekommen, wegen der Hochzeit und allem.«

»Das hört sich schon glaubhafter an«, stimmte Papa zu.

Ali beugte unglücklich den Kopf. »Ja, das denke ich auch. Ich kann dir gar nicht sagen, wie leid mir das alles tut, Melda. Vor allem du hast es ja nicht leicht mit mir gehabt.«

Er sah so unglücklich aus, dass er mir ein wenig leid tat.

»Ach, schon gut.«

»Nein, ich könnte verstehen, wenn du mich nicht mehr heiraten willst.«

Das kam zu schnell. »Warum sollte ich dich nicht mehr heiraten wollen?« Argwöhnisch beobachtete ich ihn.

Er wandte sich an meine Eltern. »Kann ich fünf Minuten allein mit Melda sprechen?«

Papa wollte protestieren, aber meine Mutter hatte ihn schon aus dem Zimmer geschoben und die Tür zugezogen.

»Was gibt es?«, fragte ich unbehaglich.

»Hör zu, ich werde dir von jetzt an die Wahrheit sagen, Melda. Meine Eltern haben mich zu dieser Heirat gezwungen. Ich hatte die Wahl zwischen dir und einem zwanzigjährigen Mädchen aus dem Heimatdorf meiner Mutter. Das Mädchen war wohl eine Verwandte um mehrere Ecken. Was hätte ich mit einer Kindfrau, die nichts weiter kennt als die Felder, auf denen sie arbeitet, wohl gemeinsam haben können? Mein Türkisch ist auch eher schlecht als recht, ehrlich gesagt fand ich es immer viel wichtiger, ein gewähltes Deutsch zu lernen, denn zum Studieren habe ich kein Türkisch gebraucht. Ich hätte kaum mit ihr kommunizieren können, verstehst du.«

»Oh. Das … wusste ich nicht.«

Ali schüttelte verständnisvoll den Kopf. »Das konntest du ja auch nicht wissen. Du warst die einzige wirkliche Alternative zu dem Mädchen aus dem Dorf. Du hast einen Job und bist kultiviert. Also habe ich mich überreden lassen, dich zu heiraten.«

Das hörte sich aus seinem Mund erstaunlich einfach an, als wäre es die natürlichste Sache der Welt, dass ich zweite Wahl war.

»Deine Mutter wäre mit einer ›Import-Braut‹ sicher glücklicher gewesen«, warf ich boshaft ein.

»Ja, vielleicht. Aber ich nicht. Ich habe dir versprochen, dir die Wahrheit zu sagen, also belassen wir es dabei: Ich liebe dich nicht, aber mit dir könnte ich leben, wir könnten uns sicher irgendwie arrangieren.«

Oje, das war ganz und gar nicht schmeichelhaft!

»Ach ja, könnten wir?« Schnippisch warf ich mein Haar zurück.

»Und wer sagt dir, dass du mein Märchenprinz bist, hä? Ich hatte auch nur die Wahl zwischen dir und einem Unbekannten aus der Türkei.«

»Was?« Ali schien das nicht erwartet zu haben.

»Ja mein Lieber, ich bin auf gar keinen Fall in dich verknallt, und ich bin auch nicht gerade versessen darauf, dich zu heiraten.«

»Oh.«

Nachdenklich rieb er sich die Schläfen. »Was sollen wir jetzt tun?«

Der hatte gut reden!

»Wenn wir einander nicht heiraten, dann werden sie uns mit Fremden verheiraten«, stellte er sachlich fest.

»Sieht ganz danach aus.«

»Dann sollten wir es vielleicht miteinander versuchen, nicht wahr?«, schlug er vor.

War ich verrückt, oder war ich die einzige Person in meinem Umfeld, die davon überzeugt war, dass zum Heiraten Liebe gehörte?

Andererseits spürte ich, dass ich müde war. Ich war die ganze Streiterei mit meinen Eltern leid und wollte endlich in

Frieden weiterleben. Wenn ich Ali nicht heiratete, dann würden sie mich ein Leben lang nicht in Ruhe lassen.

Ich könnte natürlich ausreißen, zu Jan ziehen und den Kontakt zu ihnen abbrechen. Aber das würde ihnen so sehr das Herz brechen, dass sie mir nie wieder vergeben würden, und das brachte ich einfach nicht fertig. Ich liebte Jan aber!

Aber was wäre, wenn er mich nicht genug liebte? Was, wenn er nach einer Weile genug von mir bekam und wir uns trennten? Dann würde die Sucherei nach einem adäquaten Ehemann für mich erneut losgehen. Ich war es so leid! Es wäre so viel leichter, endlich nachzugeben und Ali zu heiraten. Ich musterte ihn verstohlen. Er sah nicht schlecht aus, wenn man es genau nahm.

Und wenn es dann doch nicht klappte, konnte ich mit einem saftigen Unterhalt rechnen.

Aber Jan würde nicht so lange auf mich warten, bis meine Scheinehe endete, das war mir klar. Sobald ich ihm mitteilte, dass ich Ali ehelichen würde, würde ich ihn niemals wiedersehen. Jan war stolz, und ich wusste, dass er es nie hätte ertragen können, mich mit einem anderen Mann verheiratet zu sehen. Aber der hatte ja auch gut reden! Der musste sich nicht mit seinen Eltern herumschlagen, er konnte sich in jede x-beliebige Frau verlieben, die er wollte. Bei ihm mischte sich keiner ein.

Könnte ich mich tatsächlich an ein Leben mit Ali gewöhnen?

Allein der Gedanke erregte meinen Widerwillen. Andererseits wusste ich genau, dass meine Eltern den »Import-Schwiegersohn« anschleppen würden, den Freund von Tante Banus Neffen, sobald ich mich von Ali trennte. Ich kannte weder den Neffen noch Tante Banu, die auch nur eine Freundin meiner Großmutter war, und den Freund ihres Neffen wollte ich ohnehin nicht kennen lernen.

»Aber wir lieben uns nicht«, wandte ich ein.

»Das nicht. Vielleicht kann aber aus gegenseitigem Respekt Liebe entstehen, was meinst du?«

Ja, vielleicht war das möglich. Aber was, wenn nicht?

»Bist du dir deiner Sache sicher?«, erkundigte ich mich unbehaglich.

»Ja.« Er lächelte. Doch ich fand, dass sein Lächeln traurig wirkte.

Er beugte sich zu mir und küsste mich sachte.

Unwillkürlich musste ich an Jan denken. Wenn er mich küsste, hatte ich das Gefühl, dass die Erde sich unter mir auftat. In meinen Eingeweiden spürte ich einen Funkenregen, wenn er mich mit seinen Lippen berührte.

Alis Kuss kam mir lediglich pflichtschuldig und kühl vor. Ich fühlte gar nichts.

Ich öffnete die Augen und beobachtete sein Gesicht, während er mich küsste. Das hatte ich noch nie getan, wenn mich jemand küsste. Er hatte die Augen geschlossen. Offenbar gab er sich wirklich große Mühe, jedenfalls wirkte er konzentriert.

»Ihr könnt wieder hereinkommen«, rief ich nach meinen Eltern.

»Und, was habt ihr Turteltauben beschlossen?«, erkundigte sich meine Mutter.

Ali sah mich flehend an.

Ich lächelte nicht. »Wir werden heiraten.« Sicher war das die klügste Entscheidung. Nun musste ich das nur noch Jan klarmachen, und ich hatte nicht die leiseste Ahnung, wie ich dem Mann, den ich über alles liebte, erklärte, dass ich einen Mann, den ich nicht die Bohne liebte, heiraten würde, damit ich mit meinen Eltern Frieden schließen konnte.

Nachdem Ali sich verabschiedet hatte und ich noch lange im Dunkeln auf meinem Bett gelegen hatte, wählte ich Jans Nummer.

»Hallo?« Seine Stimme klang verschlafen. Kein Wunder, es war zwei Uhr morgens.

Ich wollte gerade wieder auflegen.

»Melda, Schatz, bist du das?« Mein Herz verwandelte sich in heiße Butter.

»Ja, ich bin's. Ich wollte dich nicht wecken, entschuldige.«

»Schon gut. Ich habe dich auch vermisst.« Seine Stimme klang rau.

»Können ... können wir uns morgen sehen?« Ich hatte einen Kloß im Hals.

»Nichts wäre mir lieber, mein Schatz. Aber ich bin in München bei meinen Eltern und kehre erst in zwei Wochen zurück. Ich passe auf das Haus auf, solange sie im Urlaub sind, das habe ich dir doch erzählt, erinnerst du dich?«

»Ja, stimmt, ich ... hatte es nur vergessen.«

»Komm doch am nächsten Wochenende einfach auch hierher.«

»Ich glaube nicht, dass das geht«, flüsterte ich unglücklich.

»Liebling, ist alles in Ordnung?« Er hörte sich besorgt an.

Ich konnte die Tränen nicht länger zurückhalten, schluckte aber tapfer. »Ja, alles klar.«

»Ich liebe dich.«

Nur mit Mühe unterdrückte ich ein Schluchzen. »Gute Nacht.«

Ich heulte mich in dieser Nacht in den Schlaf.

Es war Samstag früh und Papa saß gut gelaunt an einem reich geschmückten Frühstückstisch, als ich im Morgenmantel die Treppe herunterkam. »Guten Morgen, Schlafmütze!« Er verstrubbelte mir die Haare, als ich herunterkam.

So gut gelaunt hatte ich ihn wirklich schon lange nicht mehr erlebt.

»Papa, du siehst irgendwie verändert aus«, bemerkte ich verdattert.

»Ja, findest du? Besser oder schlechter?«

Ich betrachtete ihn genauer. Das war doch nicht möglich!

»Dein Schnurrbart ist weg!«, rief ich aufgeregt.

»Ja, heute Morgen habe ich ihn abrasiert«, erklärte er stolz. »Fällt dir sonst noch etwas an mir auf?«

»Na ja, du ... äh ... siehst irgendwie jünger aus.«

»Ja, nicht wahr? Ich benutze seit ein paar Tagen die Antifaltencreme deiner Mutter. Ich wusste doch, dass man schon etwas sehen konnte!«

Mein Vater war wahnsinnig geworden.

Der ganze Stress wegen der Heirat hatte ihn so sehr unter Druck gesetzt, dass er gestern Nacht in ein Zuckerkoma gefallen und heute früh mit einer guten Portion weniger Verstand erwacht war. Oder? Nein! Ich wusste es! Pelin! Pelin hatte meinen Vater mit einem Voodoo-Zauber belegt, damit er endlich Vernunft annahm. Ich rannte in mein Zimmer.

»Kind, beeil dich, ich habe Crêpes mit Schokolade für dich gemacht, sie werden sonst kalt!«, rief Papa mir nach.

Crêpes mit Schokolade? Die Sache war weitaus ernster, als ich gedacht hatte.

»Pelin, ich bin's«, meldete ich mich.

»Hallo Melda. Du hörst dich nervös an, ist alles okay?«

»Pelin, du musst aufhören, die Leute mit einem Voodoo-Bann zu belegen. Mein Vater ist ein kranker Mann, er wird das nervlich nicht durchstehen.«

»Melda, ich habe keine Ahnung, wovon du sprichst.«

»Ach wirklich? Du bist meine beste Freundin, und ich weiß es zu schätzen, dass du mir helfen möchtest. Aber ich habe wirklich genug von dem ganzen Zauberkram.«

»Nun krieg dich wieder ein! Ich habe gestern nur den Bann von Ali genommen, das war's. Danach habe ich ferngesehen und bin schlafen gegangen.«

»Und wie erklärst du dir dann, dass mein Vater sich seinen Schnurrbart abrasiert hat und neuerdings eine Antifaltencreme verwendet?«

Pelin lachte. »Wie bitte?«

»Ja, und er hat mir Crêpes mit Schokolade zum Frühstück gemacht.«

»Nein! Das muss ich sehen!«

»Und du hast sicher nichts damit zu tun?«, fragte ich scharf.

»Nein!«

Ich ging wieder hinunter. Unterwegs traf ich meine Mutter, die ebenfalls erstaunlich gut gelaunt war.

»Was ist hier eigentlich los?«, fragte ich verdattert.

»Nichts.« Sie pfiff fröhlich vor sich hin.

»Papa hat sich den Bart abrasiert. Und er benutzt eine Antifaltencreme und hat Crêpes zum Frühstück gemacht«, erzählte ich.

»Ja, seit ein paar Tagen hatte ich schon das Gefühl, dass er sich irgendwie verändert. Toll, nicht?«

»Ich weiß nicht. Und warum bist du so überaus gut gelaunt?« Argwöhnisch warf ich ihr einen Blick zu.

»Wenn du es genau wissen willst, wir hatten gestern tollen Se…«

»Mama!«

»Du wolltest es doch wissen!«

»Kommt ihr? Die Crêpes werden kalt!«

Wir setzten uns an den Frühstückstisch.

Papa schenkte sich Kaffee ein und ließ drei Stückchen Süßstoff in seine Tasse fallen.

»Allmählich gewöhne ich mich an das Zeug. Bitte, lasst es euch schmecken«, ermunterte er uns.

»Ich habe nach dem Essen noch eine Überraschung für euch«, fügte er schmunzelnd hinzu.

»Tatsächlich?« Mama sah aus, als wäre sie frisch verliebt. Ich hatte irgendwie etwas verpasst.

»Ja, ich werde heute mit meinen Mädchen einen Ausflug unternehmen. Hier!«

Er wedelte mit einem Zettel vor unserer Nase herum.

»Was ist das?«

»Wir haben einen Termin in einem Kosmetikstudio.«

Ich verschluckte mich an meinem Kaffee und hustete heftig.

»Wir? Du meinst, wir drei?«

»Ja, genau. Ich finde, dass man auch als Mann ein wenig auf sein Äußeres achten sollte.«

Mama zwinkerte mir zu, als ob es das Normalste der Welt wäre, dass mein türkischer Papa mit uns zur Schönheitsbehandlung ging.

Ich hatte es mir nicht vorstellen können, aber wir verlebten einen herrlichen Tag, und Papa war über alle Maßen großzügig.

Auf dem Rückweg hielt er an der Videothek an und stieg aus.

»Der Tag geht noch weiter!«

»Mama, was um alles in der Welt ist nur mit ihm los?«, fragte ich nervös. »Muss ich mir Sorgen um ihn machen?«

»Melda, ich weiß auch nicht viel mehr als du. Seine Veränderung hat vor einigen Tagen begonnen, als der Doktor ihm mitteilte, dass er Diabetes hat.«

In diesem Moment stieg mein Vater wieder ein.

»Ich dachte, wir machen es uns heute Abend so richtig gemütlich und sehen uns einen Film an.«

Er wedelte mit einer DVD vor meiner Nase herum.

»Dein Lieblingsfilm, Melda.«

»›Die Farbe Lila‹?« Ungläubig starrte ich auf den Titel.

»Genau!«

Pelin kam auch vorbei, um sich ihren »neuen« Onkel Osman anzusehen. Wir taten so, als würden wir den Film verfolgen, aber in Wirklichkeit starrten wir ständig meinen Vater an, der sich verstohlen eine Träne aus den Augenwinkeln wischte, als Whoopie Goldberg den »Mister« verfluchte.

»Das hat der Kerl verdient!«, murmelte er erstickt.

»Lass uns doch Popcorn holen!«, schlug ich meiner Freundin vor.

In der Küche lachte Pelin Tränen.

»Du hattest Recht, man könnte glatt glauben, dass er verhext wäre, so, wie er sich verhält!«

»Pelin, hör auf! Ich mache mir wirklich ernsthafte Sorgen um meinen Vater!« Besorgt füllte ich die Maiskörner und etwas Öl in einen großen Topf.

»Melda, seid ihr so nett und bringt uns einen Tee? Ach, und denkst du auch an meinen Süßstoff?«, rief Papa mit tränenerstickter Stimme.

»Ja, natürlich.« Wir brühten den Tee auf, und ich suchte nach Süßstoff.

»Da steht er doch!«, rief Pelin und deutete auf meinen Süßstoffspender.

»Nein, da ist nicht wirklich Süßstoff drin, da habe ich doch meine Pille hineingetan«, wehrte ich ab. Erschrocken hielt ich inne und starrte das harmlos anmutende Süßstoffdöschen an.

»Aber da ist sonst kein anderer Süßstoff.« Sie schüttelte das Döschen.

»Sagtest du nicht, dass du eine Monatsration der Pille darin verstaut hast?«

»Nein, es war eine Dreimonatspackung.«

»Hier ist jedenfalls nichts mehr drin.«

»Was? Zeig her!«

Tatsächlich! Ich musste mich setzen. »Pelin, ich denke, ich weiß, was meinem Vater fehlt. Man könnte auch sagen, er wird in nächster Zeit sicher nicht schwanger werden.«

»Du meinst, er hat deine Pille genommen?«

»Ja, sieht ganz danach aus!«

»Himmel! Kann so etwas bei Männern Langzeitschäden verursachen?« Erschrocken drehte sie das Döschen in der Hand.

»Keine Ahnung! Bisher ist jedenfalls nichts passiert, und ich werde die Pille ohnehin absetzen, weil ich mich von Jan trennen werde.«

»Wie meinst du das? Du liebst ihn doch! Oder habt ihr euch gestritten?« Pelin schlug erschrocken die Hand vor den Mund, als ich ihr erzählte, dass ich Ali heiraten würde.

»Du spinnst ja!«

Ich schüttelte den Kopf. »Nein, ich habe das ganze Gerede wegen eines Ehemannes satt. Ich hätte es auch schlechter als mit Ali treffen können. So ist es besser.«

»Melda, du hast ja vollkommen den Verstand verloren! Du liebst Ali nicht und er dich auch nicht. Was soll das also? Du bist doch sonst nicht jemand, der die Flinte so schnell ins Korn wirft.«

»Ich bin es so leid.«

Sie schwieg. »Ich halte deine Entscheidung für falsch. Du solltest dir alles noch einmal in Ruhe durch den Kopf gehen lassen. Ich bin davon überzeugt, dass man der Liebe seines Lebens nur einmal begegnet. Wenn du Jan von dir stößt, dann wirst du es bis an dein Lebensende bereuen.«

Mein Handy klingelte in die Stille hinein. Es war Jan.

»Hallo, mein Schatz!«, begrüßte er mich fröhlich. »Ich komme nächsten Samstag wieder heim. Kommst du dann zu mir? Ich habe eine tolle Überraschung für dich!«

»Ja, klar«, antwortete ich müde.

»Prima! Dann sehen wir uns also nächsten Samstag! Pass gut auf dich auf, und tu nichts, was ich nicht auch tun würde. Ich freue mich schon darauf, dich wiederzusehen.«

»Ja, ich mich auch«, sagte ich kleinlaut.

»Du hast es ihm noch nicht gesagt, stimmt's?«, stellte Pelin mich zur Rede, als ich auflegte.

»Nein.«

»Dann ist es noch nicht zu spät. Jan liebt dich, und du kannst deine Entscheidung noch leicht wieder rückgängig machen.«

»Nein. Es ist vorbei. Ich kann das Jan nicht länger antun.«

»Tja, dann solltest du schon einmal anfangen, deinen Henna-Abend zu planen, denn die Hochzeit soll schon bald stattfinden, der Henna-Abend schon in der nächsten Woche. Viel Spaß dabei.«

Sie stand auf. »Ich habe immer versucht, dir zu helfen. Aber hierbei kann ich nichts für dich tun. Du verrätst dich selbst und deine eigenen Ideale, und das finde ich falsch.« Sie drehte sich auf dem Absatz um und ging auf die Haustür zu.

»Pelin! Das kannst du doch nicht ernst meinen! Du bist die Einzige, mit der ich über den ganzen Schlamassel reden kann!« Verzweifelt lief ich hinter ihr her.

»Melda, das ist krank. Du kannst nicht einfach jemanden heiraten, nur damit deine Eltern dich in Ruhe lassen. So kenne ich dich gar nicht! Was ist aus Roxy geworden, der wilden Drummerin, die nur das tut, was sie für richtig hält?«

»Roxy war doch nur ein Fluchtmechanismus. Ich kann doch nicht ewig davonlaufen.«

»Nein, du hast Recht, du solltest dich deinen Problemen stellen. Stattdessen flüchtest du dich nun in eine Vernunftehe, du elender Feigling!«

»Pelin, du hast ja keine Ahnung, wovon du redest!«

»Ach nein? Hast du dich nie gefragt, ob ich nicht vielleicht auch Probleme habe? Ob ich mit meinem Leben so glücklich bin?« Sie wartete einen Moment ab, bevor sie bitter sagte: »Das dachte ich mir. Du bist so sehr mit dir selbst beschäftigt, dass du nie auch nur einen Gedanken an mich verschwendet hast. Und genauso wenig denkst du an Jan. Du bist eben hoffnungslos egoistisch.«

Sie rauschte davon.

12. Ein turbulenter Henna-Abend

Es gibt unheimlich viele türkische Sitten, wirklich! Von manchen hatte ich schon einmal gehört, andere kannte ich bereits, und wieder andere waren mir völlig neu.

Nehmen wir doch mal den Henna-Abend. Ich hatte davon schon gehört, selbst allerdings nie an einem teilgenommen. Ich stehe nicht so sehr auf Zusammenkünfte türkischer Frauen, ich bin der Ansicht, das hat irgendwie immer etwas von einem Hexenzirkel. Daher habe ich immer versucht, solche Treffen zu vermeiden. Ironischerweise sollte heute ein Henna-Abend mir zu Ehren stattfinden.

Meine Mutter und ich rannten wie zwei nervöse Hühner durch die Gegend und verpassten dem Wohnzimmer zu viel kitschigen Glanz.

Mama nestelte an einer Girlande herum, die sie quer durch unser Wohnzimmer gespannt hatte.

»Was soll denn die andauernde Fragerei? Ihr habt mich doch praktisch dazu genötigt, zu heiraten. Ob nun Ali oder irgendeinen anderen Kerl, ist doch vollkommen wurscht.« Ich war genervt.

»Wir möchten aber doch, dass du glücklich wirst, Kindchen.« Vorwurfsvoll schnalzte meine Mutter mit der Zunge.

»Dazu ist es zu spät«, murmelte ich verdrossen.

»Was hast du gesagt? Ich kann dich nicht verstehen, wenn du nicht laut genug sprichst.«

»Ach, nichts.«

»In letzter Zeit verhältst du dich wirklich seltsam, Melda.«

Ich ging nicht darauf ein. Was für ein Verhalten erwarteten sie denn von mir, wenn mein Leben gerade den Bach hinunterging? Sollte ich etwa jauchzen vor Freude?

»Und wo steckt denn überhaupt Pelin? Ich hatte gehofft, dass sie uns bei den Vorbereitungen für deinen Henna-Abend helfen würde.«

»Sie kann nicht kommen«, log ich. Der Gedanke an meine beste Freundin versetzte mir insgeheim einen Stich. Es tat mir leid, dass auch sie nicht glücklich war und dass ich mir keine Gedanken um sie gemacht hatte. Sie hatte natürlich Recht, ich war so sehr mit mir selbst beschäftigt gewesen, dass mir nicht einmal der Gedanke gekommen war, mich nach Pelins Problemen zu erkundigen. Ich war wahrhaftig eine lausige Freundin.

»Wer kommt denn heute Abend?«, wechselte ich daher schnell das Thema.

»Deine Schwiegermutter und Alis Kusinen, seine Tanten, meine Freundinnen, die Tanten deines Vaters und natürlich Pelins Mutter und Großmutter. Wir feiern ja nur im kleinen Kreis, ganz, wie du es dir gewünscht hattest.« In Mamas Stimme schwang ein leiser Vorwurf mit.

»Mama, wir sind dreißig Personen, ich denke, das ist für einen Henna-Abend mehr als ausreichend.«

»Ja, aber was werden die Leute sagen, wenn sie merken, dass du keine deiner Freundinnen eingeladen hast?«

»Was die Leute sagen, interessiert mich nicht«, entgegnete ich unfreundlich.

Mama schüttelte enttäuscht den Kopf. »Man könnte glatt meinen, dein Henna-Abend läge mir mehr am Herzen als dir.«

»Ja, das könnte man meinen.« In meiner Stimme schwang eine gehörige Portion Sarkasmus mit.

Meine Mutter schwieg gekränkt. »Ich weiß wirklich nicht, was mit dir los ist, Kind. Ich hoffe, dass es nur die Aufregung vor deiner Hochzeit ist, die dir zu schaffen macht.«

Sie befestigte die Girlande und betrachtete anerkennend ihr Werk. »Ich muss mich jetzt ums Essen kümmern. Schaffst du den Rest allein?«

Ich warf einen Blick in die Kartons, in denen sich Girlanden und Ballons, Lametta und Luftschlangen tummelten, und nickte erneut.

»Gut, dann bin ich in der Küche, falls du mich brauchst.«

Es war Freitag, und morgen sollte die Hochzeit stattfinden. Papa hatte den grasgrünen Weihnachtsbaum schon gestern Abend aufgebaut, und wir hatten ihn einträchtig bei einer Tasse heißem Kakao geschmückt und dabei Weihnachtslieder gesungen. Wir waren alle ein wenig melancholisch gewesen, denn uns war klar, dass wir Weihnachten nie wieder so feiern würden wie bisher. Bald wäre ich eine verheiratete Frau mit einem eigenen Hausstand. Ich würde nicht mehr so selbstverständlich in das Haus meiner Eltern gehören wie bisher.

Ich stieg auf die Leiter und befestigte die Ballons an der Zimmerdecke. Dabei fiel mein Blick auf unseren Garten. Es war noch so früh am Tag, dass es gerade erst hell wurde. Wir waren früher als sonst aufgestanden, weil uns eine Menge Arbeit bevorstand.

Ein leichter Nebel lag auf dem gefrorenen Gras, und der Himmel war so bleigrau und schwer wie mein Herz. Auch ohne nach draußen gegangen zu sein, konnte ich sehen, dass es kalt war. Ich fand, es sah nach Schnee aus, aber das konnte man nie so recht wissen.

Erst, als die letzte Girlande aufgehängt und der letzte Ballon aufgeblasen und befestigt war, hörte ich mit dem Schmücken auf.

»Toll hast du das gemacht«, lobte mich mein Vater, als er vom Einkaufen kam. Er und Ali hatten kistenweise Sekt und viele andere Getränke mitgebracht, die sie vom Auto in den Flur geschleppt hatten. Unser Kühlschrank war zu klein, daher trugen sie die Kartons auf die Terrasse, damit alles schön kühl blieb.

Ali ging voraus, und Papa folgte ihm. »Pass mit dem Sekt auf, Junge«, mahnte er ihn. Ali murmelte etwas, das man nicht verstehen konnte, und Papa beugte sich zu mir vor und flüsterte: »Also ich traue dem Kerl ja noch immer nicht so recht über den Weg.«

Ich verdrehte die Augen, sagte aber nichts.

»So, dann wünsche ich euch heute Abend viel Spaß«, erklärte Ali und gab mir einen halbherzigen Kuss auf die Wange, bevor er ging.

Papa beobachtete ihn misstrauisch. Als die Tür hinter Ali ins Schloss fiel, sagte er: »Ich bin nach wie vor überzeugt davon, dass er nicht der richtige Mann für dich ist.«

Ich würde mich auf keine weiteren Diskussionen mehr einlassen. Ich war es so leid, das alles!

Mama kochte und brutzelte den ganzen Tag ohne Unterlass. Ich ging ihr ein wenig zur Hand, und als es sechs Uhr war, hatten wir ein Buffet aufgebaut, das sich sehen lassen konnte. Bunte, hübsch dekorierte Salate, unter anderem ein scharfer Weizengriessalat mit fein gehackten Walnüssen, der *kisir* heißt und den ich besonders gerne aß, türkische Antipasti, die wir *meze* nennen, standen neben Platten mit kaltem Braten, türkischen Frikadellen und verschiedenen Sorten *börek*. Käse und reich verzierte Obstplatten und türkische Süßspeisen sorgten dafür, dass der Tisch sich unter all der köstlichen Last bog.

»Das hast du toll gemacht, Mama«, bedankte ich mich. Die Ärmste hatte immerhin über zwölf Stunden mit Kochen zugebracht.

»Ach, das war doch nichts«, winkte sie ab. Ich drückte ihr einen Kuss auf die Wange.

»So, nun sollten wir uns aber umziehen, nicht wahr?«

Es klingelte. »Das wird deine Schwiegermutter sein. Wäre ja typisch für sie, dass sie erst dann kommt und ihre Hilfe anbietet, wenn wir schon alles erledigt haben.«

Sie öffnete die Tür, und es war tatsächlich Tante Halime.

»Oh, ihr seid ja schon fertig! Du meine Güte, da bin ich extra früher gekommen, um euch zu helfen, und nun das!«

Mama warf mir einen »Siehst du, ich habe es ja gleich gesagt«-Blick zu und erwiderte liebenswürdig: »Wir waren schnell, meine Liebe. Mach du es dir ruhig schon einmal im Wohnzimmer bequem.«

Alis Mutter nickte huldvoll. »Ach, Melda, hier, das ist für dich, bevor ich es vergesse.« Mit diesen Worten drückte sie mir eine Aldi-Tüte in die Hand. Ich zog ein glattes, feuerrotes, über und über mit goldenen Münzen besticktes Etwas hervor.

»Was ... äh ... was ist das?«, erkundigte ich mich zaghaft.

»Das ist der traditionelle Kaftan, den du heute, an deinem Henna-Abend tragen wirst«, erklärte sie wichtigtuerisch. Mama sagte entzückt: »Oh, ist der schön! Hast du auch eine Pumphose und die Pantöffelchen bekommen?«

Die hatten das glatt abgesprochen!

»Mama ...«

»Komm mit nach oben, Liebes, und lass uns einmal sehen, wie dir der Kaftan steht.« Ohne meinen Widerstand zur Kenntnis zu nehmen, schleifte sie mich die Treppen hinauf.

»Das sieht wie ein Karnevalskostüm aus, Mama. Ich ziehe das nicht an!«

»Aber das ist dein Henna-Abend. Natürlich wirst du den Kaftan anziehen!« Schockiert schüttelte sie ihren Kopf, der mit einer Anzahl von bunten Kunststofflockenwicklern behängt war.

»Bitte, Melda. Tu es mir zuliebe. Du bist mein einziges Kind. Mach mir doch die Freude, dich einmal im Leben in einer traditionellen türkischen Kleidung zu sehen. Bitte.« Sie sah mich so herzerweichend an, dass ich seufzte.

»Ich kann das ja wenigstens einmal anprobieren.«

Fünfzehn Minuten später wünschte ich, ich hätte die verdammte Tüte sofort im Müll verschwinden lassen.

Der Kaftan war eine Art knielanges Kleid, er war locker und hatte rechts und links Schlitze, die für mehr Bewegungsfreiheit sorgen sollten. Meine Taille wurde durch einen vergoldeten und mit zierlichen Ornamenten verzierten Metallgürtel betont, der sich eng wie ein Korsett an meinen Leib schmiegte und mich zu ersticken drohte. Darunter trug ich eine Pluderhose aus knallrotem Satin mit mitternachtsblauen und goldenen Streifen, die an meinen Fußgelenken eng zusammenlief und mit einer breiten, goldenen Borte versehen war. Meine nach vorn spitz zulaufenden Pantoffeln waren aus blauem Samt und ebenfalls reichlich mit Gold bestickt.

Auf meinen langen, offenen Haaren thronte ein blauer Fes, ein kleines, topfförmiges Hütchen.

»Ich sehe aus wie der ›kleine Muck‹«, beschwerte ich mich.

»Du siehst großartig aus!«, strahlte meine Mutter gerührt.

Na ja, wenn es sie glücklich machte. Mir bedeutete der ganze Mummenschanz ohnehin nichts. In meinem Karnevalskostüm stakste ich die Treppen hinunter, wo mich die anderen Frauen, die schon eingetroffen waren, mit bewundernden »Ahs« und »Ohs« erwarteten. Ich wusste ehrlich gesagt nicht, ob sie die übertriebenen Komplimente ernst meinten oder ob sie mich auf den Arm nahmen.

»Du siehst ganz fantastisch aus!«, lobte Halime. »Deiner Mutter ganz und gar nicht ähnlich!«, fügte sie hinzu. Meine Mutter, die genau in diesem Moment die Treppe hinunterkam, warf ihr einen scharfen Blick zu.

»Hüte deine Zunge, Halime. Zungen, die zu weit herausschauen, verliert man leicht.«

Alis Mutter wurde rot. »Dann ist deine wohl ebenso in Gefahr wie meine, nicht wahr?« Sie warf schnippisch ihren Kopf zurück, der fest mit einem dunkelroten Kopftuch bedeckt war, und stolzierte davon.

Pelins Mutter hielt Mama, die vor Wut überzukochen schien, nur mit Mühe zurück. »Sie ist es nicht wert«, flüsterte sie ihr zu, und Mama nickte finster.

Meine Mutter setzte eine betont heitere Miene auf und sagte: »Das ist dein Abend, Liebes. Ich werde ihn dir ganz sicher nicht verderben. Geh und hab Spaß.« Sie schob mich ins Wohnzimmer, aus dem mir eine Wolke aus Alkoholdunst und Zigarettenrauch entgegenschlug.

Unser kleines Wohnzimmer war nach wenigen Minuten zum Bersten voll mit Menschen, die ich kaum oder nur flüchtig kannte. Ich hielt mich verkrampft an meinem Sektglas fest und lauschte mit halbem Ohr den Tratschgeschichten der anderen Frauen. Ein Henna-Abend war also etwas wie Junggesellinnen-Abschied. Man lud alle weiblichen Freunde und Verwandte ein, und die meisten Frauen wirkten sehr ausgelassen. Türkische Frauen waren da auch nicht anders als deutsche Frauen, wenn sie untereinander waren, klatschten sie über ihre Männer, tauschten die neuesten Gerüchte und Rezepte aus, kicherten albern und zogen über andere Frauen her. Ich persönlich denke, dass ein Henna-Abend auch etwas von der Tupper-Party hat, nur dass man auf einem Henna-Abend auch traditionellerweise tanzt. Hierbei handelt es sich natürlich um Bauchtanz, was sonst?

Auf meinem Henna-Abend war das auch nicht anders. Tarkan säuselte in voller Lautstärke und mit samtener Stimme: »*Oynama sikidim sikidim …*«, und ein paar Frauen drehten sich fröhlich mitten in unserem Wohnzimmer im Takt der Musik und ließen ihre vollen Hüften kreisen.

Als Braut wiegte ich meine Hüften mit all den anderen Frauen, aber der Bauchtanz liegt mir leider nicht besonders, ich stehe da mehr auf Nickelbag oder Lenny Kravitz. Ich kann den Kopf besser zum Takt von Hard Rock schütteln als die meisten anderen Leute, aber orientalische Tänze sind einfach nicht mein Ding. Doch es galt, nicht aus der Reihe zu tanzen, also drehte ich mich mit steifen Beinen hin und her und versuchte, möglichst nicht allzu sehr aufzufallen, was in meinem Outfit wirklich kein leichtes Unterfangen war. Ich fühlte mich wie eine verklemmte, verkleidete Fremde, der man ein Lächeln ins Gesicht geklebt hatte.

Außer mir waren scheinbar alle bester Laune, und auch das Buffet war nach kurzer Zeit beinahe geleert. Selbst Mama schien ein wenig beschwipst zu sein, ihre Wangen hatten sich gerötet, und sie lachte mit einer Kusine über etwas, das eine Frau in einem strassbesetzten Oberteil gesagt hatte. Schön, dass wenigstens sie sich zu amüsieren schien.

Ich würde alles geben, um jetzt im Bett zu liegen!

Ich gähnte. Der Tag war ganz schön anstrengend gewesen, erst das Dekorieren und dann die Kocherei und die ständige Nörgelei meiner Eltern!

Ach, was wussten denn meine Eltern schon über den richtigen Mann für mich. Mein Herz fühlte sich schwer an, wenn ich an Jan dachte, den ich nur noch ein einziges Mal sehen würde, um ihm zu sagen, dass ich mich von ihm trennen würde, weil ich einen anderen Mann heiraten würde.

Mit einem Mal packten mich zwei alte Matronen, und ehe ich mich's versah, hatten sie mich auf einen Stuhl inmitten der improvisierten Tanzfläche gepflanzt, die sich schlagartig geleert hatte.

Verständnislos suchte ich im Gesicht meiner Mutter nach einer Antwort, doch anstatt mir eine Erklärung zu geben, löschte sie das Licht. Auch die Musik erstarb. Was würde denn nun kommen?

Die Wohnzimmertür öffnete sich, und Licht drang durch den Türspalt. Nun betraten sechs der jüngeren Frauen hintereinander den Raum, jede von ihnen war ähnlich wie ich in Pluderhosen und bestickter Weste gekleidet, und sie trugen jeweils eine Kerze in jeder Hand, so dass das Wohnzimmer in ein eigenartig flackerndes Licht getaucht war. Dabei sangen sie ein altes türkisches Volkslied, das sich ein wenig traurig anhörte. Meine Mutter breitete einen roten Schleier über mich aus. »Muss ich was tun?«, zischte ich ihr zu, doch sie schüttelte den Kopf und wisperte: »Weinen wäre gut.«

Hä? Warum denn?

Ich tat mein Bestes, und eigentlich war ja auch meine gesamte Situation ein einziges Elend, aber so einfach konnte ich auf Kommando nicht heulen und schon gar nicht vor all den Tanten, die da in einem engen Kreis um mich herumstanden und ihrerseits in ein wildes Klagegeheul ausbrachen, während die sechs Frauen um mich herum tanzten und weitersangen. Ein wenig war meine Situation mit einer Squaw am Marterpfahl zu vergleichen, nur dass die Fesseln fehlten.

Aber was nicht ist, würde noch kommen, wie ich bald feststellte, denn die Menge um uns herum teilte sich, und auch die singenden Weiber wichen zu beiden Seiten aus. Wie ein böser, schwarzer Geist schwebte da mit einem Mal Alis Mutter vor mir, ihr dunkles Kopftuch und die strenge, dunkle Kleidung verschmolzen mit dem abgedunkelten Hintergrund, so dass man den Eindruck hatte, ein kalkweißes Gesicht würde vor mir schweben. Ich schauderte unwillkürlich. Da! Nun geisterten ihre weißen Hände auf mich zu. Was war das? Mein Herz pochte heftig. Würden sie mich etwa mit Waffengewalt zwingen, zu heulen? Oder was sonst hielt die Alte da in ihren Klauen?

Da löste sich eine der kostümierten Frauen aus der Menge und stellte sich neben Halime. Sie hielt etwas in den Händen, was wie eine Torte mit zahlreichen Kerzen aussah.

Ich war versucht, die Kerzen auszupusten, unterließ es dann aber. Nun packte Halime mich am Handgelenk und zerrte daran.

Ich suchte den Blick meiner Mutter, die neben mir stand und Halime kühl musterte. Mama drückte mir beruhigend die Schulter, also verzichtete ich auf den Kinnhaken, den ich Halime nur zu gerne verpasst hätte.

Sie öffnete meine Hand und schmierte etwas von der Torte hinein. Nur, dass das gar keine Torte war. Es stank nach Kuhmist, und ich hörte, wie jemand »Das ist Henna« flüsterte.

Aha. Das musste man natürlich wissen. Ich kannte Henna nur vom Hörensagen, das war das Zeug, mit dem man sich Haare rot färben konnte. Dass es nach Kuhmist stank, hatte ich bisher nicht gewusst. Halime störte der Geruch anscheinend nicht, sie bestrich meine Hände gründlich mit der Paste, legte in jede Hand eine Goldmünze, wobei ich mich fragte, ob sie echt waren, und zog dann einen roten Satinhandschuh über meine Hände.

Kein schöner Anblick.

Nun machte jemand das Licht wieder an, und alle klatschten. Vereinzelt hatten noch einige Frauen Tränen der Rührung in den Augen. Nun gut, ich musste ja nicht alles verstehen, was hier so vor sich ging.

Mama drückte noch einmal anerkennend meine Schulter, dann stellte auch sie sich in die Reihe der Frauen, die es meinem Beispiel nachtaten und sich Henna in ihre Handfläche schmierten oder ihre kleinen Finger mit ein wenig Henna umwickelten.

Mama stand unmittelbar hinter Halime, die es aber nicht bemerkte. Sie war viel zu sehr damit beschäftigt, mich abfällig zu mustern. »Keine Träne hat sie vergossen, sieh dir das einmal an!«, sagte sie halblaut zu ihrer Vorderfrau, die boshaft nickte.

»Ist ja auch kein Kunststück, bei *der* Mutter!«, fuhr Halime fort. Ich sah, dass Mama blass wurde, doch sie sagte nichts.

Unverschämte alte Kuh!

»Und hast du gesehen, dass Melda keinen einzigen Hüftschwung lang tanzen konnte? Ts, ts, ts! Wenn das *meine* Tochter wäre, dann wäre sie ganz sicher besser geraten!«

Das reichte. Meine Mutter war so feuerrot wie mein Outfit. Sie packte das Schwiegermonster an den Schultern, das nicht so recht wusste, wie ihm geschah, und langte in den Haufen Henna. Dann schmierte sie eine schöne große Portion mitten auf Halimes gehässige Visage.

»Duuuuuuuu! Keifendes, hässliches, tollwütiges Miststück!« Meine Mutter hatte ich, glaube ich, bis dato noch nie in einem solchen Zustand erlebt.

Sie griff erneut in den Hennahaufen und stopfte Halime eine große Portion in deren überraschten Mund.

»Das wird dir das Maul stopfen, du alte Kuh!« In der Stimme meiner Mutter war Genugtuung zu hören.

Doch nun kam auch Halime zu sich. Sie spuckte das Henna aus und keifte: »Das musst du gerade sagen, du Versagerin! Wer hat denn bei der Erziehung seiner Tochter so erbärmlich versagt? Ich etwa?«

»Nein, du warst sicher viel zu sehr damit beschäftigt, deinen milchgesichtigen Sohn ohne jede Persönlichkeit zu erziehen, du verlogene Schlampe!«

So hatte meine Mutter ganz sicher noch nie gesprochen.

Halime langte nun ebenfalls in das Henna und schmierte meiner Mutter eine große Handvoll in ihre kostbar gestylte Haarpracht.

»Ohhhh!« Jetzt ging es erst richtig zur Sache. Mama zerrte wild an Halimes Kopftuch und riss es ihr vom Kopf. Meine Augen wurden rund wie Billardkugeln, als ich Halimes fusselige, graue Mähne erblickte.

»Kein Wunder, dass sie ein Kopftuch trägt, bei *der* Matte!«, rief jemand und lachte.

Irrtümlicherweise dachte Halime, dass ich diesen Kommentar gemacht hatte. Sie langte erneut in das Henna und klatschte es mir ins Gesicht.

Ich war gerade aufgestanden, um Halime meinerseits Henna auf ihre Kleidung zu schmieren, doch da war Mama mir schon zuvorgekommen. Sie schüttelte Halime wild, bis eine von Halimes Verbündeten sie von Mama befreite.

Das Wohnzimmer war nun in zwei Lager gespalten: Die mit den Kopftüchern kämpften gegen Mamas Freundinnen, das waren die Frauen ohne Kopftücher. Hennabrocken sausten durch die Luft und landeten klatschend auf Gesichtern, Körpern, Wänden, dem Buffet und unserer Couch. Wildes Frauengekreische machte jede normale Kommunikation unmöglich, einige der Damen versuchten zu vermitteln und bekamen ihrerseits ihr Fett weg.

Als das Henna restlos verschossen war, ging man in eine Keilerei über. Mama verpasste Halime eine deftige Ohrfeige, die einen klatschenden Abdruck mitten in ihrem Gesicht hinterließ, und Halime trat nach meiner Mutter, die rückwärts auf das Buffet zutaumelte und es schließlich umstieß.

Mit einem Wutschrei stürzte Mama sich erneut auf ihre Widersacherin, als ich hörte, wie sich die Haustür öffnete und mein Vater hereinkam.

»Was …«, sagte er verblüfft. Doch er erfasste die Lage mit einem Blick und hielt meine Mutter davon ab, Halime zu zerfleischen.

»Was ist hier los?«, donnerte er. Mit einem Mal herrschte eine Totenstille. Die Frauen, die eben noch wie Furien aufeinander losgegangen waren, schwiegen mit einem Mal betreten.

»Der Henna-Abend ist beendet. Es ist wohl besser, wenn ihr alle geht«, sagte er streng.

Das Wohnzimmer war binnen weniger Sekunden wie leergefegt. Ein Brocken Henna tropfte vom Lampenschirm auf den Wohnzimmerteppich. Meine Mutter schluchzte verhalten.

Papa wollte gerade zu einer Frage ansetzen, als mein Handy klingelte.

»Schatz, wo bleibst du denn? Ich warte schon eine halbe Ewigkeit auf dich! Wir waren für acht Uhr verabredet und nun ist es halb zehn!«, ertönte eine vorwurfsvolle Stimme.

Ach du Schreck, das war Jan! Den hatte ich in all der Aufregung vollkommen vergessen!

»Äh, das ist aber gerade schlecht …«

»Melda, du musst kommen, bitte.«

Ich sollte das Ganze besser so schnell wie möglich hinter mich bringen.

»Melda, was ist hier ...«, donnerte mein Vater.

»Papa, ich muss noch mal weg«, unterbrach ich ihn und schlug die Tür hinter mir zu.

»Aber in diesem Aufzug kannst du doch nicht ...«

Ich setzte mich ins Auto und raste mit klopfendem Herzen zu Jans Wohnung. Besser, man schob unangenehme Aufgaben nicht unnötig vor sich hin.

Ich hatte noch nicht einmal Zeit gehabt, mir zurechtzulegen, was ich ihm überhaupt sagen wollte.

Egal, das würde mir dann schon einfallen. Um ehrlich zu sein, war mein Entschluss, meine Beziehung zu Jan zu beenden, beim Klang seiner Stimme wieder ins Wanken geraten. Was sollte ich nur tun? Ich atmete tief durch, während ich sämtliche Tempolimits missachtete.

Endlich war ich da. Atemlos vor Angst rannte ich ins dritte Stockwerk und stand schließlich vor seiner Wohnung.

Ich klingelte und hörte, wie sich Jans Schritte der Tür näherten.

»Hallo Scha...« Jans freudiges Lächeln gefror auf der Stelle.

»Wie siehst du denn aus?«

Was meinte er?

Erst da merkte ich, dass ich noch immer den Kaftan und die roten Satinfäustlinge trug.

»Ach du Schreck, die hatte ich glatt vergessen!«, murmelte ich.

»Bist du hingefallen oder so?«, erkundigte Jan sich vorsichtig.

»Wieso?« Verständnislos fuhr ich mit meinen behandschuhten Händen über mein Gesicht.

»Du hast da überall Matsch kleben, deshalb.« Jan war sichtlich nervös.

»Hach, ja, das erzähle ich dir später, kann ich mal kurz dein Bad benutzen?« Ich drängte mich an ihm vorbei in den Korridor.

»Oh.« Ich stand plötzlich vor zwei mir vollkommen fremden Menschen.

»Ha... hallo.« Hinter den beiden Leuten konnte ich mich im Spiegel sehen, und es war wirklich kein schöner Anblick. Ich war regelrecht in Henna getaucht, das inzwischen angetrocknet war. Nicht nur mein Haar und mein Gesicht, auch mein goldbestickter Kaftan war über und über mit Henna beschmiert. Verlegen klemmte ich mir eine schlammverkrustete Strähne hinters Ohr.

»Melda, das sollte meine Überraschung für dich sein.« Jan sah aus wie ein begossener Pudel.

»Ah, tatsächlich?« Ich ahnte Schreckliches. »Lieber Gott, bitte mach, dass es nicht wahr ist«, flehte ich innerlich.

»Das sind meine Eltern, Hannes und Lena. Und das ist Melda, die Frau, die ich liebe.« Jan stellte sich fest neben mich. Hannes und Lena sahen erst mich und dann einander verdattert an.

»Hallo«, begrüßten sie mich verwirrt. Sie versuchten, herzlich zu wirken, doch es gelang ihnen nicht so recht.

So eine Blamage! Ich stürmte an ihnen vorbei ins Bad.

»Melda!«, rief Jan mir hinterher.

»Ihr müsst entschuldigen.« Jan schob sich an seinen Eltern vorbei und hämmerte gegen die Badezimmertür, die ich verschlossen hatte.

Ich war fertig mit der Welt und heulte drinnen wie ein Schlosshund.

»Melda, Schatz, mach doch bitte die Tür auf«, bat Jan.

»Nein, geh weg!«, weinte ich und sah meinem Spiegelbild entgegen. Die Tränen hatten tiefe Furchen in die Schlammkruste gegraben, unter der sich mein Gesicht befand.

»Bitte, Schatz, wir können doch über alles reden.«

Warum nur musste er so verdammt perfekt sein? Warum

war er so lieb und kümmerte sich um mich? Ich heulte noch lauter.

»Melda, los, lass mich herein.«

Und seine Eltern schienen so nette Leute zu sein. Und er hatte mich als die Frau, die er liebte, vorgestellt. Ich war ja so bescheuert!

Ich rubbelte mir schluchzend das Henna von den Händen.

Dann kreischte ich erschrocken auf. Meine Hände waren tieforange wie ein Sonnenuntergang.

»Melda, ist alles okay?«

Nein, nichts war okay. Meine Fingernägel waren zum terrakottafarbenen Albtraum mutiert.

Und da klebte eine ziemlich große Portion quer über meinem Gesicht. Oh Gott! Bitte nicht!

Zaghaft wusch ich mir das Gesicht. Dann blickte ich auf und kreischte aus vollem Halse. Die eine Hälfte meines Gesichtes war so orange wie Tante Ayshes Haar. Damit also färbte sie ihre Haare!

Krachend brach die Badezimmertür aus dem Schloss.

»Melda, bist du in Ordnung?« Ohne mein verunstaltetes Äußeres zu bemerken, umschlang Jan mich.

Das reichte, um meinen Tränenfluss vollends aufzudrehen. Seine Eltern standen indessen hilflos im Korridor und traten von einem Bein aufs andere.

»Nun sag doch endlich, was los ist!« Er strich mir sanft übers Haar und wiegte mich sachte, während ich schluchzte.

»Ich ... kann nicht ... ich ... heirate A... Ali.«

Wie vom Donner gerührt trat Jan einen Schritt zurück. »Das soll wohl ein Witz sein?«

Ich schüttelte den Kopf. »Nein, ich kann nicht ... und dabei ... dabei ... liebe ich dich ...!« Ich konnte kaum sprechen.

»Neanderthaler-Ali? Der, den ihr verhext habt? Aber warum? Wie kommst du nur auf so blöde Ideen?«

»Weil … weil mein Vater mich sonst zwingt, einen Unbekannten zu heiraten … und da dachte ich, da dachte ich …«

»Ich bezweifle, dass du überhaupt nachgedacht hast. Melda, was ist nur mit dir los? Das bist doch nicht du, die da spricht! Was ist mit meiner Roxy, meiner Rebellin passiert? Du musst niemanden heiraten, du kannst sofort hier einziehen. Wir regeln das mit deinen Eltern schon!«

Ich schüttelte unter Tränen den Kopf. »Neihhhheeeeeiiiin! Wir könnten nie in Frieden leben! Und du …«

Jan schüttelte mich ein wenig. »Ich werde nicht zulassen, dass du dich und mich ins Unglück stürzt, verstanden? Du wirst diesen Kerl auf gar keinen Fall heiraten. Du liebst mich, das weiß ich. Und ich liebe dich. Mehr muss ich nicht wissen.«

Ich schüttelte meinen nassen Kopf so heftig, dass sich kleine Wassertropfen von meinem langen Haar lösten und einen kleinen Sprühregen verursachten.

»Leb wohl, Jan. Ich bin nur hergekommen, um dir das zu sagen. Du verdienst es, glücklich zu werden, und ich bin dafür einfach nicht die richtige Frau. Mit mir würdest du nie in Ruhe leben können.« Ich wandte mich zum Gehen, doch er hielt mich fest.

»Nein, Melda, nein. Nicht so. Du belügst dich selbst, das weißt du. Wenn ich Unrecht habe, dann sag es. Los, sag, dass du mich nicht genug liebst, um deinen Eltern die Stirn zu bieten. Du Feigling! Sag es!« Er schrie beinahe.

Ich konnte nichts sagen. Wie denn auch? Er hatte Recht, ich war ein entsetzlicher Feigling, und das Schlimmste war, dass ich es wusste. Aber das war in diesem Moment unwichtig. Ich musste weg, nur weg von Jan, ehe meine innere Mauer einbrach und ich ihm hoffnungslos ausgeliefert war, doch ich schaffte es nicht, mich aus seinem Griff zu lösen.

»Voodoo, ja? Das ist doch Bullshit! Siehst du endlich, was dir das ganze Versteckspiel eingebracht hat? Deine

Eltern haben ihre Meinung keinen Deut geändert, und du brichst unter ihrem Druck völlig zusammen. Und das hast du dir alles selber zuzuschreiben! Ja, weil du dich nicht getraut hast, deinen Eltern entgegenzutreten und ihnen einmal in deinem Leben reinen Wein einzuschenken!« Jan war außer sich. Wut blitzte in seinen himmelblauen Augen auf. »Ich liebe dich, verdammt noch mal!« Er umarmte mich mit aller Gewalt. »Ich liebe dich, Melda Moran! Und ich weiß, dass du mich liebst! Aber man bekommt im Leben nichts geschenkt, und gelegentlich muss man für seine Ideale kämpfen! Ich bin dazu bereit, aber was ist mit dir? Bedeute ich dir denn so wenig?«, schrie er.

Ich schluchzte.

Er ließ ab von mir und trat einen Schritt zurück. »Wenn du mich wirklich lieben würdest, dann hättest du dich auf dieses verdammte Versteckspiel ohnehin nicht eingelassen. Vielleicht irre ich mich. Bestimmt sogar. Du liebst mich kein bisschen. Du denkst nur daran, wie du ein möglichst komfortables Leben führen kannst, ohne Reibereien und ohne Meinungsverschiedenheiten mit deiner Familie. Es wäre sicher unbequem, für mich zu sprechen, denn ich bin ja nur ein lausiger Deutscher und deiner nicht würdig, oder?«, höhnte er.

Er packte mich hart bei den Schultern. »Es stimmt doch, oder? Ich bin dir nur eine Last, du kannst es ruhig zugeben.«

Ich riss mich los und drängte seine armen Eltern, die versuchten, sich möglichst unsichtbar zu machen, beiseite, als ich auf die Tür zustürmte und seine Wohnung fluchtartig verließ.

»Melda! Komm zurück!« Ich hörte, wie er mir hinterherlief.

Ich sprang in meinen Wagen.

»Melda, wenn du jetzt gehst, dann ist alles vorbei!«

Ich startete durch und raste blind vor Tränen in einem wilden Tempo davon.

Ich heulte noch immer, als ich daheim war. Das Licht brannte noch. Schniefend schlich ich mich hinein.

»Melda, wo warst du die ganze Zeit?« Papa erschien, er hatte eine Schürze umgebunden und gelbe Gummihandschuhe übergestreift. In seiner Hand hielt er einen Schwamm.

Wäre ich nicht damit beschäftigt gewesen, zu weinen, wäre ich vermutlich in Gelächter ausgebrochen.

»Kind, was ist denn passiert? Hattest du einen Unfall?« Papa kam besorgt näher.

Ich lief an ihm vorbei die Treppen hoch in mein Zimmer und warf mich auf mein Bett. Wie es schien, verfügte ich über einen unerschöpflichen Vorrat von Tränen.

Meine Zimmertür öffnete sich.

»Melda, meine einzige, süße Tochter.« Er strich mir sanft über mein feuchtes Haar.

»Willst du deinem Papa nicht erzählen, was dich so bedrückt?«

Ich schüttelte schluchzend den Kopf.

»Doch, das solltest du aber. Komm schon, ich werde mich nicht von der Stelle rühren, bis du mir alles erzählt hast.«

Ich schniefte und schüttelte erneut den Kopf.

»Aber du hast ja noch gar nicht gesehen, was ich uns hier Schönes mitgebracht habe! Schau mal!«

Ich lugte durch eine Haarsträhne zu ihm hinüber.

Er hatte eine Flasche Sekt und zwei Stücke Schokotorte auf einem silbernen Tablett platziert.

»Komm, lass uns erst einmal einen Schluck trinken, um unsere Nerven zu beruhigen. Ich kann das jetzt sicher genauso gut gebrauchen wie du.« Mit diesen Worten schenkte er die beiden Gläser voll und reichte mir eines.

»So, nun erzähl deinem alten Herrn einmal, wo dich der Schuh drückt.« Er setzte sich neben mich aufs Bett und schenkte uns nach.

»Ich … ich bin in Wahrheit ganz anders, als ihr denkt.«

»So?«

»Ja.« Ich weiß nicht genau, warum ich mich plötzlich überwand und ihm alles erzählte, aber ich tat es. Ich berichtete ihm von meinem Leben als Roxy und von Jan und von meiner Idee, Ali zu verzaubern, damit meine Eltern einsahen, dass es falsch ist, eine Ehe zu arrangieren.

Ich redete und redete, und Papa wurde abwechselnd rot und blass und schenkte uns so lange nach, bis der letzte Tropfen aus der Flasche geleert war.

Als ich fertig war, fühlte ich mich angenehm leer und ein wenig schwindelig. Mein Vater strich mir übers Haar und meinte bedrückt: »Meine arme Kleine! Warum hast du mir das denn alles nicht vorher gesagt? Du kannst doch mit uns über alles reden!«

»Kann ich das?« Spott schwang in meiner Stimme mit.

Er zog erstaunt eine Braue hoch. »Natürlich! Du bist beinahe dreißig Jahre alt. Glaubst du denn allen Ernstes, dass wir dir nicht zugehört hätten, wenn du uns gesagt hättest, dass du diesen ... diesen ...«

»Jan, er heißt Jan.«

»... dass du diesen Jan liebst?«

»Zugehört vielleicht. Aber ihr hättet an eurer Ansicht festgehalten, dass ein Deutscher mich nicht glücklich machen würde, und ihr hättet alles unternommen, um ihn mir auszureden.«

Mein Vater neigte seinen Kopf. »Das mag sein. Aber wenn wir gemerkt hätten, dass du ihn wirklich liebst und dass du ihn dir nicht ausreden lässt, dann hätten wir euch keine Steine in den Weg gelegt.«

»Hättet ihr nicht?«

»Nein. Alles, was wir je wollten, war, dich glücklich zu sehen. Und wir wollten dir nur dabei helfen.«

»Indem ihr mich zur Heirat zwingt?«

»Nun ja, ich gebe zu, dass wir es vielleicht ein wenig übertrieben haben.«

»Ein wenig ist gut. Euretwegen habe ich mich eben von Jan getrennt.«

Seine Schultern sanken noch ein wenig zusammen, als ich das sagte, und mir wurde plötzlich klar, dass er nicht mehr so jung war, wie ich dachte.

»Das tut mir leid. Kann ich denn etwas tun, um dir zu helfen?«

»Nein, dafür ist es zu spät. Er wird mir nie verzeihen.«

Papa ließ den Kopf hängen. »Das ist unsere Schuld. Wir werden dich nie wieder zu etwas zwingen, mein Schatz, aber du musst mir versprechen, uns von nun an immer die Wahrheit zu sagen, ja?«

Ich nickte.

»Ich werde die Hochzeit dann als Erstes morgen absagen«, fuhr er fort.

»Wie denn? Die standesamtliche Trauung findet doch schon morgen früh statt, und jetzt ist es vier Uhr morgens!«

13. Hähnchen-Hochzeit

»Das schaffen wir so nicht.« Die türkische Kosmetikerin, die man herbeigeschleift hatte, war nahe dran, alles hinzuschmeißen.

Mein Gesicht sah aus, als wäre ich in der vergangenen Nacht in einen Verkehrsunfall verwickelt gewesen. Große Flächen meiner eigentlich sehr weißen Haut waren orange gefärbt, und ich hatte es nicht geschafft, sie zu überschminken. Ich musste aber unbedingt zu Jan! Und ich wollte dabei nicht so aussehen!

»Da hilft nur eins.« Sie zog eine Palette hervor, die aussah, als enthielte sie Wasserfarben.

»Was ist das?«, fragte ich misstrauisch.

»Camouflage.«

Als sie meinen verständnislosen Blick bemerkte, erklärte sie: »Theaterschminke. Lass mich nur machen.«

Und sie machte. Und machte. Und machte.

Und danach sah ich aus, als hätte ich eine Zeitreise hinter mir und wäre geradewegs aus einem türkischen Low-Budget-Film der Achtzigerjahre hierhergerauscht. Blauer Lidschatten, korallenrote Lippen, maskenhaftes Make-up, toupierte Haare. Und alles wasserfest, wie sie mit Stolz versicherte.

»Was soll das sein?«, rief ich entsetzt.

»Na ja, ich dachte, du könntest etwas Farbe vertragen. So, du kannst dann gehen, die anderen warten schon.«

»Aber, aber …«

»Ich habe jetzt wirklich keine Zeit mehr!«

Man verfrachtete mich ins Bad, wo das scheußliche Brautkleid von Halime schon hing.

Ich trug nichts weiter als meinen hauchdünnen Morgenmantel aus cremefarbener Spitze und fror entsetzlich. Abgesehen davon hatte ich nicht die geringste Absicht, das Brautkleid anzuziehen. Ich wollte in meine Jeans schlüpfen und zu Jan fahren, um ihm alles zu erklären.

Vorsichtig lugte ich aus dem Badezimmer.

»Mama? Papa?«

»Was ist los, Melda?« Papas Cousine Rana erschien.

»Wo sind meine Eltern?«

»Oh, sie sagten, sie hätten noch etwas zu erledigen. Sie treffen dich dann im Standesamt.«

»Im Standesamt?«

»Die Zeit wird knapp. Du solltest dich wirklich umziehen.«

»Nein! Ich kann doch nicht ...«

»Ich kann dir gerne helfen«, erbot sie sich.

»Ich muss in mein Zimmer.«

»Oh, das geht leider nicht. Dein Zimmer ist die Männerumkleide. Wir wollten dir Bescheid sagen, aber anscheinend hat in der Aufregung niemand daran gedacht.«

»Wer ist denn in meinem Zimmer?«

»Ahmed, Tahsin, Sait, Can und deine Onkel Kemal, Hassan und Hüsnü.«

»Meine Onkel? Ich kenne die Leute gar nicht!«

Rana schüttelte lächelnd den Kopf. »Doch, natürlich kennst du sie. Also, Ahmed und Kemal sind die Söhne des Vetters deiner Mutter, und Hassan und Hüsnü sind die Söhne der Tanten deiner Mutter mütterlicherseits. Das ist doch gar nicht so schwierig! Sie sind eben aus der Türkei hier gelandet, Can, das ist mein Sohn und dein Vetter dritten Grades, hat sie vom Flughafen abgeholt, weil deine Eltern wegmussten. Und Kemal ...«

»Oh, Rana, schon gut!« Ich knallte die Badezimmertür zu.

Was sollte ich nun tun? An meine Klamotten kam ich anscheinend nicht heran, und in dem beinahe durchsichtigen Morgenmantel konnte ich ja wohl schlecht aus dem Haus gehen. Ich musste Jan sprechen! Ich musste ihm unbedingt sagen, dass ich ihn liebte und dass ich alles mit meinen Eltern geklärt hatte. Und dass ich für immer zu ihm gehörte, falls er mich noch wollte. Aber auch mein Handy war in meinem Zimmer.

Ich schlich mich vor meine Zimmertür und klopfte leise.

»Hallo?«

»Ja?«, ertönte es gedämpft hinter der Tür.

»Ich bin's, Melda. Kann ich bitte mal in mein Zimmer?«

»Tut mir leid. Wir ziehen uns gerade um, und Ahmed schläft. Er hat leider nicht viel an.«

»Ist mein Handy vielleicht irgendwo zu sehen?«

Ich hörte, wie er die anderen Männer fragte. Nach einer Weile sagte dann jemand: »Nein, leider nicht.«

Ich musste unbedingt etwas zum Anziehen finden und dann zu Jan fahren! Mama! Bestimmt würde ich in ihrem Kleiderschrank etwas finden!

Ich öffnete hastig ihre Schlafzimmertür und platzte mitten in eine sehr leidenschaftliche Umarmung.

»Oh, tut mir wirklich leid …«

Das Pärchen wurde tiefrot. Meine Güte, die waren ja halbnackt!

»Wir sind erst seit ein paar Tagen verheiratet«, verteidigte sich der junge Mann, während ich erschrocken den Rückzug antrat. An Details war ich wahrhaftig nicht interessiert!

Das ganze Haus hatte sich scheinbar über Nacht in eine Irrenanstalt verwandelt. Und ich konnte nichts zum Anziehen finden, Himmelherrgottnocheins!

Ich ging zurück ins Bad und setzte mich auf den Klodeckel. Was sollte ich nur tun? Die Zeit wurde allmählich knapp. So war ich zu dünn angezogen, um durch die Stadt zu rasen, das stand fest. Da draußen herrschten Minusgrade! Mein verzweifelter Blick blieb an dem monströsen Brautkleid hängen.

Ich seufzte widerwillig.

Okay. Da blieb mir wohl keine Wahl, wenn ich nicht erfrieren wollte. Und außerdem würde ich es ja nur so lange anhaben, bis ich bei Jan war.

Ich zog das riesige Ungetüm aus schneeweißem Tüll über.

Besser, wenn ich mich selbst nicht betrachtete.

Aber ich konnte mich einfach nicht beherrschen. Zaghaft warf ich einen Seitenblick unter gesenkten Wimpern in den Spiegel.

Oh nein! Wie entsetzlich! Wie grauenhaft! Wie geschmacklos konnte ein Brautkleid nur sein? Was sollten all die Schleifen überall? Und es war so schrecklich breit und bauschig, dass es unfreiwilligerweise immer den Klodeckel anhob, wenn ich mich bewegte. Unter dem Reifrock hätte problemlos Schneewittchen mitsamt ihren sieben Zwergen Platz gefunden.

Ich war geneigt, es ganz schnell wieder auszuziehen. Dann aber biss ich die Zähne zusammen.

»Du schaffst das!«, sprach ich meinem befremdlichen Spiegelbild Mut zu. »Du musst nur bis zu Jans Wohnung durchhalten, das ist alles.«

Ich straffte die Schultern und trat aus der Tür.

»Oh, die Braut! Wie entzückend!«

»Ja, wirklich süß!«

»Nicht wahr?«

»Ja, das ist sie.«

Wo kamen all die Leute her?

»Lasst mich bitte durch.« Ich zwängte mich an einer dichten Menschentraube vorbei und kämpfte mich bis zur Haustür hinunter. Wo waren nur meine Autoschlüssel?

»Wo willst du denn hin?« Rana erschien im Korridor.

»Ich muss noch schnell etwas erledigen.«

»Was denn, in diesem Aufzug? Du bist wirklich lustig! Komm her, wir schicken einen der Jungs, die sollen dir besorgen, was immer du brauchst. Can!«

»Nein, ich muss selber gehen!« Nur weg!

»Unsinn! Ali würde es sicher nicht gefallen, wenn seine Braut vor der Hochzeit im Brautkleid durch die Stadt rennt, nicht wahr?«

Rana duldete keinen Widerspruch. Sie packte mich am Arm und zog mich ins Wohnzimmer.

Hilfe! Ich war in einem Albtraum gefangen!

Ich blickte mich verzweifelt um. Ich war umzingelt! Ranas Mann stand breitbeinig und mit finsterer Miene vor der Tür. Mit dem Mann war bestimmt nicht zu spaßen, da war ich mir sicher, so, wie der mich ansah. Rana setzte sich neben mich auf die Couch und plapperte fröhlich vor sich hin.

Ich musste weg!

Ich stand abrupt auf.

Rana hob erstaunt den Kopf. »Wo willst du denn hin, mein Kind?«

»Ich … ich muss aufs Klo.«

»Ach so! Das verstehe ich! Du bist nervös, das ist doch normal! Komm, ich begleite dich.«

»Nein! Ich meine, mach dir bitte keine Umstände, ich schaffe das auch allein.« So schnell es in diesem unhandlichen Ungetüm von Kleid eben möglich war, versuchte ich mich ins Gästeklo im Erdgeschoss vorzuarbeiten.

»Iwo! Das macht mir keine Umstände!« Rana machte den Weg für mich frei und eskortierte mich auf die Toilette.

»Ich warte hier auf dich!«, verkündete sie, nachdem ich die Tür geschlossen hatte.

Jajaja. Wie auch immer. Hektisch stellte ich mich auf den Klodeckel und lugte aus dem winzigen Fenster, das sich über dem Klosett befand. Als Kind hatte ich hier mal durchgepasst, ich war damals schon gelegentlich abgehauen. Aber nun? Und in diesem Kleid? Ich konnte es zumindest versuchen.

Dafür musste ich mich nur auf den Klodeckel stellen und mich am Fensterrahmen hochziehen. Ein Kinderspiel! So, nun musste ich mich nur noch ein wenig hochhieven, ja genau so, noch ein Stück! Ich schob und zog mich Millimeter für Millimeter weiter, dann ging plötzlich gar nichts mehr. Meine Beine hingen in der Luft, dafür klemmten meine Schultern in dem viel zu kleinen Fensterrahmen fest.

Ich zappelte, um loszukommen, aber es hatte keinen Zweck. Ich steckte eindeutig fest.

»Melda, ist alles in Ordnung?« Rana klopfte diskret an die Tür.

Mein Kopf lugte nach draußen in die eisige Kälte.

Minus zehn Grad, vermutete ich, und es hatte soeben angefangen zu schneien.

»Ja, es geht mir gut!«, brüllte ich entnervt und zappelte weiter. Das musste doch irgendwie klappen! Nach wenigen Minuten sah ich ein, dass ich auf gar keinen Fall weiter vorwärtskommen würde. Aber vielleicht könnte ich ja wieder zurückrutschen. Ich machte mich schwer und versuchte, mich fallen zu lassen. Nichts tat sich.

»Wir müssen bald los, ins Standesamt!«, rief Rana nach einer Viertelstunde.

Mein Kopf war halb zu Eis erstarrt, in dem vergeblichen Versuch, meinen gefangenen Oberkörper endlich aus der Gewalt des Fensterrahmens zu befreien.

»Melda?«

Ich hätte heulen können! Ohne Hilfe würde ich hier sicher nicht wegkommen.

Ich schluckte. »Rana?«

»Ja, Liebes?«

»Ich glaube, ich habe da ein Problem.«

Ich kam erst wieder los, als Ranas Sohn Can die Klotür aufbrach, meine Beine packte und kräftig daran zog, während sein Bruder Levent, der draußen mangels Leiter auf der grauen Mülltonne stand, mich zurückschob. Mit einem Mal lösten sich meine blaugefrorenen Schultern aus dem engen Rahmen, und ich knallte mit der Kehrseite voran auf Cans Gesicht und brach ihm dabei das Nasenbein.

»Wir brauchen einen Krankenwagen!« Rana rannte aufgeregt im Haus umher, eine Heerschar schnatternder Frauen im Schlepptau.

Jemand erbarmte sich Cans und fuhr ihn schließlich ins

Krankenhaus, während mich alle anstarrten, als wäre ich ein Spaceshuttle, das irrtümlicherweise in unserem Vorgarten eine Bruchlandung hingelegt hatte.

»Warum um alles in der Welt hast du den Kopf da überhaupt hinausgestreckt?«, fragte Rana.

»Ich ... ich wollte nur ein bisschen frische Luft schnappen«, krächzte ich lahm.

»Sie hat bestimmt ein großes Geschäft gemacht, Mama«, mutmaßte ein kleiner Junge mit Brille ernsthaft.

»Lasst uns nicht weiter darüber sprechen. Wir kommen noch zu spät zu deiner Hochzeit, Melda.«

»Aber ...!«

»Du fährst mit uns, da kann ich ein Auge auf dich haben.«

Rana hakte mich unter und verfrachtete mich ungeachtet meiner Widersprüche in ihren Wagen.

Wo waren Eltern, wenn man sie wirklich brauchte?

Meine jedenfalls waren und blieben wie vom Erdboden verschluckt. Hoffentlich hatten sie die Trauung abgesagt! Ich betete darum, dass es so war.

»Ich habe deinen Brautstrauß auch mitgenommen. Und deinen Schleier, den hattest du in der Eile wohl vergessen.« Rana drückte mir einen goldenen Plastikblumenstrauß in die Hand und nestelte an meinen Haaren herum. In ihrem Mund hielt sie Haarnadeln, mit denen sie versuchte, meinen Schleier an meinem toupierten Haarturm zu befestigen.

Dabei wäre das gar nicht nötig gewesen, denn ich würde Ali ja doch nicht heiraten. Meine Eltern hatten sicher schon alles arrangiert. Oder vielmehr hoffte ich das.

Als Rana mich mehr oder weniger aus dem Auto hinauskatapultierte, griff Halime mich am Arm und zog mich ins Rathaus.

»Gut! Ich denke nicht, dass ich deiner Mutter vergeben

werde, was sie mir gestern angetan hat, aber Ali zuliebe werde ich dich heute nicht für die Fehler deiner Eltern leiden lassen. Das hat Zeit bis später. Komm jetzt.«

Halimes Haut wies dieselben Hennamale auf wie meine. Nur hatte sie ihre nicht überschminkt. Ihre Lippe schien geblutet zu haben, sie war auf einer Seite böse geschwollen, und ihre linke Wange war arg zerkratzt.

»Aber haben meine Eltern dir nicht Bescheid gesagt?«, unterbrach ich ihren Wortschwall.

»Oh, sie haben heute früh bei uns geklingelt, aber ich habe ihnen natürlich nicht geöffnet, nachdem deine Mutter mich geschlagen hat, das verstehst du doch?«

»Du hast nicht mit ihnen gesprochen?«

»Nein, ich habe auch nicht vor, dies in den nächsten Jahren zu tun. So, hier kannst du warten, bis die Trauung beginnt.« Halime schubste mich in ein Zimmer.

»Wo sind meine Eltern?«, rief ich ihr hinterher, doch sie schloss ohne jeden weiteren Kommentar die Tür.

Mein Gott, dann wussten weder Ali noch seine Eltern, dass die Hochzeit gar nicht stattfinden würde!

Ich musste auf der Stelle etwas unternehmen!

Ich tigerte auf und ab, wobei mein Blick ständig auf mein verunstaltetes Spiegelbild fiel.

Dann setzte ich mich auf einen der Plastikstühle und heulte.

Ich steckte ganz schön in der Tinte, so tief wie nie zuvor in meinem Leben, wenn man es genau nahm. Und ich hatte wirklich keine Ahnung, wie ich hier hineingeraten war. Das war alles anders geplant gewesen.

Ich wollte doch nur Jan lieben dürfen. Stattdessen stand ich vor meiner Hochzeit mit Ali, den ich nicht liebte und der mich auch nicht liebte. Unsere Eltern waren verfeindet, Jan hasste mich vermutlich, und Pelin hatte mir die Freundschaft gekündigt. Mein Leben war eindeutig vorbei. Und ich sah furchtbar aus!

»Hallo«, ertönte es schüchtern hinter mir.

Ich drehte mich um und sprang so schnell auf, dass der Plastikstuhl umfiel.

»Pelin!« Ich fiel ihr in die Arme und heulte noch mehr, genau wie sie.

»Es tut mir ja alles so leid! Du bist doch meine allerbeste Freundin, und wenn ich eine egoistische, selbstsüchtige Kuh war, dann tut es mir wirklich sehr, sehr leid!«, sprudelte es aus mir heraus.

Pelin winkte ab. Tränen glitten über ihre Wangen. »Ach, schon gut. Ich habe vielleicht etwas übertrieben. Mir tut es auch leid!«

Wir schnieften glücklich.

Pelin stieß mich schließlich grinsend an. »Hey, was haben sie denn mit dir angestellt? Das ist wirklich ein sehr ... ausgefallenes Styling.« Sie lachte frech.

In wenigen Worten erzählte ich ihr von dem Henna-Abend und Jan und endlich auch von meiner Aussprache mit meinem Vater.

»Unglaublich!«, staunte sie. »Ich habe dir ja gleich gesagt, dass Jan Recht hatte und dass du offen zu deinen Eltern sein solltest. Ich habe damit übrigens auch Erfolg gehabt.« Sie lächelte stolz.

»Wie meinst du das?«

»Nun, ich habe meinen Job bei der Bank gekündigt und arbeite künftig selbstständig zusammen mit *anneanne* als Wahrsagerin.«

»Tatsächlich?« Ich konnte es kaum glauben.

»Ja, ich habe mit meinen Eltern und *anneanne* gesprochen, gleich nachdem wir beide uns gestritten hatten. Wir haben die ganze Nacht über diskutiert, aber schließlich haben meine Eltern eingewilligt, mich zu unterstützen.

Und nun bin ich Wahrsagerin! Oh, und ich habe jemanden kennen gelernt!«, sprudelte es aus Pelin hervor. Vor Aufregung waren ihre Wangen rosig geworden.

»Das freut mich sehr für dich!«, sagte ich herzlich und umarmte sie noch einmal. »Wer ist denn der Glückliche?«

»Er heißt Luc, und er ist schwarz! Oh, und er ist Informatiker, er entwirft Computerspiele.«

»Echt? Und wissen deine Eltern von ihm?«

Pelin lachte. »Ja, ich habe ihnen Luc vor ein paar Tagen vorgestellt. Am Anfang haben sie eine Weile gebraucht, sich an einen zwei Meter großen Schwarzen zu gewöhnen, aber ich denke, das klappt immer besser.«

Pelins Miene wurde wieder ernst. »Und was ist nun mit der Hochzeit? Wenn sie abgesagt werden sollte, warum weiß dann niemand etwas davon?«

»Ich weiß es nicht! Ich dachte, mein Vater würde sich darum kümmern, aber der ist seit heute früh wie vom Erdboden verschluckt und meine Mutter auch! Unser Haus war voller Leute, und ich habe es nicht geschafft, ihnen zu entkommen, um zu Jan zu gelangen und ihn um Verzeihung zu bitten. Mein Gott, wie konnte ich nur so blöd sein, auch nur einen Moment zu glauben, dass ich diesen Typen, Ali, heiraten könnte!«

»Hey, nun bleib mal ruhig. Ich werde versuchen, Ali zu finden, er wird hier schon irgendwo stecken. Und deine Eltern sind sicher auch hier. Ich mache mich mal auf die Suche.« Pelin sprach so zuversichtlich, dass ich ein wenig Mut fasste.

»Denkst du, wir kriegen das alles hin?«, fragte ich zweifelnd.

Pelin verzog ihr Gesicht. »Das wird natürlich einen handfesten Skandal geben, so viel steht fest. Aber wir werden das schon schaffen.«

Sie war schon fast aus der Tür.

»Pelin?«, rief ich.

»Ja?« Sie drehte sich noch einmal um.

Ich schluckte. »Danke. Dafür, dass du für mich da bist, als meine Freundin, meine ich.«

»Wofür sind Freunde sonst da?«

Leise fiel die Tür hinter ihr ins Schloss.

Ich warf einen Blick auf die Uhr an der Wand, die mit unbarmherziger Präzision weitertickte.

Ich hatte weniger als zwanzig Minuten Zeit, um diese Hochzeit abzusagen. Ruhig Blut, ich musste nur abwarten, es würde sich bestimmt alles klären.

Doch nichts tat sich.

Noch zehn Minuten. Atemlos stürmte Pelin herein.

»Und? Hast du meine Eltern gefunden?« Hoffnungsvoll lief ich auf sie zu, doch sie schüttelte den Kopf.

»Tut mir wirklich leid. Soll ich mit Ali sprechen?«

»Nein, besser, ich tue es. Weißt du, wo er steckt?«

Besorgt meinte Pelin: »Tja, genau das ist das Problem, weißt du. Er steht schon vor dem Standesbeamten.«

Ich war nun ernstlich beunruhigt. »Soll das heißen, dass ich da rausmuss?«

»Nein, ich kann ja versuchen, ihn hierherzubekommen. Warte einen Moment.« Sie rannte heraus.

Die Minuten vergingen weiter.

»Melda!« Pelin war verschwitzt, als sie erneut hereinkam.

»Ja, was ist?« Als ich bemerkte, dass Pelin allein war, nahm meine Unruhe zu.

»Wo ist denn Ali?«

Pelin verzog das Gesicht. »Er sagte, dass es Unglück brächte, die Braut vor der Trauung zu sehen. Ihr könntet auch später miteinander sprechen.«

»Nein!«, schrie ich entsetzt. »Ich kann ihn nicht heiraten, ich liebe doch Jan! Hast du dein Handy dabei?«

Sie reichte es mir. Ich tippte Jans Nummer ein. Es klingelte mehrmals, bevor eine Stimme sagte: »Der Teilnehmer ist zurzeit nicht erreichbar. Bitte versuchen Sie es zu einem späteren Zeitpunkt noch einmal.«

Ich versuchte es mit seiner Festnetznummer, aber auch da nahm niemand ab.

Die Tür öffnete sich erneut. Es war Rana.

»Melda? Es ist so weit.«

»Moment noch.« Ich versuchte verzweifelt, noch einmal Jan zu erreichen, aber vergeblich.

»Komm jetzt.« Rana nahm sanft meinen Arm.

»Pelin!« Ich wand mich panisch in Ranas Griff.

Pelin kam an meine andere Seite und flüsterte: »Du wirst Ali da drinnen treffen. Sag ihm dort, dass du ihn nicht heiraten wirst. Das ist deine letzte Chance.«

Rana schob mich weiter.

Mit einem Mal stand ich in der Tür zum Trauungszimmer, und alle Blicke waren mir neugierig zugewandt. Ich schluckte. Meine Handflächen waren nassgeschwitzt.

Ali stand vor dem Standesbeamten. Alles war so falsch! Das Kleid, das Make-up, der Bräutigam, der mit gespielter Zuversicht da vorn stand, und die Gäste, die mir liebenswürdig zulächelten.

Was sollte ich nun tun? Rana gab mir einen kleinen Schubs, und ich stolperte vorwärts. Ali lächelte mir ermunternd zu.

»Ali, ich muss unbedingt mit dir sprechen!«, wisperte ich ihm ins Ohr.

»Hat das nicht Zeit bis später?«, raunte er zurück.

»Nein, hat es nicht!«

»Dann mach schnell!«

»So geht das nicht. Lass uns kurz vor die Tür gehen«, zischte ich.

Er sah mich verständnislos an. »Nein, das geht doch nicht!«

»Das wäre aber in deinem eigenen Interesse!«

Er lächelte wissend. »Keine Sorge, ich habe mir schon gedacht, dass du keine Jungfrau mehr bist. Ich habe damit wirklich kein Problem.«

Ich wurde rot. »Was? Das ist aber nicht der Punkt ...«

»Liebe Gäste! Wir haben uns heute alle hier versammelt, um Ali Tütün und Melda Moran in den Stand der Ehe zu führen«, begann der Standesbeamte mit feierlicher Stimme.

»Ali ...«

»Später, Melda!«

»... so frage ich dich, Melda, willst du Ali heiraten?«

Ali wandte sich mir zu.

»Nein!«, sagte ich laut.

Ali wurde blass. »Wie bitte?«

»Nein, ich habe ja schon die ganze Zeit versucht, es dir zu sagen! Ich kann dich nicht heiraten, Ali!«

»Aber ich dachte, wir hätten das besprochen ...«

»Ich liebe dich aber nicht! Und du mich auch nicht, das hast du selbst gesagt! Wir würden uns beide ins Unglück stürzen!«, rief ich verzweifelt.

»Aber Melda, Liebe ist doch nicht so wichtig ...«

»Doch, Ali, Liebe ist alles, was zählt! Und ich liebe einen anderen!«

Es war totenstill im Raum.

»Aber Melda ...«

»Ich kann dich wirklich nicht heiraten, Ali. Ich liebe dich nicht, und du liebst mich nicht. Es würde nie gut gehen, und das weißt du so gut wie ich.

Ich war mein Leben lang zu feige, meinen Eltern gegenüberzutreten und ihnen die Wahrheit zu sagen, ich hatte Angst, sie könnten nicht akzeptieren, wer ich wirklich bin. Und dann habe ich es doch getan, ich habe ihnen alles erzählt, einfach alles! Und sie sind nicht daran zugrunde gegangen. Geh und mach dich endlich auf die Suche nach dem Sinn deines Lebens. Sei endlich ein Mann und suche dir deine Frau selbst. Niemand kann dein Glück für dich in die Hand nehmen, das geht nicht gut! Du musst dich endlich von deinen Eltern und vielleicht auch ihren Traditionen lösen. Sonst wirst du niemals glücklich werden.«

»Ich verstehe das alles nicht.« Ali setzte sich ratlos auf einen freien Stuhl.

Da öffnete sich mit einem Ruck die schwere Eichentür.

Meine Eltern stürmten herein.

»Gott sei Dank! Fatma, wir sind gerade noch rechtzeitig gekommen!« Papa lief auf Ali und mich zu und schrie dabei: »Halt! Melda, du darfst diesen Mann nicht heiraten, das erlaube ich nicht! Du liebst ihn nicht! Du liebst …«

»… einen anderen, jaja, ich weiß«, murmelte Ali halblaut.

Papa starrte ihn entgeistert an.

»Woher weiß er das?«

»Das ist doch jetzt nicht so wichtig, Papa. Wo wart ihr nur? Ich dachte, du wolltest die Hochzeit absagen!«

»Halt!«, brüllte da jemand.

Ich drehte mich erschrocken um. Jan stand breitbeinig in der Tür. Er war kalkweiß mit dunklen Ringen unter den Augen. Bartstoppeln warfen Schatten auf sein Kinn und seine Wangen. Man konnte unschwer erkennen, dass er die ganze Nacht nicht geschlafen hatte. Ich fand, dass er nie besser ausgesehen hatte.

»Melda, du darfst diesen Mann nicht heiraten! Du liebst ihn nicht! Du liebst …«

»Einen anderen, das hatte ich auch schon beim ersten Mal begriffen, zum Kuckuck!« Entnervt sprang Ali auf und trat gegen einen Stuhl.

Jan blickte verwirrt. »Nein, sie liebt mich.«

»Dich? Aber du bist kein Türke, oder?« Ali beäugte ihn misstrauisch.

»Nein, das bin ich nicht. Und das spielt auch gar keine Rolle.« Jan stellte sich zwischen uns. Er war einen guten Kopf größer als Ali und sah auf seinen Scheitel hinab.

»Hast du damit ein Problem?«

Ali murmelte etwas Unverständliches, doch er sah beunruhigt aus.

»Gut, dann wäre das ja geklärt.«

»Nicht so schnell, junger Mann! Ich habe damit ein Problem, jawohl! Die Braut da trägt *mein* Kleid, sie wird gefälligst meinen Sohn hier heiraten, damit das klar ist!« Halime drängelte sich zu uns vor und warf dabei zwei alte Frauen um.

»Ali, du Schwachkopf, wir haben doch schon für alles bezahlt! Wir haben die Turnhalle gemietet und die türkische Band, wir haben drei Hähnchen-Wagen bestellt, die Grillhähnchen für sechshundert unserer engsten Freunde und Bekannte zubereiten sollten! Und tonnenweise Cola und Limo! Wo soll denn das nun alles hin?«

»Die Hähnchen-Wagen habe ich abbestellt. Äh, deswegen sind wir auch zu spät gekommen. Die Sporthalle ist auch abgesagt«, warf mein Vater ein.

»Das ist mir gleich! Ich werde dieses ganze Theater nicht noch einmal durchmachen, damit das klar ist! Du wirst diese *orospu* heiraten, damit das klar ist!«

Meine Mutter schoss wie ein geölter Blitz auf Halime zu, die unter ihren orangefarbenen Flecken im Gesicht vor Wut fast blau angelaufen war.

»Du nennst meine Tochter nicht Hure, du gemeines Monster! Hat dir die Tracht Prügel von gestern nicht gereicht? Du willst wohl noch mehr, was? Komm her!«

Mama, die ebenfalls orangerote Hennaflecken im Gesicht und auf dem Hals und außerdem noch ein Veilchen auf dem rechten Auge hatte, war kaum zurückzuhalten.

Sie packte Halime am Hals und würgte sie kräftig. Halimes Mann Atalay sprang dazwischen.

»Du fasst meine Frau nie wieder an, Weib!«, schimpfte er.

Das war für meinen Vater zu viel. »Sie fasst an, wen sie will, verstanden? Und deine Frau verdient schon lange eine ordentliche Abreibung, du Schwächling!«

Alis Vater wich zurück, als mein Vater sich bedrohlich vor ihm aufbaute.

Diesen Moment nutzte meine Mutter, um Halime einen ordentlichen Schubs zu verpassen, so dass sie vorwärtstaumelte und mit dem Gesicht voran auf ihren Sohn fiel, der schreiend unter Halimes Gewicht nachgab und rittlings zu Boden ging. Dabei schob sich ihr schwarzer Mantel hoch und entblößte ein mächtiges Hinterteil in einem hautfarbenen Korsett.

Ich hörte, wie einige der Gäste leise lachten.

»Mama!« Ali half seiner Mutter besorgt auf, die ihre geballten Fäuste in meine Richtung schüttelte.

Jan baute sich breitbeinig vor mir auf. »Immer mit der Ruhe, ja?«

Meine Mutter schien Jan erst jetzt zu bemerken.

»Ist das nicht Meldas Chef aus der Bank?«, fragte sie erstaunt.

»Ja, das ist er«, antwortete mein Vater ebenso verblüfft.

»Junger Mann! Was tun Sie denn hier?«, herrschte er ihn streng an.

»Ich liebe Ihre Tochter, Herr Moran! Auch wenn sie gelegentlich verrückte Dinge tut, die ich nicht verstehe. Auch wenn sie eine Türkin ist und ich ein Deutscher bin und es eine Menge kultureller Unterschiede zwischen uns und unseren Familien gibt. Ich liebe sie, und es ist mir egal, dass Sie mich nicht akzeptieren, weil ich ein Deutscher bin!« Jan stand kampfbereit vor mir.

»Oh, er ist also dieser Jan.« Mein Vater verstand.

Diesen Moment nutzte Halimes Mann aus, um meinem Vater einen Kinnhaken zu verpassen. Papa schlug zurück, und auch Halime und meine Mutter fielen ins Gerangel mit ein.

Nun griffen endlich ein paar der Gäste ein und versuchten, die Streithähne zu trennen. Andere standen auf und feuerten unsere Eltern an. Ali hatte sich erneut auf den Stuhl gesetzt und betrachtete alles kopfschüttelnd.

Jan drehte sich zu mir um.

»Ich hoffe, ich bin noch rechtzeitig gekommen«, meinte er ruhig.

Ich versuchte zu lächeln. »Ja, bist du.«

»Und? Wirst du mit mir durchbrennen?«

»Ja, klar doch!« Ich legte meine Arme um seinen Hals und strich sachte über seine bartstoppelige Wange. Es tat unheimlich gut, seine Wärme wieder zu spüren.

»Da bin ich aber froh.« Er grinste.

»Du siehst wirklich abscheulich aus, weißt du das?«, erkundigte er sich höflich.

»Danke. Das Kompliment kann ich nur zurückgeben.«

Er beugte sich zu mir hinunter und küsste mich.

Ich bemerkte die Stille, die uns mit einem Schlag umgab, erst, als wir aufhörten, einander zu küssen.

Die Streitenden hatte man inzwischen getrennt, und ich sah, dass mein Vater mich anstarrte.

»Melda!«, rügte er vorwurfsvoll.

»Nicht doch, Osman! Siehst du denn nicht, wie sehr sie einander lieben? Er ist ein tapferer Junge, hier so hineinzuplatzen, um Melda zu retten, findest du nicht? Er verdient eine Chance!«

Als Papa schwieg, fügte meine Mutter hinzu: »Er erinnert mich ein wenig an dich, weißt du. Du warst auch einmal ein mutiger Hitzkopf.«

Sie knuffte ihn freundschaftlich in die Seite.

Jan griff nach meiner Hand.

Papa kam auf uns zu. Seine Miene war grimmig.

Im ersten Moment dachte ich, er würde zu einem Schlag ausholen, als er seinen rechten Arm erhob und seine Hand ausstreckte. Jan reichte ihm zögernd die Hand.

»*Damat bey*, warum kommst du nicht einfach morgen zum Essen zu uns?«

Jan war erleichtert. »Gern.«

Papa lächelte listig. »Schön, dann können wir ja die Einzelheiten für eure Hochzeit besprechen.«

Ich stöhnte. »Papa!«

Mein Vater lachte. »Ich habe doch nur Spaß gemacht.«

… und mehr zur Autorin

Ein Boston-Ice-Tea besteht aus Cola, Wodka, Gin, Rum, Kaffeelikör, Grand Marnier und irgendetwas undefinierbar Exotischem. Ich bestehe aus türkischer Mutter, deutschem Papa, tatarischer Oma und einem griechischen Opa, dessen Vater ein Farbiger war. Ich bin ein Multikulti-Kind, ein Nationalitätencocktail. Ich fand es immer schon stinknormal, dass die meisten meiner Familienmitglieder mindestens zwei Sprachen beherrschten. Okay, das hat nicht immer so geklappt. Aber zumindest versuchten sie es.

Das Einzige, was ich in der Schule echt toll fand, war Schreiben. Ich kann mit Stolz behaupten, dass ich im Spickzettelschreiben erste Sahne war! Von Oberschenkeln und Handinnenflächen bis zu der Unterseite von Mineralwasserflaschen und Unterhöschen habe ich schon alles einmal ausprobiert. Das mit der Unterhose ist übrigens nicht weiter empfehlenswert. Ich fand es ziemlich schwierig, meinen Schlüpfer während der Matheklausur unauffällig aus meiner Jeans zu zerren, zumal meine Kehrseite die Nähte meiner Jeans leider Gottes beachtlich ächzen ließ und mein Höschen praktisch zwischen Jeans und Po gefangen war. Mit zwanzig hatte ich dann endlich mein Abi in der Tasche. Das hatte auch lange genug gedauert. Alles, was mit Mathe zu tun hatte, meinem erklärten Todfeind, habe ich feierlich auf Papas Grill verbrannt und mir für die Zukunft einen Taschenrechner und einen Bruder zugelegt, der Informatiker ist und nichts mehr liebt, als mit Zahlen zu jonglieren. Jetzt stand die Welt mir offen, auf ins Abenteuer Leben!

Tja, das mit dem Abenteuer ist gar nicht so leicht, wie man sich das immer so vorstellt. Ich dachte, dass Germanistik und Islamwissenschaften eine abenteuerliche Kombination wären, also schrieb ich mich an der Universität in Bonn für diese Fächer ein. Aber wer bitte interessiert sich denn schon für Alt- und Mittelhochdeutsch? Das war ja schlimmer als Latein, warum sollte ich mehr als eine tote Sprache beherrschen? Wozu sollte das bitte gut sein? Neee, das Übersetzen lag mir eindeutig mehr.

In diesem Sommer habe ich in der Türkei einen tollen Typen kennen gelernt, der das Gesicht von Tom Cruise und den Körper von Brad Pitt hatte. Den musste ich haben! Verliebt bis ins Delirium bin ich kurzerhand in die Metropole am Bosporus umgezogen, nach Istanbul, wo ich weitere drei Jahre studiert habe. Einen Abschluss habe ich auch gemacht, ich besitze ein schön verschnörkeltes Stück Papier, auf dem steht, dass ich eine „Diplom-Germanistin" mit Spezialgebiet Übersetzung bin, aber das ist nicht weiter erwähnenswert. Wichtiger ist, dass ich den Mann 1999 geheiratet habe, auch wenn der Halb-Tom-Cruise-halb-Brad-Pitt-Mann inzwischen eher Halb-Bruce-Willis-halb-Kojak ist. Egal, das zeigt nur, dass er flexibel ist, finde ich.

Er würde natürlich sagen: »Intelligenz braucht eben mehr Sauerstoff.«

Inzwischen waren wir nach Izmir umgezogen, einfach weil es hier Sonne, Strand und Meer in unmittelbarer Nähe gab. Wir hatten leider nur Probleme, vor der Hochzeit eine passende Wohnung zu finden. So kam es, dass mein Mann in spe mich am Morgen unserer Hochzeit anrief, mich aus dem Friseursalon fischte und mich mit metallisch leuchtenden Lockenwicklern in den Haaren in ein Taxi setzte, um uns eine mögliche Bleibe anzusehen. Die war zwar alles andere als berauschend, aber sie war besser als nichts. Also haben wir in Windeseile den Mietvertrag unterzeichnet.

Wer konnte denn ahnen, dass die Wohnung ganze Heerscharen sechsbeiniger Untermieter beherbergte? Unsere Kakerlaken waren fingergroß, ihre Panzer so undurchdringlich wie kugelsichere Westen, und die Biester waren verdammt schnell. Sie konnten leider auch fliegen, und wenn wieder einmal eine gegen die Wand flog, machte das ein Geräusch wie ein Tennisball, der gegen den Schläger prallt. Alles in allem waren wir also eine große, glückliche Familie.

Mein erster Job führte mich ins All.

Irgendwer im Space Camp Türkei dachte, ich würde mich gut als Marketing-Assistentin machen, weil mein Englisch ganz passabel war. Amerikanische Astronauten gaben sich im Space Camp die Klinke in die Hand, und ich konnte es kaum erwarten, mich in einen dieser ruhmreichen blauen Nasa-Overalls zu werfen, um unsere Simulatoren in Schulen und Einkaufszentren in den höchsten Tönen zu preisen. Als mich ein Kind für jemanden vom Reinigungspersonal hielt, bremste das meinen Enthusiasmus bedauerlicherweise ein wenig.

In den Mittagspausen ließ ich mich willig auf diverse Simulatoren schnallen, probte realistische »Moonwalks«, kletterte schwerelos herum oder ließ mich als Versuchskaninchen in einer riesigen Zentrifuge herumschleudern, bis ich meine Füße nicht mehr von meinem Kopf unterscheiden konnte.

Trotz allem hatte ich nach insgesamt vier Jahren Türkeiaufenthalt Heimweh nach Deutschland, nach Kölsch und Kasseler mit Sauerkraut, nach Weihnachtsmarkt und Schnee, nach Ostereiern und Karneval. Natürlich wollte ich nebenbei auch möglichst viele Kilometer zwischen die Kakerlaken und mich bringen. Also packte ich meinen Mann und meine Koffer und reiste zurück nach Köln, wo mich eine große Bank als Management-Assistentin einstellte.

Die Kunden hatten unheimlich viel Glück, dass ich nicht unten in der Kassenhalle saß, denn mit Bankwesen habe ich nichts am Hut. Das hat so etwas Mathematisch-Unheilvolles, finde ich. Darauf wollte ich mich auf keinen Fall einlassen. Oben im Vertriebsmanagement fiel das Chaos, das ich gelegentlich anrichtete, glücklicherweise nicht so sehr auf. Aber die geregelten Arbeitszeiten einer Angestellten im öffentlichen Dienst hatten auch etwas für sich. Ich hatte genug Zeit, endlich einen Roman zu schreiben. Glück für meine Kollegen, dass ich mich Anfang 2006 fürs Erste aus dem Berufsleben verabschiedete. Ich war nämlich schwanger. Und freute mich auf eine schöne, ruhige Zeit mit unserem Töchterchen, das ein paar Wochen später zur Welt kam.

Zwischen nassen Windeln, Babylachen und schlaflosen Nächten arbeite ich momentan an meinem dritten Roman. Und die Welt ist so groß! Wir denken darüber nach, noch einmal ein paar Jahre im Ausland zu leben. Nur mal so, damit es nicht langweilig wird …